结 婚 季

吴佳骏 著

陕西新华出版传媒集团
太白文艺出版社

图书在版编目（CIP）数据

结婚季 / 吴佳骏著. — 西安：太白文艺出版社，2016.8（2023.2重印）

（人生四季）

ISBN 978-7-5513-0894-6

Ⅰ. ①结… Ⅱ. ①吴… Ⅲ. ①纪实文学—中国—当代 Ⅳ. ①I25

中国版本图书馆CIP数据核字（2016）第305757号

结婚季
JIEHUN JI

作　　者	吴佳骏
责任编辑	杨匡　张馨月
整体设计	小　花　泽　海
出版发行	陕西新华出版传媒集团 太白文艺出版社
经　　销	新华书店
印　　刷	三河市嵩川印刷有限公司
开　　本	787mm×1092mm　1/16
字　　数	240千字
印　　张	17.5
版　　次	2016年8月第1版
印　　次	2023年2月第2次印刷
书　　号	ISBN 978-7-5513-0894-6
定　　价	55.00元

版权所有　翻印必究

如有印装质量问题，可寄出版社印制部调换

联系电话：029-81206800

出版社地址：西安市曲江新区登高路1388号（邮编：710061）

营销中心电话：029-87277748

毫无经验的初恋是迷人的
但经得起考验的爱情是无价的

——[俄]马尔林斯基

目 录

引言　不能承受的情爱之重　1

第一章　赤

1. 杨琼：流水线上邂逅的爱情　6
2. 霍艳：嫁给古琴的女孩　19
3. 丽丽：我的结婚之旅　32

第二章　橙

4. 高文：爱情合伙人　42
5. 秦然：青春美少女的男人帮　52
6. 菲菲：爱情呼叫转移　66

第三章　黄

7. 龙凯：都是网络惹的祸　82
8. 谭妍：我的婚姻我买单　95
9. 张雯雯：妈妈，我的爱情丢了　107

第四章　绿

10. 蒋小丹：别把我的爱当传销　118
11. 叶露：恋爱中的性自由　133
12. 谢建涛：好男人的多舛姻缘　144

第五章 青

13. 袁芳芳：舞蹈教练的双面爱情　158
14. 筱月：请放爱一条生路　166
15. 陶梦佳：爱是拿来折腾的　178

第六章 蓝

16. 黄思怡：我站在灵与肉的灰色地带　190
17. 蓝岚：在婚姻的"钱"途上奔跑　205
18. 杜媛媛：全职太太的悲喜婚姻　218

第七章 紫

19. 司马樱桃：茶艺师的冷暖之恋　230
20. 徐柯莎：模特背后的隐忍爱情　245
21. 魏立方：用拳头替爱情说话　257

后记 / 当下婚姻的开放与失范　268

引言
不能承受的情爱之重

　　人类自有文明伊始，便产生了对爱情孜孜不倦的追求和向往。《诗经·邶风·击鼓》里"死生契阔，与子成说。执子之手，与子偕老"之句，道尽了古人对爱情的理想和愿景；白居易《长恨歌》中"在天愿作比翼鸟，在地愿为连理枝。天长地久有时尽，此恨绵绵无绝期"之语，吟出了帝王与爱妃之间的爱恨悲欢，缠绵歌哭；黄梅戏《天仙配》里"你耕田来我织布，我挑水来你浇园。寒窑虽破能避风雨，夫妻恩爱苦也甜"，唱出了人世间庶民百姓共建美好家园的心声；诗人舒婷《致橡树》中"不仅爱你伟岸的身躯，也爱你坚持的位置，足下的土地"，写出了上个世纪无数青年男女对爱情自由与平等的呼唤；赵咏华演唱的歌曲《最浪漫的事》里，"我能想到最浪漫的事，就是和你一起慢慢变老。直到我们老得哪儿也去不了，你还依然把我当成手心里的宝"，更是将红尘中不少痴情男女理想中的爱情诠释得温馨感人，回肠荡气……

　　这足以说明，爱是人类永恒的主题。没有爱情的滋润，人生注定是苍白的，不完整的。曾经，为了爱，有人背井离乡，甘愿挨饿受冻；为了爱，有人千里追寻，生死同舟；为了爱，有人患难与共，祸福相依；为了爱，有人坚守一生，不离不弃……

　　然而，曾几何时，这种令人肃然起敬的爱情，就像远去的光阴，再也找

人生四季
◎结婚季◎

不回来了。人们耳闻目睹的，多是"网恋""闪婚""一夜情""炮友"等新现象。中国改革开放三十多年来，社会转型导致各种问题层出不穷，人们的道德观、价值观、爱情观等均发生了急剧的变化。传统、保守、稳定的婚姻观念已经过时，很少有人傻到愿意再跟着对方受穷吃苦，从一而终，一生只为一人守候，始终坚守爱的理想和信念，把"爱"当成婚姻的基石。在当下，如果你是一个无权无势，既没有令人炫目的家庭背景，又没有富裕的经济基础的青年，即使你人品再优秀，一身正气，才华横溢，技压群芳，也很难找到如意伴侣。年轻人的择偶标准，已经不再单单是"以人为本"了。

为此，中国有不少父母，无论是城市家庭，还是农村家庭，他们为子女恋爱、结婚之事煞费苦心，奔波游走，投入大量精力、财力，其结果却是两手空空，白忙一场。更有甚者，为给儿子娶一个俊俏媳妇，或给女儿找一个高富帅的郎君，搞得倾家荡产，债台高筑，以至于众叛亲离，落得人不人鬼不鬼的下场。

当然，造成当下婚恋问题的原因，除受社会大环境的影响之外，也有人们自身的问题。时代的开放，一定程度上导致人心灵和精神的裂变。功利主义成了大多数青年人的价值判断，这使得他们做任何事都首先从现实出发。有没有钱是评判一个人是否成功的唯一标准，这一思想，左右着年轻人的择偶观。不少人爱慕虚荣，好高骛远，梦想通过婚姻来改变自己的人生，希望一夜之间咸鱼翻身，从一只"丑小鸭"变成"白天鹅"。为达到此目的，他们不惜耍尽手段，拿青春做赌注，出卖肉体和灵魂，而不管道德的约束和做人的底线。

至于那些通过父母的帮扶过上优裕生活的青年，更是对婚恋抱持玩世不恭的态度。结婚对他们来说，就像小孩子的"过家家"游戏，不过是玩一玩而已。这种"游戏人生"的婚姻观，使得现如今的婚恋故事五花八门，稀奇古怪，让人啼笑皆非，瞠目结舌。

我曾亲眼目睹一对新人，在热闹的婚礼现场互表衷肠，发誓一生一世不

引言 / 不能承受的情爱之重

离不弃,有福同享,有难同当。可仪式刚刚结束,他们就彼此大骂,像仇人一样翻脸不认人,让前来参加婚礼的亲朋好友惊愕不已。我一位熟人家的男孩,与女朋友十分恩爱,婚房都布置好了,可临到结婚前夕,姑娘的父亲却将之藏了起来。她父亲之所以这么做,是因为姑娘当时在广州一家工厂打工,每个月能为家里挣几千块钱。他怕女儿嫁人后,挣的钱就成了别人家的了。故他不想女儿这么快就嫁人,留着再为家里创收几年。

碰到此类事件,我不知道该怎样去做评价。作为一个观察者,任何的评价都是欠妥的,有失公允的。我唯一能做的,也许只有见证和记录而已。因为,"存在即是合理的",我只能这么去理解。基于此,本书以纪实的形式,从文学、社会学、心理学的角度,采取个案分析的方式,力图忠实记录当下青年人的婚恋故事,直面他们的情感遭遇,以及围绕此种遭遇所折射出来的各种复杂的社会问题。从中,我们或可引发诸如对人生、爱情的思考与感悟,对社会的窥视和认知。

全书共采访二十一位(对)青年男女,均为80、90后。这些采访对象来自各行各业,既有农村姑娘,又有城市小伙;既有富家子弟,也有贫寒书生;既有高学历的知识分子,又有低学历的打工仔……虽然,他们并非是我刻意选择的采访对象,但他们的故事无疑都具有典型性,涉及婚恋问题的方方面面,也能从不同侧面反映社会现实。他们的感情经历可谓波诡云谲,繁复错杂,跌宕起伏。二十一个故事,宛如二十一条弯弯曲曲的河流,共同汇聚成爱情的潮水,滚滚流向人生的大江大海。

我站在这条河流的岸上,看到了一朵朵青春的浪花和自己的倒影,看到了一代人内心的爱与乐、甜与苦;看到了在时代洪流的裹挟下,作为个人爱情的卑微与神圣;看到了人类因爱而永不停息的生命之谜。

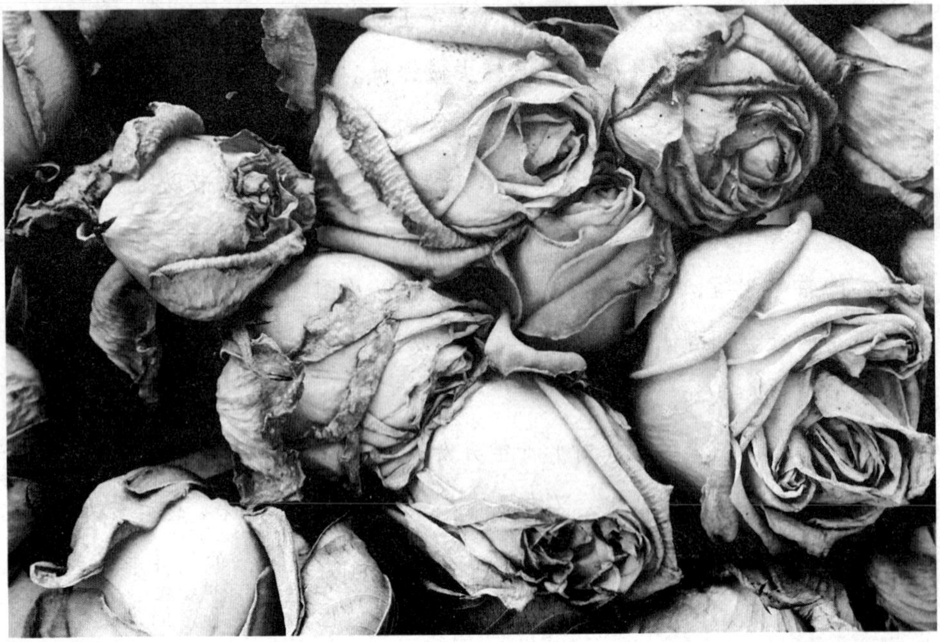

第一章

赤

1. 杨琼：流水线上邂逅的爱情

人　　物：杨琼

性　　别：女

出生年月：1985 年 6 月

职　　业：打工妹

采访背景：

　　2015 年春节刚过，年味尚浓。走在乡村路上，还能看到提着礼品走亲戚拜年的人。三三两两，挽老扶幼，一路上有说有笑。路边的青草吐出了嫩芽，远远看去，宛如铺了一层翠绿的地毯。眼下虽然开春很久了，但天气却湿漉漉的，略感一丝微寒。我背着双肩包，步履匆匆地在崎岖的山路上走着。我的目的地，是去"老寨子"。

　　老寨子是一个村庄的名字，位于重庆西南一个偏僻之地。杨琼就住在那里，那是她的婆家。自从结婚以来，每年春节，她几乎都回这里来过。这倒不是她多么热爱这个地方，热爱她的公公、婆婆和丈夫，而是放心不下刚满两岁的儿子。

　　年前，我试着跟杨琼约定，春节后找个时间见个面，聊一聊。没想到，她爽快地答应了。只是她告诉我，她过完年很快就要动身去广州打工，让我安排好时间。

第一章 赤

我去的那天，正好是正月初七。杨琼知道我要来，特地穿了件鲜艳的衣裳，头发也洗得干干净净。看上去，跟个城市妹差不多。我不晓得，她是不是在有意掩饰她的身份。杨琼性格很随和，属于那种见面熟的女孩子。很快，她就向我打开了话匣子，喋喋不休。安顿好儿子后，她领我到镇上一个路边茶馆。茶馆里人很多，大都是些老年人，戴着老花镜，在打长牌。老人们见到我们，有些好奇，都扭过头来看。不过很快，他们又开始正襟危坐地打牌了。我要了两杯茶水，半斤瓜子。茶水很便宜，三块钱一杯。在嗑瓜子和老人们打牌的熙攘声中，我们开始了闲谈。

逼婚使我走投无路

杨琼回忆起多年前那个残阳如血的黄昏，脸上不由得浮起一片乌云。当时正值盛夏，天气燠热，路边的野草被晒蔫了叶子，软塌塌的，风一吹，就东倒西歪。知了躲在桉树或麻柳树上，高一声低一声地叫，吵得人心烦意乱。

村子里大多数人，趁太阳偏西，都各自扛着锄头，下地干活去了。只剩下几条狗和几只猫，在村中转来转去。杨琼小心翼翼地躲在屋后的竹林里，屏气敛声。她怕过路的人发现她的行踪。那样，她精心策划了一个多月的出逃计谋，就彻底完蛋了。

自从离开校门后，她就没想过要回这个家。在杨琼眼里，她们家简直就是个地狱，甚至比地狱还要阴暗，还要可怕。杨琼的父亲是个酒鬼，每天早晚，都要喝两盅，那是他多年来养成的习惯。可她父亲的酒量又差，每喝必醉。一喝醉，就骂人，骂她母亲不说，还骂她。用杨琼的话说：我父亲原本就是条疯狗。有时候，骂了自己家里的人不解气，还要跑到村里去骂邻居，见谁骂谁。杨琼说："村子里的人都被他得罪完了。"

杨琼的母亲拿她父亲没办法，劝也劝过，闹也闹过，甚至还以上吊的方式逼其戒酒，但这些都没用。她父亲就是块茅坑里的石头，又臭又硬，任凭你十八般武艺耍尽，他愣是死不悔改。

她父亲之所以脾气如此乖戾，盖在于她母亲未能生出儿子的缘故。在农村，即使家境再贫穷，都必须生个男孩来延续香火，否则，是会被人瞧不起的。杨琼是家中老大，她一出世，父亲见是个女娃，眼珠子都气绿了。后来，父亲对她一直不冷不热。杨琼说："我长这么大，父亲从来没给我买件新衣裳，买条新裤子；就是逢年过节，也舍不得带我去吃点儿好的。"她父亲的全部心思，都花在如何才能生儿子上。一年过去，杨琼的二妹出生了。她父亲气得差点儿吐血，还躺在床上整整睡了三天，既不吃也不喝。又过了两年，杨琼的三妹降生了。这回，她父亲已是忍无可忍，从灶房的水缸里，舀起一盆冷水，气急败坏地冲进房间，朝还在坐月子的母亲头上一泼，抢过婴儿，直接拿去送了人。杨琼说，她和母亲至今都不知道三妹的下落。

这事发生后，杨琼的母亲大病了一场，还因此落下终身病根。只要刮风下雨，母亲就喊头痛，痛得在地上打滚，很让她心痛。有一个冬天的下午，她母亲冒雨去田地里割猪草，回来后，发高烧，头痛欲裂。整个人瘫在地上，痉挛成一团。正好那天是周末，杨琼从学校回来撞见这一幕，心都碎了。她把母亲扶起来，倒了点儿热水，给她做热敷。就在这时，喝醉了酒的父亲，血红着眼睛从外头趔趔趄趄地进屋，飞起一脚就把脸盆给踢翻了，水溅得到处都是。继而，他破口大骂："你个畜生，你吃我的，穿我的，没服侍老子一回。你只晓得对这个娼妇好，你的良心都被狗吃了吗？"

从此以后，杨琼一想起父亲，心中便满是仇恨。

杨琼说："送走了三妹后，我父亲仍不死心，天天想着抱儿子。"可自打她母亲落下病根，身体是每况愈下，且再也没有怀过孕。杨琼父亲的希望破灭了，便借助于酒精来麻醉自己。兴许是她父亲的精神受到重创，除了酒以外，还需要找到某种平衡和慰藉，渐渐地，他开始在杨琼身上打起了主意。他四处找媒人给杨琼提亲，那段时间，隔三岔五便有媒人在他们家进进出出，

第一章 赤

像赶集似的。此事搞得杨琼十分狼狈，左邻右舍都在议论纷纷。

那时，杨琼还不满十七岁，在县城一所职业学校念书。对于一个中学生来说，压根儿还不懂得什么是婚姻。杨琼当时唯一的想法，是在学校认真学门技术，将来离开农村，去创造出一片属于自己的天空。可没想到的是，她父亲的催逼，提前改变了她的人生轨迹。杨琼说："我父亲那阵子好像中了邪，只要我一从学校回到家中，他便跟我谈结婚的事。一会儿说邻村某某家的孩子还不错，是个木匠，手艺好；一会儿又夸镇上某某家的儿子能干，是个司机……总之，他劝我最好不要读书了。说女孩子读那么多书干啥？况且，你读的又是职高，现在大学生满大街都是，你能比得过他们？依我看，人还是现实点儿好，女孩子嘛，嫁个好老公，比读大学强。

有一天，父亲竟然陪同媒婆，领着一个小伙子到学校去找她。门卫不让他们进校园，就跟门卫闹，又跳又骂，捋衣袖挽裤管的，还扬言要放火把学校烧了。起初，杨琼还不知道是她父亲在校门口耍横，坐在教室上课的她，听到喇叭里在喊：计算机二班的杨琼，计算机二班的杨琼，马上到校长办公室来一下。杨琼惊慌失措地跑去一看，羞愧得无地自容。她说："我恨不得当时地上能有条缝，那样，我就可以迅速钻进去，再也不出来了。"

这件事在学校闹得满城风雨。杨琼走在校园里，都不敢抬头，她怕老师和同学们嘲笑她。事实上也是如此，特别是那些喜欢没事找事的同学，老在她背后指指点点，甚至指桑骂槐地讥笑她，这让杨琼深受其辱，自尊心受到极大伤害。久而久之，她有些惧怕上学了。在她看来，学校已经容纳不下她了。于是，她开始背着家里人，整天在县城里流浪，东躲西藏。学校老师以为她被父亲钳制了，都没把杨琼的逃学当回事。

据杨琼回忆，她在城里浪荡了一个多月。也是在此期间，结识了几个社会青年。他们常在一起厮混，对方供她吃饭、住宿。待彼此都混熟了，杨琼有点儿羡慕起了这种无忧无虑的生活，既没有老师的监管和学习压力，更没有父亲的强加威逼。她就像一只在笼子里被囚禁得太久的小鸟，终于获得了

人生四季
◎结婚季◎

自由。杨琼说，那是她最快乐、最开心的时光。每天，跟随那几个闲散青年到公里去晒太阳，爬上山顶看日落，骑着自行车沿着河边兜风……这一切，让她如梦如幻。她觉得人活一辈子，要是都能这样自由自在、无拘无束，那就太好了。

后来，其中有个青年说，他一个叔叔在广州某电子厂里当高管，目前厂里缺人手，问大家愿不愿意去。杨琼一听，觉得机会来了，加上她自己正好学的也是计算机专业，虽然没毕业，但好歹也懂一些。便跟那个青年约定，由他负责带自己去广州进厂上班。

杨琼脑瓜子倒也聪明，她虽没出过远门，但她觉得既然出门，怎么也得带几件换洗的衣服。不然，到了那边，暂时没钱买，咋办？这样一琢磨，她跟青年商量，陪她回家拿衣服。正好她也有一个多月没回家了，想趁机看看她母亲。

杨琼是偷偷地摸回家的。那天下午，她一直藏在竹林里，蚊子将她全身上下都咬起了疙瘩，奇痒无比。她父亲不知又躲到哪里逍遥去了，只见她母亲一个人在家里喂猪。喂完猪，又接着洗衣服。母亲迟迟没有上坡干活，杨琼就蹲在那里傻等。大概快到5点钟了，她的母亲才背起背篼，拿把柴刀朝坡上走去。母亲前脚一走，杨琼便像个小偷似的溜进了屋里。一个多月没回家了，家里的一切都没变。她睡的床铺，母亲怕落灰尘，用塑料纸罩着；衣柜里，她平时穿的那些衣服，也被母亲洗得干干净净，折叠得整整齐齐。杨琼匆忙收拾了几件衣服，就出门跑了。

跑到屋后的山路上，她远远地看见母亲正弯着腰，在坡上搂柴。孤零零的身影，把大地贴得紧紧的。那一刻，杨琼的眼泪唰地下来了，悲伤河流般将她淹没。

第一章 赤

以身相许谢恩人

初到广东的杨琼，对自己亲眼看到的一切，都是陌生的，新鲜的。她仿佛一只来自乡下的羊羔，被人牵到了城市。她清楚地记得那天的情景——背着一个帆布背包，站在广州的十字街头，茫然无措。鳞次栉比的楼群高耸入云，穿梭往来的车辆密密麻麻。天桥上，街道两边，地下通道里，全是些行色匆匆的人。杨琼长这么大以来，第一次感到压抑和恐怖。这种心慌的感觉，跟她父亲到学校闹时的感受完全不同。

好在，领她出去的那个青年，社会经验比她丰富多了。在青年的安排下，似乎没怎么费力，杨琼果真在一家电子厂找到了工作。杨琼说："我那哥们儿的确神通广大，他带我去面试那天，我心里紧张得很，手心手背都是汗珠。走到工厂时，我一看前来面试的人排起长长的队伍，更是浑身发抖，对自己能否应聘成功，心里全没底。面试时，很多人现场就被淘汰了。轮到我时，我那哥们儿赶紧挤上前，向面试的考官打了声招呼，递上一支烟说：'叔，这就是我介绍来的小杨。'那人朝他笑了笑，又仔细打量了我好一会儿，便让我去旁边填张表格。就这样，我顺利进了厂。"

工厂的生活是呆板的，僵硬的，每天三班倒。遇到工厂赶货，员工们都得加班。刚开始，杨琼很不习惯，这个从小在乡下长大的孩子，虽然也吃过很多苦，但还没有遇到过如此超负荷的劳动。每天下班后，疲倦极了，周身骨头都似要散架。一回到寝室，躺在床上就想睡觉，脸脚都不洗。

说来也怪，到工厂后，杨琼经常失眠。一闭上眼就做梦，她梦见最多的人，是她的父亲和母亲。父亲依然嗜酒，跟母亲吵嘴。有天夜里，她还梦见父亲拿把菜刀，把母亲剁成了肉酱。醒来，吓得脊背发麻。

有时累得实在受不了，杨琼就躲在被窝里，偷偷地哭。那时，她会特别

人生四季
◎ 结婚季 ◎

想念母亲。她想，要是此时此刻能够在母亲的怀里躺一会儿，不知该有多么温暖。她还会怀念她的学校，对杨琼来说，读书的时光是美好的。但想着想着，她便不自主地想到父亲，她的泪水就干了，那是被怒火烤干的。要不是父亲的瞎折腾，她也不会这么年轻就被迫离乡背井，步入复杂而喧嚣的社会。

但哭归哭，伤心归伤心，开弓已无回头箭。路是自己选的，哪怕布满荆棘，也要披荆斩棘，勇往直前。杨琼工作十分认真，深得领导赏识，对她很照顾，每次发工资时，会多发给她一两百块钱。这让她这个外乡妹，心里多少感到一丝温暖。

杨琼人虽年轻，却是个心地善良的姑娘，懂得感恩。有一次，领导过生日，杨琼想，平时领导如此关心她，趁此机会，应该买件礼物表达谢意。下班后，她悄悄跑去商场，选了条领带。从商场出来，已经很晚了。那时候，广州的治安很不好，经常发生抢劫、杀人案件。她下了公交车后，朝住的地方走。当走到一个街道拐角处时，突然从背后跑出两个人来，将她按倒在地。杨琼拼命叫唤和挣扎，越叫唤，抢劫的人越紧张。其中一个用刀子对着她的脸，另一个则负责抢包和搜身。

这惊险的一幕，恰好被街对面几个喝夜啤酒的小伙子看见了。他们每人手里提着一个啤酒瓶，飞奔过来。抢劫者见势不妙，扔下包逃走了。几个小伙子把杨琼扶起来，护送回了宿舍。

几天后，杨琼才知道救她的那几个青年，竟然是自己同一个厂里的员工。杨琼为表达感谢，一天下班后，请那几个小伙子出去吃宵夜。这样一来，她便与其中一个名叫张新的小伙子好上了。

凑巧的是，张新也是重庆人，比杨琼大两岁，这种乡情无疑拉近了他们之间的心理距离。一回生，二回熟，见面的次数多了，两个小青年便公开住在了一起。杨琼说："我那时没有多想，也不晓得自己是不是真正喜欢他，反正就这么糊里糊涂地在一起了。"想了会儿后，杨琼继续说，"可能还有个原因，就是寂寞，异乡人的寂寞。我当时就想找个人靠一靠，聊聊天，说说话，

第一章 赤

没别的企图。"

杨琼说得很实在，作为一个初入社会的姑娘，她还没有能力去追求爱情，张新不过是抚慰她内心寂寞的一剂药罢了。

可这剂药却并未对症。张新不但没有使杨琼真正感到安慰，反而让她越来越痛苦。因为，他俩在一起生活半年后，杨琼怀孕了。

未婚先孕惹风波

怀孕后的杨琼更加恐慌，整天惴惴不安。上班打不起精神，老想睡觉，回到家里，又睡不着。早上一起床，就恶心，想吐。杨琼是个爱幻想的姑娘，没事的时候，她就想自己肚子里的孩子，会不会像她在老家时种的那棵月季。先是一个花骨朵，在阳光的照耀下，慢慢绽放。但想着想着，她便感到后怕。她不知道该怎么面对这个孩子，生下来？打掉？激烈的思想斗争，像荡秋千一样在她脑子里摇晃。最终，杨琼考虑清楚了，只有将孩子打掉才是明智的选择。

一天夜晚，吃过饭后，杨琼正准备跟张新商量打掉孩子的事，可没想到的是，张新前几天已将杨琼怀孕的事告诉了远在老家的父母。他父母欣喜异常，立即催促张新带杨琼回家举办婚礼。那晚，张新也正要将父母的意思转告给杨琼。两人分别一说，针尖就对上了麦芒。他们各执一词，坚持己见，一直僵持到下半夜，仍是难分胜负。

谁知，张新的父母是个急性子。三个星期过去，他父亲居然来到了广东，要亲自接他们回去。这下，杨琼已无退路可走。在张新父亲的软硬兼施下，杨琼被迫跟着张新离开了广东。在回程的列车上，杨琼一言不发，心里七上八下的。她不知道自己未来的命运会是什么样子。

张新的家，也就是我开头提到的老寨子，属市级贫困村。在镇上下车后，

13

还要爬好几里山路才能到家。杨琼边走边歇气，张新的父亲倒也能体恤人，他怕杨琼长时间的行走会动了胎气，走不多远就叫杨琼坐下休息。三个人费了好半天劲，到家时，太阳都爬上院坝边的墙壁了。张新的母亲早已做好了午饭，跑到山地坡上观望几次了。

杨琼一到，见张新家的房屋破旧不堪，屋顶上的青瓦好多都是残片。脚刚跨进堂屋，一股霉味扑鼻而来，她的心凉了一下。怀孕之前，张新骗她，说他们家坐落在平坝，前年才换了新房。可现在生米煮成了熟饭，杨琼感到自己吃了哑巴亏。但碍于张新父母的情面，她没有将这层纸捅破。

杨琼再次萌生了堕胎的念头，可这里不是广东，事情她说了不算。在张新父母的再三威逼下，杨琼只好同意了这门婚事。按照风俗，儿女结婚必须双方父母在场。不得已，杨琼只好将此事如实告知了她的家人。几年没回去了，她不知道父母知道这事后，会怎么想。

去见杨琼父母那天，张新自然也去了，还提了两瓶好酒，买了两条好烟。可刚一到家，杨琼的父亲便大发雷霆，从院坝里抄起一根竹竿就要打人，把张新撵得东躲西藏。杨琼的母亲站在一旁，默默地掉泪。杨琼的父亲气消后，见木已成舟，态度忽然转变了，对张新热情起来。又是问话，又是递烟的，搞得杨琼莫名其妙。几番周折，杨琼终于看明白了，父亲是想收张新家的彩礼。

杨琼的父亲一开腔，就是狮子大张口，咬定要彩礼钱五万元，否则，张家别想娶人。张新回家，将情况说与父母听，他父亲当即就火了，说这是敲诈。过了两天，杨琼的父亲就跑来张家兴师问罪。两家人一见面，就戗上了，像仇人样。最后还是村干部出面，才化解了这场风波。调解来调解去，最终张家给了杨琼父亲两万块钱，才把事情摆平。

杨琼说："我们的结婚酒，是在张新家办的，坐了十几桌，左邻右舍都来了。"一个懵懵懂懂的花季少女，就这么踏上了婚姻这条船。

办完结婚酒的第二天，张新就去了广东。杨琼说："他父母催他走，说待在家里，地上生不出钱来。家里所有的积蓄，都付了彩礼和办了酒宴，若不出去挣点儿钱，怕是孩子降生了，奶粉钱都没有。"说完，杨琼眼眶里有泪花在闪动。

张新走后，婆子妈时常跟杨琼拌嘴，说她这里不是，那里不是。还举例说自己当年怀张新时，还要下地挖红苕，哪像她，抄起手耍。杨琼说："怀胎十月，我就像在坐牢。"

几个月之后，孩子终于落地了。好在杨琼生的是个男孩，这多少让婆子妈对她另眼相看。但杨琼仍能感受到婆子妈对她的冷漠。她月子里想吃鸡蛋，婆子妈都舍不得给她煮，这一点让杨琼伤透了心。故刚一出月子，她也跑去广东，找张新去了。

大难临头各自飞

一晃两年过去，杨琼的孩子都晓得在电话里喊爸爸、妈妈了。可这两年中，他们两口子只回去过一次，他们在厂里拼命地干活。让孩子长期跟爷爷、奶奶生活在农村，是杨琼最不愿意看到的结果。她从小在农村吃尽了苦头，不想再让自己的下一辈重蹈覆辙。于是，他们想多挣些钱，然后，回到县城或镇上买套房子，让儿子今后在城里上学。

可这些年工厂效益差，工资低，杨琼两口子除了房租和日常生活开销，加上每个月给孩子寄去的一千块奶粉钱，基本就没什么结余了。张新脾气暴躁，喜欢打牌，这是结婚后杨琼才发现的。只要一有空，张新就啥事不管，跑到外面的茶馆里去赌博。输了钱，就回来找她出气，有时还要动手打人。杨琼撩起衣袖，让我看她的左胳膊。上有一条伤疤，像一条肉虫。杨琼说："这疤痕就是张新用菜刀砍的，我一辈子都忘不了。"

每个月，只要一发工资，杨琼就得赶紧去邮局，将奶粉钱寄回去。稍微晚寄两天，婆子妈就会在电话那头破口大骂，骂他俩没本事，连娃儿都养不活。还说自己起早摸黑，帮忙照看孩子，一点儿好处都没有，不晓得是上辈子做了啥缺德事。

杨琼的钱夹里，有一张她儿子的照片。一张胖嘟嘟的小脸，眼睛大大的，长得很像她。杨琼说："没做母亲的时候感受不到，做了母亲才晓得看不到自己孩子的痛苦。"在广东，她每天都想见到儿子，想得实在受不了了，就掏出钱夹来看照片。本来，她原来使用的手机上，还录了一段儿子的视频，可一次外出时，手机被扒手摸了。这张照片，是唯一一张了。

2014年11月，杨琼正在上班，突然，她接到婆子妈打来的电话，声音颤抖，还带着哭声。说孩子生病了，上吐下泻，发高烧。他爷爷去镇上拿药吃了，不见效，反而越来越厉害。杨琼一听，心马上揪紧了。第二天，她便坐车匆匆赶了回去。杨琼到家后，立刻将孩子送往县医院。经过检查，医生说是中毒。杨琼问婆子妈喂了孩子啥，婆子妈鼻涕一把眼泪一把，说媳妇冤枉了她。除了奶粉，她啥也没喂。杨琼不信，跑回去翻箱倒柜，欲查究竟。结果，她发现婆子妈给孩子吃的奶粉竟然是过期的。杨琼发火了，这是她第一次发这么大的火，把家里的碗都砸了。公公见事已至此，便说出了实情。原来，他们贪图便宜，赶集时，跑去小摊贩手里买劣质奶粉。

孩子住院要钱，一周过去，杨琼身上的钱全部花光了。医生说，孩子还得再住院观察一个星期。无奈之下，她只好给张新打电话。张新了解事情真相后，不放心，也赶了回来。令杨琼不理解的是，张新到家后，连一句都没责怪母亲，还帮着母亲说话，这可把杨琼气疯了。孩子办完出院手续当天，杨琼忍无可忍，她心中长久压抑的委屈，火山一样爆发了。于是乎，她指着张新的鼻子好一通臭骂。张新这臭脾气，哪能容忍自己妻子的羞辱。他跑进屋里，抱起熟睡的孩子，高高地举起，要朝地上砸。这惊险的一幕，把家里所有人都吓傻了。要不是张新的父亲眼疾手快，迅速夺过孩子，后果不堪设想。杨琼见张新丧心病狂，扑上去欲与张新拼命。谁知，张新转身跑去灶房，又提起一把菜刀出来，扬言要把杨琼和儿子一块儿办了。这时，邻居们统统

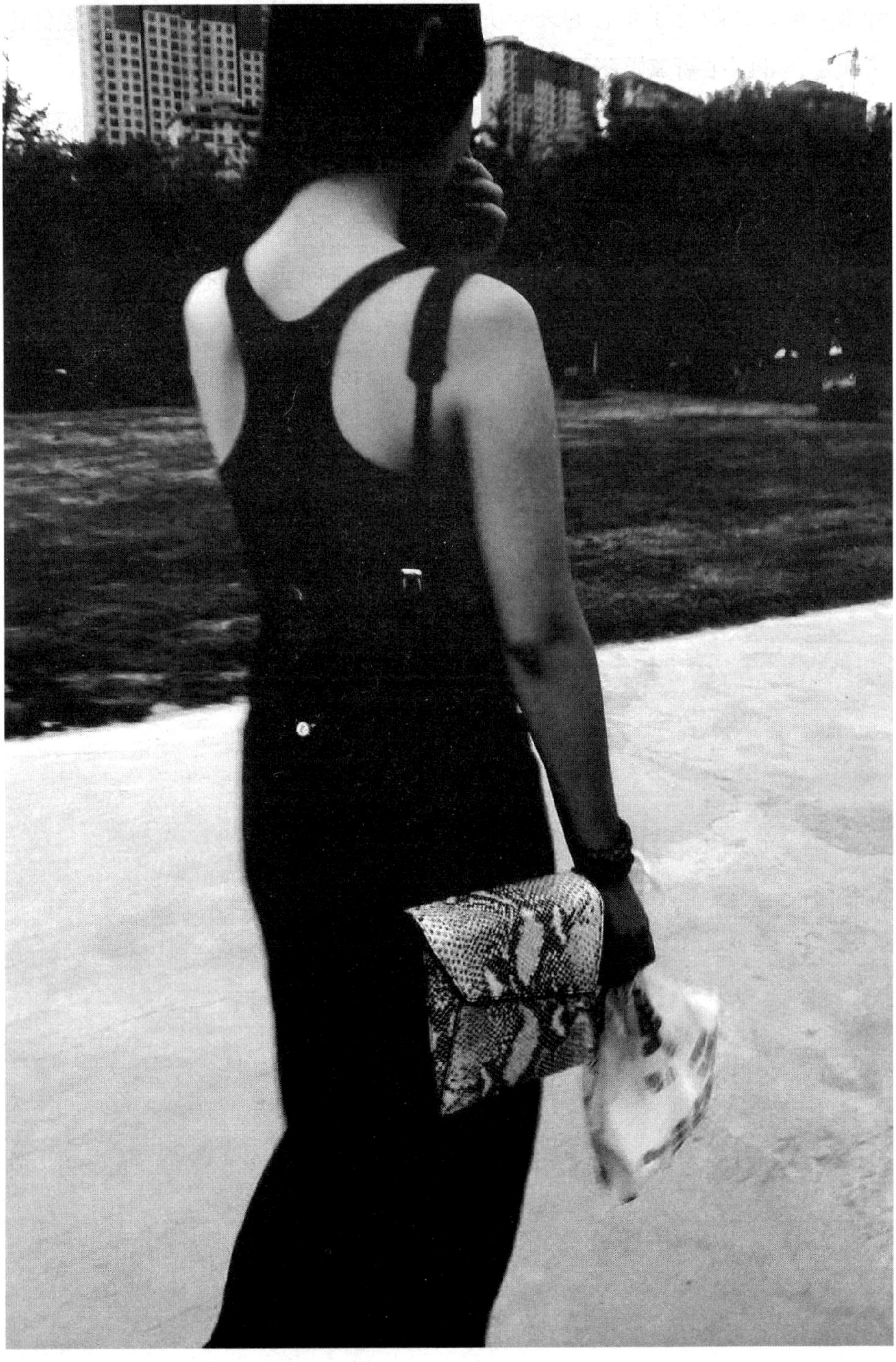

赶来劝架，才阻止了事态的进一步发展。"从那一刻起，我在心里已经做出了决定，非跟张新离婚不可。"杨琼咬咬牙说。

果然，十天后，杨琼与张新分道扬镳，结束了一场因错爱而生的短暂缘分。

离婚时，杨琼坚持要孩子，张新一家死活不肯。最终，经过法院调解，杨琼放弃了孩子的抚养权，但张新同意她可以随时去看望孩子。这次，杨琼就是趁春节休假，专门回老寨子陪孩子的。

杨琼说："我不想儿子今后长大了，会像我恨他外公那样恨我。"

2. 霍艳：嫁给古琴的女孩

人　　物：霍艳
性　　别：女
出生年月：1988年9月
职　　业：古琴教师

采访背景：

早春二月，公园里的迎春花都开了，黄黄的，一大片。有蜜蜂和蝴蝶在花丛中飞舞，似快活的小精灵。暖暖的阳光照下来，明艳艳的，这让我想到马上要见的姑娘，她的姓名里，也有个"艳"字。

见面地点是霍艳定的，公园里的一家路边茶馆，这里离她的住处近，方便。我们约定的时间是上午10点，我提前到了，要了两杯茶。霍艳说她喜欢喝玫瑰花茶，茶馆里没有，我还特意去超市买了一袋。

或许是周末的原因，来公园散心的人特别多。茶馆里也坐满了人，要不是我来得早，恐怕就没有空位置了。10点20分，霍艳来了。她穿了一身粉红色外套，戴一副镜框镶花的眼镜，乌黑的眼珠炯炯有神。一双纤细的手指，柔嫩而有力。大概是经常弹琴的缘故，她的十个指尖，还留有缠过胶布的印痕。

霍艳颇有几分女文青的范儿，举手投足，都体现出一种气质和教养。尤其是她说话的声音，细声细气的，很斯文。她老爱用四川话来发普通话的音调,听上去有些别扭,却又极富特点。

如果不是通过访谈,我怎么也不会相信,眼前这个性格柔和的姑娘,会遭遇那么复杂的感情纠葛。

让我更没想到的是,有着文青范儿的霍艳,竟会说出一句让我惊讶的话,作为我们谈话的开场白。

霍艳说:"陈忠实在《白鹿原》的开头写道,白嘉轩后来引以为豪壮的是一生里娶过七房女人,而我现在引以为耻辱的是在没结婚之前经历过四个男人。"

遭遇爱情

霍艳从小喜欢音乐。在乡下那会儿,每天早晚,只要随处到村子里一逛,她就能从风吹树响中听出美妙的乐感来。偶尔,听到广播或电视里播放歌曲,她就会放下手中正在做的事,全神贯注地聆听。但那时,没有人察觉霍艳的这种兴趣和爱好,她也不愿意将心事告诉给家里人。

霍艳的父亲是个包工头,自她有记忆始,家中就缺少父亲的身影。那些年,她父亲长年奔走在广东、甘肃、海南、新疆等地,只有到了每年春节,才会回家。家中只剩爷爷、奶奶、母亲和她。后来,母亲又给她生了个弟弟。有了弟弟后,母亲便很少干农活了。整天除了照看弟弟外,唯一的爱好是去镇上搓麻将。家中的日常开销,基本靠父亲寄钱回来维持。

说也奇怪,对大多数农民来说,都是重男轻女,可唯独霍艳的父母却格外喜欢她。尤其是她父亲,每年从外地回来,不是给她买衣裳,就是给她买吃的,却很少给弟弟买。有时母亲看不过去,会挑明了对父亲说:"手心手背都是肉,你一碗水要端平哈。"霍艳的父亲也只是笑笑,不作答。这也许正应了那句老话:母亲疼儿子,父亲疼女儿。

第一章 赤

　　父亲对自己的偏爱，让霍艳打小就跟父亲特别亲。一到过年，她最盼望的，就是父亲的回家。可有那么两年，父亲一次都没回来过。母亲的脾气也变得空前的暴躁，动不动就发火。不是拿她出气，就是拿弟弟出气。甚至，还会殃及爷爷、奶奶，这让霍艳十分纳闷。

　　那会儿，霍艳在县城上初中，住校。除了寒暑假，她顶多一个月回家一次。每次回家，见母亲都是郁郁寡欢，麻将也打得少了，成天窝在家里跟爷爷、奶奶拌嘴。说长论短，东拉西扯。有一次，母亲蛮不讲理吵闹，把爷爷气得卧床不起，死的心都有了。

　　兴许是爷爷的病危，让霍艳的父亲终于露脸了。父亲一到家，就跟母亲闹得不可开交。从他们的争吵中，霍艳听出了端倪。原来，她父亲在山西包工时，喜欢上了一个女人。那个女人要逼迫父亲跟母亲离婚。母亲感到危机，暴跳如雷。为了惩罚父亲，母亲就拿自己的儿女撒气。她想，只有这样，才能使父亲回心转意。

　　可霍艳的父亲是个情种，老婆骂得越凶，他越不悔改。有次，他竟然明目张胆地把那个女人带回家来了，这让母亲悲痛欲绝。渐渐地，不知是霍艳的母亲赌气，还是彻底死心了，她不再跟老公死缠烂打，该打麻将照常打麻将。一年之后，霍艳的母亲居然也跟镇上一个男人有了猫腻，听说还是个乡镇干部。这下，可把霍艳的父亲惹火了。霍艳说："男人都这样，只允许自己犯错误，不允许妻子犯错误。"他不再给家里寄生活费，连儿女们的学费也不再管。霍艳说："父亲之所以如此，除了母亲的事，还有个重要原因，是他在外包工时亏了本，加上那个女人又骗了他一笔钱。"

　　霍艳的弟弟自幼性格刁钻，顽劣成性，经常在学校惹是生非。不是今天把这个同学打了，就是明天把那个老师的东西偷了。弟弟一出事，校方就通知家长去学校解决。霍艳的母亲去过几次后，发现儿子死不悔改，便任其发展。霍艳看到家里的情况，每天在学校坐立不安，上课时时常担心母亲和弟弟。作为姐姐，她觉得有责任帮助父亲管好弟弟。一遇放假，她便跟弟弟促

人生四季
◎结婚季◎

膝谈心，希望弟弟痛改前非，认真学习，争取有朝一日出人头地。可弟弟每次都把她的话当耳旁风，这边进，那边出。

霍艳读高二的时候，她那不争气的弟弟居然离家出走了。弟弟走后，曾给霍艳写了封信，说自己在广州一个厂里打工。霍艳说："那时厂里用童工的现象很普遍。"霍艳将弟弟的情况说给母亲听，希望母亲能让父亲把弟弟找回来继续念书。可母亲气愤地说："找那个畜生干啥，就当我没生他。"

放暑假时，霍艳实在不放心弟弟，便一个人偷偷地买了船票，从重庆云阳坐船到宜昌，再由宜昌转车去广州。她想把弟弟接回来。那时的霍艳只有十六岁，从来没有出过远门。到达广州后，霍艳按照弟弟寄来信封上的地址，费了九牛二虎之力，才把弟弟找到。可弟弟死活不肯跟姐姐回去。弟弟说，他受够了这个家，父母整天就是吵吵吵，躲远些，耳根子清净。没办法，霍艳只好在弟弟那里住下来，继续做他的思想工作。可住下来要吃饭啊，霍艳来广州的路费，均是她平常在学校省吃俭用攒下的，一路上都花光了。

一天，霍艳在街上闲逛，看到有工厂在招工，她灵机一动，便跑去应聘。恰好对方急需要人，一去，就被录用了。那是家中美合资的电子厂，进厂之后，霍艳惊呆了。她发现厂里的工人，有很多都是未成年人，年龄大都比她还小。霍艳说："那都是些辍学的孩子，干活时身子单薄，手脚慢，便经常有好心的大哥大姐干完自己的活后，去帮他们完成任务。"这段经历，让霍艳心里很难受。她觉得，读书对于一个人来说，太重要了。

霍艳只在厂里干了一个半月，她见自己实在感化不了弟弟，觉得再这么耗下去，不但挽救不了亲人，怕是连自己的学业都荒废了。于是，她找到厂里，领了一千七百八十元工钱，就坐车返回重庆了。

眼看高考临近，填报志愿时，霍艳的音乐老师很欣赏她的音乐天赋，强烈建议她报考音乐学院。这也是霍艳自己的愿望。可天不遂人愿，高考成绩出来，她却阴错阳差地被重庆一所理工科大学录取。进入大学后，霍艳学的是会计专业，这让她很是郁闷。她的音乐梦想，就这么夭折了。

第一章 赤

由于对枯燥的会计学不感兴趣，霍艳上课时，老是心不在焉。老师在讲台上津津乐道地讲他的，霍艳却躲在下面翻乐谱。期末考试时，有好几科成绩都不及格。第二学期，一个新老师的出现，令霍艳萎靡的精神为之一振。霍艳说："你不知道，当我看到他的第一眼时，就被他征服了。"老师个子高挑，儒雅，博学，是个有品位的人。

从那以后，霍艳暗恋上了那个老师，每天都期待上他的课。只要是那个老师讲课，她眼睛都不眨一下，就那么默默地注视着他。霍艳说："我那时想，若能跟这个老师长相厮守，要不要音乐，追不追求梦想，一律无所谓了。"

但事实是，任何的暗恋都是青涩的，没有多大希望的。就像她暗恋的这个老师，最终只能使她陷入痛苦的深渊不能自拔——这个老师塑造了霍艳的爱情观，使她日后对任何同龄异性都产生排斥，激发不起一丁点儿的兴趣。

第一个男人

暗恋给霍艳带来的痛苦，像天空的阴云一样笼罩着她。这块云层很厚，很宽，几乎挡住了她头顶上的阳光。她去食堂打饭，会拿错卡；回寝室睡觉，会走错门……总之，那段时间，她像生了重病似的，头重脚轻。心里实在烦闷了，干脆课也不去上了，一直睡到日上三竿。

一天夜晚，校园里静悄悄的，只有教学楼的窗户里还透出白炽灯发出的光芒。霍艳从床上爬起来，萌生了一个奇怪的想法——她想跑去酒吧里唱歌。这念头一起，霍艳激动了，她曾听同学说过，酒吧是令人销魂的地方，是人间的天堂。在那里，可以让人忘记所有的忧愁，把不开心的事统统付诸脑后。但霍艳长这么大，还从来没有去过，她下定决心要去体验一下。

霍艳洗了脸，上了点儿淡妆，就急匆匆地朝校门口走去。学校对面，是一个商业圈，耀眼的灯光下，穿着时髦的青年男女在商场里进进出出。霍艳没有心情去注视他们光鲜的外表，此时，她的注意力全部集中在寻找酒吧上。兜了一圈后，她忽然发现在商场大厅里有一块楼层指示牌，上面标明五楼有一家夜总会。霍艳毫不犹豫，乘电梯上去了。

　　夜总会果真是令人迷醉的地方。霍艳一进去，就被里面的气氛感染了。五光十色的灯光闪动跳跃，光线射在地面上，如梦如幻。时而高亢、时而抒情的音乐，让她如痴如醉。大厅里，坐着几桌喝酒调笑的男女。女生个个年轻貌美，长发披肩，穿着长筒丝袜，露着肚脐，蛇一样的腰杆摇曳生风。她们一手端酒，一手拿烟，那模样，那姿态，真是潇洒极了。霍艳说："当时，我心里还有些后怕，可多待一会儿，也就适应了。"她找了个角落坐下来，要了两瓶酒。这时，舞台上有一个男人正在引吭高歌，声嘶力竭的，貌似把屋顶都要震飞。男人唱完，有不少人上前敬酒。霍艳也不知道是哪根神经发作，她居然也端了杯酒，跑上去。霍艳说："那个男人一见到我那清纯的样子，眼睛就发绿了。"男人一仰头，将杯中酒喝个底朝天。然后，拉着霍艳的手，久久不放。

　　接下来，那个男人便把注意力投放在了霍艳身上。通过观察，男人见霍艳始终是一个人在喝酒，便跑过来搭讪。这一来二去，彼此也就交流上了。那晚，男人领着霍艳跳舞，唱歌，一直娱乐到凌晨2点。待男人送霍艳回学校的时候，霍艳才知道那男人原来是自己学校的一个职工，在保卫处上班，叫顾钱斌，是个退伍军人，四十二岁。

　　有了这次接触，顾钱斌便隔三岔五邀约霍艳出去玩。霍艳起初不情愿，但顾钱斌早已搞清楚了霍艳住的寝室。于是，他经常借执勤之便，在寝室楼下等霍艳，一直等到霍艳下楼为止。霍艳说："其实他也挺帅的，一米八的身材，穿上制服，腰板直挺，很男人。"或许就是这原因，霍艳最终答应了顾钱斌的请求，愿意跟他相处。

　　每个周末，顾钱斌都要带霍艳出去逛街。逛完街，就领她去吃好吃的，还时常陪她到酒吧买醉。这一切，让霍艳觉得生活很滋润。以往读书，她从来都是省吃俭用，一个馒头分作两半吃。一夜之间，她竟改天换地，过上了衣来伸手、饭来张口的生活。顾钱斌对霍艳可以说是百依百顺，宠爱有加，霍艳叫他走东，他绝不走西。无论工作再忙，霍艳一个电话，他就能准时现身。这无不使霍艳有种做女皇的感觉。

有一次，也是春暖花开时节，顾钱斌约霍艳出去踏青，她欣然答应了。顾钱斌开着车，将她拉到郊区去看油菜花。那天，他们玩得很尽兴。下午，顾钱斌又领她到菜地旁的池塘里钓鱼。晚上，就住在一个农家乐。

踏青之中，顾钱斌的阴谋得逞，霍艳也上了贼船。如此一来，二人便正式过起了同居生活。直到这时，霍艳才开始关心起顾钱斌的家庭情况来。顾钱斌在认识霍艳之前，早已是有妇之夫，还有个读初一的儿子。这些，霍艳已有预料，所以她并未感到惊讶。霍艳说："知道他的真实情况后，我之所以还选择跟他在一起，是觉得他确实待我好，我怕失去那种感觉。"两人在一起相处久了，感情就会越来越深。顾钱斌看上了霍艳的年轻貌美，他承诺，一年之后，就跟老婆离婚，与霍艳白头偕老。果真，一年过去，顾钱斌向霍艳展示了他的离婚证书，并天天催促霍艳结婚。

事情发展到这一步，霍艳才真正感到恐惧了。她幡然醒悟，觉得自己一点儿都不爱顾钱斌，她爱的只是一种被呵护的感觉。觉察到这一点，霍艳便有意躲着顾钱斌，再不跟他见面。任凭顾钱斌手段耍尽，霍艳就像一只钻进洞穴的老鼠，不给他丝毫机会。

又过了两个月，顾钱斌深感与霍艳的缘分尽了，便转而跟一个做生意的女人走进了婚姻的殿堂。

第二个男人

像霍艳这样有着文青气质的女孩子，其实是很讨男人喜欢的，尤其是有文化的男人。他们看多了世俗气、脂粉气、妖气、媚气的女孩子，忽然见到

人生四季
结婚季

如此内敛和安静的姑娘，会按捺不住心中的冲动。

李雪平就是一个有文化层次的男人。当他第一次见到霍艳时，内心的涟漪是一圈一圈地在荡漾。甚至，还荡起了旋涡。说了你或许不信，李雪平也是霍艳的大学老师。霍艳说："我这辈子，也许跟老师有缘吧。"但与霍艳之前暗恋的那位老师不同，这个老师是教经济法的，四十岁出头。若单从外在形象比，肯定不如霍艳暗恋过的那位老师。他矮小，偏胖，戴副眼镜，走起路来，就像在地上滚动似的。霍艳说，她起初根本没在意他。而且，她还经常旷李雪平的课，但李雪平却早已暗中在意她了。

其实，还在霍艳与顾钱斌藕断丝连的时候，李雪平就开始发短信给她，一会儿嘘寒问暖，一会儿关心她的学业。总之，话语充满了暧昧。那会儿，因为有顾钱斌在，霍艳也没把李雪平当回事。

霍艳正式跟李雪平往来，是与顾钱斌分手后。有一次考完试，李雪平叫霍艳去帮忙改试卷。霍艳去了，这一去，结果麻烦了。那晚，他们改试卷改到很晚。大概10点多钟，李雪平说肚子饿了，让霍艳陪他出去吃夜宵。霍艳原本没有吃夜宵的习惯，女孩子嘛，都怕吃多了长胖。但碍于情面，她还是去了。吃完夜宵，已经快夜里12点了，李雪平主动说送霍艳回宿舍。此时的校园已经没有人了，路边的灯光忽明忽暗。加上那几天校园里正在线路改造，一半的路灯都没通电。霍艳住的宿舍楼下，是一片草坪。穿过草坪，便是教室。霍艳与李雪平并排走着，忽然，李雪平转身死死将她抱住。霍艳大吼一声，但没人听见。这时，李雪平拖起霍艳就朝草坪后面的教室跑。不知道为啥，那间教室那天晚上竟然没有上锁。教室里黑灯瞎火的，只是教室左侧的窗户能透进来一丝光亮，依稀可以辨认出对方的脸。李雪平一进教室，就迅速解霍艳的纽扣。霍艳使劲推搡，但李雪平力气很大，推搡到最后，霍艳索性站着不动了，任其疯狂放肆。就这样，霍艳理所当然成了李雪平的爱情俘虏。

事发后，霍艳曾想过报案。但没多久，她竟发现自己还真有点儿喜欢上

第一章 赤

了这个老师。虽说李雪平人长得不咋样，但口才一流，学识也堪称渊博。只要他一站上讲台，整个气场就被他控制了。一张嘴，下面即掌声雷动。这也难怪，李雪平没进高校之前，原本是个律师，自己开了家律师事务所。后来，他见所里效益不好，便去读博。毕业后，就留在了高校任教。如此经历，没有一副铁齿铜牙，行吗？霍艳就是被他这张嘴给套住了。

李雪平不像顾钱斌，他为人似乎要耿直得多。一开始，他就跟霍艳说了实话，告诉她自己是结了婚的人，不可能跟她成为夫妻。但李雪平提出给霍艳买一套房子，只要她肯做自己的情人。霍艳有些犹豫，但他的确又被李雪平的学识魅力击败了。思来想去，霍艳勉强答应了。李雪平见霍艳态度还不够坚定，开始给她洗脑，时常举例给霍艳听，说他某某朋友，长期两地分居，一个在台湾，一个在内地，一年只见两次面，照样恩爱得很，感情比太平洋的水还深。

李雪平耿直是耿直，但同时又是个有心计的人。自从霍艳跟了他后，他好像就把买房子的事给忘了，从来都不提。偶尔，霍艳提及此事，他就把话题岔开，王顾左右而言他。经常在外面找家宾馆，开一间房，二人在里面住一宿。有时，霍艳放假，无外出，他就连续开几天的房。每天跑去看她一次，待几个小时就走了。

有一天，李雪平照例去看霍艳。看完后，要起身离开，霍艳坚决不让他走，说必须留下来陪自己。李雪平好话说了一箩筐，霍艳照样不依不饶。李雪平无奈，只好依从了霍艳。但那天晚上，李雪平焦躁不安，心里似乎藏有事。9点多钟，李雪平说累了，要去洗澡睡觉。他刚进浴室不久，手机就嘀的一声响。霍艳拿起一看，是一条短信：李，我能做你的情人吗？霍艳一下就怒了。等李雪平洗完澡出来，霍艳问他这人是谁。李雪平支支吾吾，解释说肯定是有人发错了信息。

那天晚上，霍艳整夜都没睡着觉，她责怪自己太傻了，傻到在决定跟李雪平好之前，都没有去了解他的社会关系和人际交往。

第二天一大早，当李雪平还在酣睡中，霍艳便偷偷地爬起床，流着眼泪跑出了宾馆。

第三个男人

经历过两次情感纠葛的霍艳，自认为看穿了男人，参透了人生，今后再也不会上男人的当。可是她错了，在离开李雪平三个月不到，她便又掉进了另一个男人的圈套。这个男人叫杨伟，是一家公司的小老板。

他们是在网上认识的。离开李雪平后，霍艳一心只想认真读书。她无数次告诫自己，不要再浪费光阴了，人生短暂，应该抓紧时间，干一些有意义的事情。恰好那段时间是实习期，课业不是很紧，空余时间很多。于是，对音乐的追求，又开始像火焰一样，在她心里腾腾燃烧。霍艳便利用周末和晚上的时间，到一家琴行去学古琴。她确实有这方面的天赋，刚去没几天，就能弹奏一些简单的曲目，这让教琴的老师对她刮目相看。

学习古琴必须得多练习，可自己没有琴是不行的。几经徘徊，霍艳拿出李雪平曾给她的一点儿积蓄，去买回一架古琴来自学自练。这一练，就入了迷。没事时，她喜欢在网上去购买琴谱。一次，霍艳正在网上浏览，冷不丁看到一个征婚网站。她感到好奇，点击进去一看，竟有人来找她聊天。人寂寞久了，是需要倾吐的。如此一来，双方越聊越起劲，越聊越投机。霍艳发现跟她聊天的这名男子非常健谈，还很幽默。接下来的几天，那男子一没事，就在网上找霍艳。霍艳不冷不热，保持警惕。但女人都受不了男人的死缠烂打，待彼此都聊熟悉了，对方便提出跟霍艳见面。霍艳想，这事还颇新鲜，不如试一试。这一试，不料双方又擦出了爱情的火花。

霍艳说："我见不得长得帅的男人，那股子帅劲，很撩拨人的。"的确，杨伟长得眉清目秀，身高一米七五，三十五岁，比顾钱斌和李雪平都要年轻。

初次见面那天，霍艳还以为是哪位电影明星来了。经过了解，霍艳知道杨伟是离过婚的，有小孩，两岁了。离婚时，法院将孩子判给了女方。杨伟家里条件不错，父母均是工程师，据说还是搞航天科研的。杨伟在自己开公司之前，是中国电信的一名员工。干了半年，觉得工资低，便辞职开起了公司，专门做互联网和软件开发。霍艳说："杨伟自己有两套房，两部车，年收入有几十万元。"

杨伟花钱很大方，这让霍艳瞠目结舌。出去吃顿饭，他从来不让服务员找零。他们认识才一个月，杨伟就带她出去玩了两次，一次在三亚，一次在丽江。几乎每隔两个星期，他还会带霍艳去泡温泉、骑马，这让霍艳感觉幸福来得太突然。

有好几次，杨伟提出，准备带霍艳去整容。他觉得如果霍艳的鼻梁再稍微高一点儿，会更漂亮。霍艳怕做手术，迟迟没有去。杨伟劝她："你去吧，人追求美，哪有不付出代价的。"继而，他说，"不怕你笑话，其实我的生殖器，都是去做了拉长手术的。"霍艳想笑，但没笑出声来。

有钱的男人大多花心，杨伟也不例外，这点，霍艳早就发觉了。霍艳说："杨伟是个典型的花花公子，他在跟我相处的日子，其实背地里还跟另外两个女孩有交往。"经历了一些事情后，霍艳是能够明察秋毫的。霍艳心里清楚，杨伟跟她之间，纯粹是搞着玩的。她之所以不把真相捅破，还愿意继续跟他同居，是觉得杨伟是支"潜力股"。霍艳说："这世上，没一个男人可靠。什么是爱情？钱才是爱情。"

果不其然，四个月过去，杨伟便一脚把霍艳给踹了，跟扔个皮球似的。

第四个男人

人都是这样，经历的事情多了，也就麻木了，见惯不惊了。就像霍艳，

人生四季
◎结婚季◎

前前后后经历三个男人后,她已经对男人没有感觉了。霍艳说:"现在,男人对我来说,不过是生理需要和经济利益而已。"这就不得不提到她遇到的第四个男人。

一个偶然的机会,霍艳的班主任老师带她去某区县参加一个学术会议,主要是帮他整理一下会议资料。会上,有个近四十岁的男士对她一见钟情。会后,这位男士专门找到霍艳,表达爱慕之情,还留了联系方式。从名片上看,此人叫张万强,是县招商局副局长。

回到重庆后,一天上午,霍艳正在房间弹琴,突然手机响起,一接听,是张万强打来的。对方称他到市里开会,想请她吃个饭,聊一聊。霍艳想都没想,就答应了。吃饭时,张万强还买了一束玫瑰花送给她。霍艳没有特别感动,只是觉得张万强尚懂得浪漫。

那天,张万强分外高兴,一个人不停地喝酒。他劝霍艳也喝,霍艳只喝了两杯啤酒。喝到最后,饭馆里其他客人都先后散去了,唯独剩下他们两人。后来,张万强似乎喝高了,有些胡言乱语。服务员站在一边,希望他们能快些离开。霍艳见状,便叫张万强结了账,扶着他离开了饭馆。

10月的天气,外面风有些大。张万强一出店门就吐了。霍艳担心他出事,便叫了辆出租车,护送他回宾馆。到宾馆后,张万强拉住霍艳,死活不让她走。霍艳只好在房间给他烧了点儿水,又坐了半个小时。她见张万强酒劲已经过去,要起身告辞。谁知,张万强却如饿虎扑食一样,将霍艳按倒在床。霍艳想,不就是玩玩嘛,谁怕谁啊!便叫张万强关了灯,睡去了。

张万强倒也仁义,第二天走时,他递给霍艳几百块钱。以至于后来,张万强每次到重庆跟霍艳见面后,都会这么做。甚至,他凡是出差,都会给霍艳带一件礼物回来。霍艳手腕上戴的那个翡翠镯子,就是张万强从云南给她捎回来的。霍艳印象最深的,是去年春节,张万强开车送她回老家。车到镇上时,张万强从兜里掏出五百元钱递给她,说:"这是给你的压岁钱。"那一刻,霍艳的眼泪一下就滚落下来了。自从她念高中后,就再也没有收到过压岁钱。在她的记忆里，得压岁钱，还是在她父亲到外地包工那些年。父亲每年春节回来都给。她的小箱子里，至今还保存着有一年父亲发给她的二十元压岁钱。张万强的这一举动，无疑击中了霍艳的泪腺。

或许就是这个原因，霍艳心甘情愿地做了张万强的情人。这回，她啥都没问，她已经没有了要去了解张万强家庭情况的兴趣。要不是后来张万强的老婆跑到重庆来找她算账，大概到现在她都还跟张万强在一起。

一把古琴

如今的霍艳，生活过得很平静。大学毕业后，她到一家琴行，做了一名古琴教师。学员大多是些少儿。霍艳说："跟那帮孩子在一起，挺开心的。"在此期间，有个小伙子在追求霍艳，也是琴行的老师，年龄跟霍艳差不多大，但霍艳毅然拒绝了。她说，同龄人多数都很幼稚、肤浅，征服不了她。再则，霍艳还说，年轻人刚刚从学校毕业，没有稳定收入，在物质上根本满足不了她。而通过她讲述的以上经历来看，霍艳所谓的物质满足，不过是希望对方能经常带她出去玩，吃点儿好吃的，送个礼物而已。其实，生活中很多女青年，都迷失在中年男人这个所谓的爱情圈套里，她们认为自己找到了真正的爱情，其实不过是他们手中的玩物而已。

目前，霍艳的父母看她年龄不小了，一直在四处张罗给她介绍对象。可任凭父母头发都愁白了，她仍旧无动于衷。每天，霍艳除了教琴，大部分时间都宅在出租屋里，哪儿都不去。入夜，万籁俱寂，霍艳要么坐在窗前发呆，要么忘我地弹琴。弹得最多的曲子，是《高山流水》和《云水禅心》。偶尔，她也会弹一首《梁祝》。

人生四季
◎结婚季◎

3. 丽丽：我的结婚之旅

人　　物：丽丽
性　　别：女
出生年月：1984年6月
职　　业：大学教师

采访背景：

丽丽不是那种特别漂亮的女孩，但知性、有内涵，属典型的"才女"，这是我对她的第一印象。她似乎很忙，我们约了几次见面，都未能践约。每次都是我到指定地点等她好一阵后，她突然来个电话，说有急事走不开，改个时间吧。

我记得很清楚，我们相见那天，正好是元宵节。这是她约定的时间。当时我说："今天元宵，你不陪家人吗？"她说："天天都在一起，有啥好陪的。"说完，就呵呵地笑。笑声清脆，柔柔的，像三月里的小雨。

见面地点在北城天街的一家咖啡馆。或许是元宵节的缘故，咖啡馆全是些年轻人，不用说，一看就知道是情侣。咖啡馆在五楼，内部环境非常幽雅，装饰很前卫，符合青年人的审美追求。座位是丽丽提前在网上订的，靠窗户。透过落地玻璃，可以观看夜景。都市的夜晚，总是充满了迷人的气息和隐喻色彩。

第一章 赤

落座后,服务员送来两杯咖啡。丽丽拿勺子搅拌均匀,轻轻磕碰杯沿,端起杯子呷了一小口。然后,从手提包里掏出一支女士香烟点燃,吐出的烟圈像飞舞的丝绒。见我微笑不语,她又抽了一口,将烟摁灭,说:"那咱们开始吧。"

咖啡厅里,正在播放一首抒情歌曲。

羞答答的玫瑰静悄悄地开

在父母眼里,丽丽是绝对的乖乖女,听话,懂事。从小到大,父母几乎没怎么管她,她也从不在外面给父母惹祸。每天一放学,就按时回家。回到家后,做完家庭作业,还要帮着母亲干一些力所能及的家务。这让当父母的很是欣慰。

丽丽的家庭条件,说好不好,说差不差,是那种比上不足比下有余的人家。她母亲是一名五官科医生,父亲是矿务局的中层干部。在丽丽的记忆里,父母工作都很忙,尤其是父亲,很少在家吃饭,有时忙完工作回来,她都入睡了。

跟别的孩子相比,丽丽的人生,可以说是走得比较顺畅的。从小学到大学,她没降过级,学习成绩历来排在年级前茅。若把每年领回的奖状铺开,能遮盖家中整面墙壁。除成绩优异外,丽丽还是学校的文艺尖子。读高中的时候,她便找到几个热爱音乐的校友,组成了一个乐队。凡是学校有庆祝活动,校方必定邀请他们的乐队出场演出。课余时间,在丽丽的带领下,乐队还要出去走穴,深得观众喜欢。丽丽有音乐天赋,嗓音很好,只要她一开腔,台下必定掌声雷动,有吹口哨的,有尖叫的,场面十分壮观。

人有点儿小名之后,头上自然就会被光环笼罩,丽丽成了众人眼里的焦点。那时候,学校里有无数男生仰慕、追求她。天天有人请吃饭,周周有人送玫瑰花,月月有人请看电影,但丽丽志存高远,对这帮追求者熟视无睹。

人生四季
◎结婚季◎

在丽丽心中，这些男生，全都是些燕雀，而她自己则是只鸿鹄。丽丽的梦想，是要考上音乐学院。毕业后，当一位歌手，或音乐制作人。

天遂人愿，高考时，丽丽成功考上了四川音乐学院，这使她觉得未来的道路一片光明。大学期间，丽丽学习十分认真。她深深地知道，要想今后在文艺界立足，光靠才气是不够的，还必须有扎实的理论基础和艺术修养。说实话，在丽丽的同学中，当时能站在这个高度看问题的人，还没有几个，这足以说明丽丽的早慧。

同时，丽丽还清楚地意识到，要进入娱乐圈，光有才华和知识储备也是不够的，更重要的是机会。从某种意义上说，机会决定一切。大二的时候，机会来了。湖南卫视当年最火爆的娱乐节目《超级女声》栏目组，到成都选秀。丽丽得到这个消息，激动得几天几夜没合眼。她想凭借自己的实力，应该能够在成千上万选手中脱颖而出。

海选前一天，丽丽特意去商场买了一身时尚衣服，还去理发店做了个新发型，把自己着实包装了一番。但任何比赛都是残酷的。海选当天，现场人山人海，前来参赛者如过江之鲫。丽丽一早就去了，坐在那里等，因怕喊过号，她连中午饭都没吃。可直到她的肚子饿得都在唱歌了，才终于叫到她的名字。饥饿加上紧张，丽丽那天发挥得并不好，只进入了前二百名，但这已经很不错了。

选秀失败后，丽丽似乎明白了一个道理：世界上的很多事，不是你努力了，就一定能有回报。看清了这一点，她不再好高骛远，而是变得务实了，进娱乐圈的想法也不再那么强烈。丽丽想，如果今生当不了歌手，做一个音乐教师也挺好。

大二下学期，在学校举办的一次舞会上，丽丽认识了一个学长，大她三岁，叫肖鹏。肖鹏两年前就毕业了，这次是受一个学弟邀请，来参加活动的。说不清为什么，以前如此清高的丽丽，一见到肖鹏那清高的姿态，便像冰块遇到骄阳般融化了。

舞会之后，丽丽变得神思恍惚，天天想见到肖鹏。她就主动给肖鹏打电话，约他出来见面。肖鹏也不拒绝，再忙都来赴约，一次都没失信过。很快，两人就好上了。

肖鹏是个富家公子，大学毕业后，父母即拿出一百多万，给他创办了一家公司。可肖鹏似乎对父母送他的这份厚礼并不上心，每天请几个助手去打理公司，而他自己却置身事外，过得逍遥自在。自从跟丽丽交往后，他更是无心过问公司的事，整天带着丽丽游山玩水。丽丽曾想过奉劝肖鹏踏实经营公司，但终是没说出口。她选择肖鹏，并不是因为他有公司。如果这样一说，她担心肖鹏误会。故无论肖鹏怎样潇洒，她也佯装无所谓。

丽丽是铁了心要跟肖鹏结婚的。但令丽丽想不通的是，从大二到毕业，她都跟肖鹏同居一年多了，肖鹏始终不愿带她去见自己的父母。丽丽每次跟他提这事，他就找各种借口搪塞。有一次，丽丽发火了，非要去见他父母。肖鹏仍是不情愿。他编了个充足的理由回绝丽丽——父母投资给他开公司，公司却长期亏本，他没脸去见父母。

又过了半年，丽丽再次提出结婚的要求，肖鹏照样推脱，说等等吧，待公司有起色了再结婚不迟。而他还是整天酗酒、游玩，没把公司的事放在心上。

丽丽这回醒悟了，她觉得肖鹏压根就没想跟她结婚。丽丽想，与其如此，那长痛不如短痛，索性快刀斩乱麻，结束了与肖鹏的同居关系。

上错花轿嫁对郎

跟肖鹏分手后，丽丽伤心了很长一段时间。为尽快走出这段阴影，她跑去考研，研究生毕业后，又去考了博士。你还别说，丽丽真是个读书的料，考研和考博对她来说，简直是小菜一碟。尤其是她提交的博士论文，得到了导师们的一致首肯。博士毕业后，她顺理成章地留校当了一名大学教师。

人生四季
◎结婚季◎

此时的丽丽，早已把肖鹏忘得一干二净。

几年前的一个劳动节，丽丽回家参加堂哥的婚礼。在婚礼上，她意外认识了杨雄，一个比她大六岁的男人，在司法局工作。两人那天坐在同一张桌上吃饭，饭后一聊，也就王八看绿豆，对上眼儿了。

这里不得不先说说杨雄的故事。杨雄原本是有女朋友的，跟他青梅竹马，两人很恩爱。就在来参加婚礼的前一个月，他们俩正准备结婚，新房都布置妥当了，可临到扯证那天，女朋友却莫名其妙地失踪了，怎么找都找不到。杨雄深受打击，恨不得马上另外找个女孩结婚，以泄心头之恨。

这不，丽丽正好撞在了枪口上。

起初，听杨雄讲完他的经历，丽丽还不信。直到有一天，杨雄带她去自己的婚房参观，丽丽才相信了。杨雄的婚房布置得非常漂亮，很典雅，很温馨，丽丽一去，就喜欢上了。尤其是当看到杨雄的婚房里，连针线盒都摆放停当，这让丽丽觉得杨雄一定是个心细之人，是可靠的男人。

参观完婚房之后两个月时间不到，丽丽就搬了进去，成了婚房的女主人。

都说感情是需要培养的，有的是婚前培养，有的则是婚后培养。杨雄跟丽丽之间，属于后者。结婚前，他们双方都不了解，为人，家庭情况，皆是一无所知。直到婚后都半年了，丽丽才搞明白，其实杨雄的一切，都是他父母包办的。婚房是父母买的，车是父母买的。而且，丽丽还发现，这套婚房属于按揭贷款买的，就在他们结婚前一周，杨雄的父母才赶紧去把房贷付清了。除此之外，在杨雄名下，还有另外五套住房，户主全是杨雄的名字。丽丽说："杨雄所有的房产，在我俩结婚前，他父母早就偷偷地去做了婚前财产公证。"好在，杨雄待丽丽不薄，是真心爱她。杨雄说，他父母的这些行为，连他都不知道。如此一来，丽丽也就原谅了杨雄，二人开开心心地过起了小日子。

但好景不长，一晃三年过去。杨雄的父母见丽丽的肚皮还没动静，整天疑神疑鬼，对丽丽的态度变得十分不友好。特别是婆媳关系，弄得特别僵。

第一章 赤

婆婆一见她,就说风凉话,很难听很刺耳。只要丽丽放假回来,她便阴阳怪气地对着家里养的那条狗骂:"你个不争气的家伙,吃我家的,住我家的,连个崽都不会下,莫不是找野狗去了吧?"你想,丽丽堂堂一个大学教师,哪受得了这般侮辱,便跟婆子妈明火执仗地骂。嘴吵凶了,杨雄就出来劝阻。每次他都站在自己母亲的立场上,这让丽丽对他产生了看法。僵持了一段日子后,丽丽跟杨雄的感情慢慢变得生疏起来,像两个陌生人似的。经济从来各用各的,就是去商场购物,给家里添置东西,所花费用也是一人一半平摊。

杨雄的父母本想鼓动儿子离婚,但见杨雄还没那心思,也只好忍气吞声。他们曾要求儿子儿媳去医院检查,结果双方都正常,查不出原因。无奈之下,有一次,杨雄的母亲听一个朋友说,某某区县有一个算命先生,特别灵验,能化灾祈福,求嗣延子,便一路颠簸地跑去了。在那个算命先生的指点下,杨雄的母亲从菜市场买回一只大红公鸡,放了血,将鸡血涂抹到杨雄的身上,让其七天不准洗澡。而且,每天早晨,还要对着儿媳妇吐三下口水。如此折腾,都要把丽丽折磨疯了。每天晚上,躺在杨雄身边,一股腥臭味扑鼻而来,恶心死了。丽丽逼着杨雄去洗澡,可杨雄的母亲就端张椅子坐在他们卧室的门口守着。这倒也罢了,丽丽最难忍受的,是早上一起床,正要坐上桌吃早餐,婆婆屁颠屁颠走过来,朝她吐三下口水,喷得她满脸都是,饭也没心情吃了。

人的忍耐是有限度的。在婆婆的装神弄鬼下,丽丽终于提出跟杨雄离婚。令人没想到的是,丽丽一提出来,杨雄很爽快地就答应了。因办了婚前财产公证,离婚时,丽丽一分钱都没拿到,只从杨雄家里搬走了一架钢琴。这架钢琴,杨雄并不是专门给她买的,而是在布置之前的婚房时,给他的前女友买的。

但杨雄也还算有良心,毕竟夫妻一场,感情不在仁义在。除那架钢琴外,还承诺补偿丽丽十万块钱的损失费。这是他背着父母做的决定。可丽丽走时,杨雄拿不出那么多钱,他的积蓄都被父母管着,便只好先付给丽丽两万,剩余的八万,就打了张欠条。

直到现在,那张欠条,都还搁在丽丽的钱夹里。她说:"我不知道这是我欠感情的债，还是感情欠我的债。"

红杏枝头春意闹

俗话说，人若走桃花运，门板都挡不住。丽丽跟杨雄离婚才四个月，就被另一个男人盯上了。这个人比丽丽小四岁，叫阮定军，是丽丽在大学教书的第一届毕业生，目前在公交公司上班。那天，丽丽去公交公司帮一个亲戚办事，正好撞见。阮定军隔多远就把她认出来了。他迅速跑过去，热情地接待丽丽。又是看座，又是奉茶，老师长老师短地叫，这让丽丽感受到作为人民教师的自豪。办完事，阮定军非要请丽丽去外面吃饭，说自从毕业后，还没有机会好好感谢下老师。丽丽推脱不掉，也就去了。

这之后，阮定军经常发短信，或打电话请丽丽吃饭。丽丽多数时间是推辞，实在说不过去了，才勉为其难地去见见。丽丽其实心里是清楚的，阮定军还是学生的时候，就一直暗恋她。她当时刚留学校任教，年龄只比学生大几岁，这无疑拉近了她跟学生们之间的距离。阮定军那会儿是班干部，跟丽丽相处的机会比其他同学都要多。无论班上有个啥芝麻小事，他都跑去找丽丽。有时啥事没有，他也借故跑去找。丽丽察觉到了阮定军的心思，如果不是公事，她一般都会有意回避他。这样一来，阮定军对丽丽的暗恋，便一直没有机会萌芽。

可人一旦离开学校，情况就不一样了。老师跟学生之间，便不再只是师生关系，而变成了社会朋友。虽然见了面，学生嘴上仍然叫老师，但那不过是表达尊重而已。就像阮定军现在见到丽丽时的态度，绝对跟当年在学校时不同。当年，他毕竟还是个学生，没有勇气、也没有条件去公开追求老师。如今机会再次来临，说什么他也不能错过。

经过两三次会面以后，阮定军对丽丽发起了猛烈的爱情进攻。而且，他还通过别的渠道打听到，丽丽眼下正是单身，这让阮定军喜不自禁。或许是他的执着和诚意感动了丽丽，一段时间过去，丽丽接受了阮定军。她觉得阮定军虽然年龄比她小，但成熟，为人处世大方、得体。这一点，甚至超过杨雄。

阮定军为证明对丽丽的爱，他们确定关系后的头一个星期，就带丽丽去了一趟马尔代夫度假。阮定军工作年限不长，也没啥积蓄，去度假时，他把仅存的六万块钱全部拿出来花了，这让丽丽又感动了一回。

度假归来，阮定军一直处于兴奋状态，好似久旱逢甘霖。每个月，只要发了工资，他都悉数交给丽丽保管，而自己身上只留一点儿零用钱。后来，阮定军考虑到丽丽每天上班挤公交太辛苦，又专门跑去银行贷款，给她买了一辆十多万的车。

丽丽见阮定军这人实诚，没有花花肠子，也便铁了心要跟他过一辈子。去年9月，他们去民政局办理了结婚手续，又共同出资，在离丽丽单位不远的地方买了一套三十几平米的小房子。如今，他俩天天蜗居在此，小日子过得倒也滋润。家中唯一值点儿钱的，除了从杨雄处搬来的那架旧钢琴，还有一条阮定军养的德国宠物狗。

补记：

采访完丽丽两个月后，她打来电话，说自己怀孕了，想请朋友们吃个饭，庆贺一下。我去了，地点在她家楼下的一个餐馆里。那天，来的人中，全都是丽丽的朋友。阮定军坐在桌上，自始至终都没说几句话。倒是丽丽显得特别亢奋，嘴里放连珠炮似的，说个没完。说着说着，她又抽出一根烟来点燃。我马上提醒她说："都有孩子了，你还抽烟？"丽丽笑笑，毫不回避地说："怕什么，反正孩子又不是咱家小军的。"众人愕然，不知是玩笑还是真的。这时，我下意识地瞥了一眼阮定军，他正拿着一只凤爪在啃，似乎对丽丽刚才的话充耳不闻，冷静得不能再冷静，仿佛这一切，跟他一点儿关系都没有。

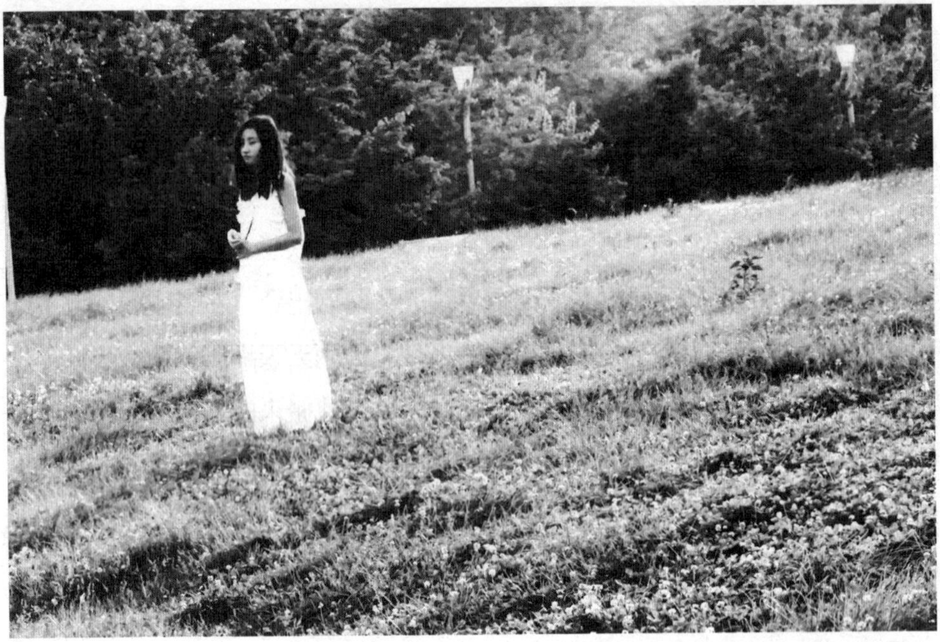

第二章

橙

4. 高文：爱情合伙人

人　　物：高文

性　　别：男

出生年月：1982 年 10 月

职　　业：网店老板

采访背景：

我们见面那晚，天空下着小雨，还有雾。走在街面上，能见度很低。我找了好一会儿，才找到他说的那间"白鹭原茶楼"。茶楼里很安静，底楼是大厅，有几个姑娘穿着旗袍，在表演茶艺。

高文说他在二楼等我，让我直接上去。在一个茶艺师的引领下，绕过几个回廊，再穿过一个天井，才上到二楼。二楼全是卡座，门帘是块红色丝绸。在灯光的照射下，有种朦胧美。

我看了下手表，8 点钟不到。此时，来这里品茶的人不多，也就越加显得宁静。整个茶楼里，都在反复播放《大悲咒》，让人听后，心一下子就淡定了，仿佛进入了禅境，有超脱尘世之感。

按照高文说的，我走入六号卡座，他在那里翻看一本关于茶艺的图书。见我来了，他站起来跟我握手，他的手很有力，像一把钳子。松开手后，我才发现，高文是个标准的帅哥，一米八三的个头，像个篮球运动员。他似乎不怎么爱笑，脸上的表情有些严肃。但跟他聊天，又觉得他的性格很随和，没有通常男子汉的那种鲁莽习气。

一阵寒暄之后，我们开始闲聊。高文很投入，仿佛在面对另一个自己回忆往事。

外面的雨下得更大了，从天井里落下来，溅起的水花跳得老高，像有人站在房顶上，朝地上撒豆子。

我去当小三，请等我三年

高文是那种早熟的孩子，而且很有商业头脑。还在读初中的时候，有一次老师叫同学们写作文，题目是《我的梦想》。老师刚刚吩咐完毕，高文埋下头就开始奋笔疾书。只用了半个小时，当班上其他同学还在苦思冥想时，高文已经交稿了。那天，他写的梦想是当一名企业家。

高文学习很努力，成绩也很好，经常受到老师表扬。而且，他父母的职业也是令人羡慕的公安局的警察。要知道，在青少年心目中，警察的地位历来是相当高的。有时，遇到学校开家长会，只要高文的爸爸或者妈妈穿着制服一进校门，准会吸引一大片目光，这让高文深感自豪。

可俗话说，家丑不可外扬，一些外表看起来光鲜的东西，背后也自有不可告人的隐秘。就拿高文来说，在他的同学中，不知有多少人都幻想有个像他那样的家庭。但高文有时却抱怨自己投错了胎。自从他读初二开始，他的父母就在闹感情纠纷。两人一回到家，不是拌嘴，就是赌气，把一个好端端的家庭搞得乌烟瘴气。

高文念高一时，他的父母到底还是离婚了。他不再经常回家。遇到放假，他要么躲在网吧上网，要么就到同学家蹭饭。这样过了一段时间，高文觉得今后只能靠自己了。还是《国际歌》说得好啊，这个世界上，从来就没有什

人生四季
◎ 结婚季 ◎

么救世主，也不靠神仙皇帝。高二上学期，高文便琢磨着自己找生活费。虽然法院将他断给了母亲，但母亲那时已经有了新的家庭，他不想去打扰她。

思来想去，他利用周末，跑去批发市场进了几箱服装，摆在天桥或地下通道里卖。这虽说辛苦，但每个月的生活费总算有了保障。高文说："有时城管追来了，我兜起衣服撒腿就跑，很刺激，也很恐慌。"一直到考上大学，他的日常花费，都是靠自己挣的。

高文大学学的是电子计算机专业，这是他自己选择的。当年，这个专业很吃香，至少就业不成问题。但人算不如天算，他毕业那年，正好遇到金融危机，大学生就业成了一个严峻的社会问题。他的一个同学，因找不到工作，都被逼得跳楼了。

那时，高文正在谈恋爱，女朋友是大三时认识的校友，一个性格开朗、活泼的姑娘，叫白小静。二人的感情正处于升温阶段，恋得缠绵悱恻，如胶似漆。可恋爱光有浪漫是不够的，还必须得有面包。毕业后，高文和白小静每天头顶烈日，四处跑去投简历、面试，结果总是高不成低不就。生活的压力逼得他俩像热锅上的蚂蚁团团转。高文的父亲本想拿一笔钱给他，说是对他的补偿，但高文拒不接受。他说："当时我心气高，不想任何人怜悯我，我相信自己有能力活下去。"

但让高文雪上加霜的是，白小静的父母知道他俩在谈恋爱，坚决反对。他们嫌高文没有房子，还没找到工作，担心女儿跟着他受穷。那时，白小静的父母三天两头打来电话，催她回去相亲，说他们替她找了个如意郎君，是个公务员，有车有房，只是岁数稍微大了点儿。白小静也是个倔脾气，宁肯跟着高文落难，也不愿听凭父母摆布。后来，白小静跟她父母之间，闹到白热化的程度，她父亲扬言要跟她断绝父女关系。白小静一气之下，换了手机号码，让父母再也找不到自己了。

白小静的举动，让高文甚是感动。他觉得自己要是再不找份工作，会连自己都瞧不起自己的。可工作实在难找，他跑了很多地方，都没有单位肯要

第二章 橙

他。无奈之下，他想到自己才拿到手两天的驾照，忽然心生一计，干脆去当出租车司机，把饭钱找到再说。世界上的诸多事，没有你做不到的，怕的是你想不到。

高文的胆量真是大，跑车的头一天，他就遇到了麻烦事。乘客上了车，火打着了，油门也踩了，车就是不走。他握住方向盘鼓捣了好一会儿，才听旁边的乘客说："兄弟，你手刹都没松。"接下来的几天，为安全起见，高文专门请了一个要好的哥们儿，坐在驾驶室里陪他跑车，他紧张的心才稍微放松了。

运气真是个不可捉摸的东西，你想它青睐你时它偏不来，你不去想它时，它又围着你转。就在高文跑车不到一个月时，白小静也找到了工作，在一家合资企业做文秘。这一来，可把这两个年轻人高兴坏了。高文想，千里之行始于足下，万事开头难，只要他俩齐心协力，就能品尝到成功的喜悦。

可世事难料，半年过去，眼看他们的生活有了起色，白小静却变了。她每天都很晚才回家，有时还喝得醉醺醺的。高文说她，她就称是工作需要，身不由己。白小静的变化，使高文心乱如麻。有一次跑车时，他心里还想着白小静，忘了踩刹车，将一个过马路的老太太撞倒了，好在不严重，只赔了两千块钱。

一天夜晚，高文交班后回到出租屋，刚一落座，白小静立即端来一杯茶，还主动给他捏腿，这让高文很不自在。他俩自认识到现在，从来都是高文服侍她，可那晚太阳从西边出来了。高文料定白小静心里有鬼，果不其然，不多一会儿，白小静直言不讳地告诉高文："我们老板要回北京总公司，他想带我一起去，你觉得怎么样？"高文迟疑了片刻，说："当小三？"白小静不说话了，过了一阵，她接着说："当小三有啥不好？你看我们现在这日子过得有多窝囊，要房没房，要车没车，今后怎么结婚，怎么养孩子？"白小静的一席话，令高文火冒三丈。他将茶杯朝地上一摔，吼道："你要去没人拦你，走了，就永远别回来。"白小静见高文发火了，过去拉着他的手，流着泪说："文，你知道我是爱你的，我这辈子都是你的人。我只去三年，你等我，好不好？就三年，三年后，我们什么都有了，要啥有啥，你也不用那么累，去跑出租车了。"高文将白小静的手甩开，砰地关上房门，睡觉去了。

第二天，白小静还是跟着老板走了，去了她认为应该去的地方。

我从网上来，要跟你同居

白小静走后，高文除了悲伤，更多的却是仇恨。他恨白小静辜负了他，背叛了他。他还恨这个社会，对他如此不公平。高文说："在如今这个社会，如果你没有背景，没有关系，要想立足是不可能的。"到这个时候，他才真正体会到那句流行语：钱不是万能，但没有钱却万万不能。

每天下了班，高文就躲在屋里上网，打游戏，斗地主。他觉得人生就像一场戏，一点儿意思都没有。直到他后来在网上认识一个叫王兰的姑娘，才使他重新恢复了人生的激情。王兰是武汉人，研究生，自称大高文三岁。这个女人能说会道，相当机灵，他们在网上聊了没几天，就把高文给征服了。高文把自己跟白小静的事，一五一十地跟王兰说了。王兰像个大姐姐那般安慰他，让他坚强些，要学会振作精神，从哪里跌倒，就从哪里爬起来。高文听了，觉得十分温暖，眼泪都下来了。自他父母离婚后，还从没有人如此关怀他。渐渐地，两人越聊越投机，彼此都喜欢上了对方。王兰得知高文是学电子计算机专业的，一直鼓动他开网店，说这个很赚钱，是今后社会发展的趋势。经王兰一分析，高文也觉得开网店不错，可他当时拿不出钱。王兰说，只要高文愿意干，她可以资助。

就这样，2007年，王兰专程从武汉飞来重庆，赞助八万块钱，跟高文一起开了家网店。不过，在网店开办之前，王兰有个要求，网店每年的盈利，由她跟高文按比例分红。王兰占四成，高文占六成。店铺是租的一间写字楼层，三十几个平方米。除了旁边隔出一小间做卧室外，其余面积全部用于商品展示。

王兰真是有眼光，网店开办一年后，她跟高文每人都分到十多万的红利。如此一来，两人的感情也就越加牢不可破了。他们同甘共苦，每天都忙得不可开交。夜里加班晚了，就在一起住。久而久之，也就成了没扯证的"夫妻"。眼看生意一天比一天好，高文也越来越欣赏王兰的能力，便主动提出跟她登记结婚。可王兰却不答应，说时机还不成熟。

2009年5月，王兰感觉精神萎靡，整天想睡觉。高文带她去医院一查，怀孕了。有了孩子，看来不结婚是不行了。在高文的再三催促下，王兰只好同意跟高文去民政局登记。登记之前，王兰提出让高文去武汉见见她父母。高文想，他们认识这么长时间了，的确连她父母姓甚名谁都不知道，去拜见一下，是应该的，也是必须的。

谁知，当高文到了王兰武汉的家后，王兰的父母一听他俩准备结婚，便要求按照当地风俗，先由高文给他们十万元的彩礼，这让高文很不高兴。思考来思考去，他觉得自己还是爱王兰的。为了维持这段姻缘，高文咬着牙点头同意了。

从武汉回到重庆，高文特意选了个黄道吉日，兴高采烈地领着王兰去登记。可当公证人员要求双方出示身份证时，高文瞬间傻眼了。王兰身份证上的出生年月竟是1975年6月11日。也就是说，王兰整整比高文大八岁，而不是她自称的大三岁。那天上午，高文的内心极其复杂，像吃了苍蝇般难受，总觉得有种上当受骗的感觉。于是，他借故上厕所，给父亲打去电话说了此事。虽说高文跟他父亲平时交流不多，但在关键时刻，他还是很在乎父亲的意见。高文的父亲一听，在电话那头对他好一通臭骂。末了，父亲问他："这些年，那个女人到底给你赚了多少钱，让你这样放不下她？"高文顿了顿说："大概有四十万。"父亲气愤地说："你马上跟她分手，四十万我给你。"第二天，高文的父亲就给他的卡上打了四十万。

婚没结成，但王兰并没责怪高文，高文也没有怪罪王兰。两人继续保持合作关系，在一起把网店生意经营得风生水起。又过了几个月，高文的父亲不放心他，想去一探究竟，看看儿子还跟王兰在一起没有。

那天，高文并不知道父亲要来，他正跟王兰在新买的房子里煲鸡汤。高文听到敲门声，开门一看，竟然是父亲。父亲二话没说，就直接冲进了屋里。王兰见事不对，赶忙解掉围裙，从厨房出来，跑下了楼。高文见父亲脸色不对，急忙解释说："网店生意忙，没吃饭的地方，我叫她过来吃饭。"父亲愣了愣，说："真的这么简单？"高文说："没骗你，我现在跟她只是生意合伙人，感情上没有半点儿瓜葛。"父亲没再说什么。

吃过午饭，高文陪父亲在客厅看电视，看着看着，父亲便打起了呼噜。高文叫他去房间里睡。他父亲走到另外两间房里一看，床上落满了厚厚一层灰。父亲摇摇头，就直接钻进了高文平时睡的房间。那天的阳光很好，白花花的，有些刺眼。高文的父亲想去将窗帘拉上，走到窗边，他见窗外的那片草坪很茂盛，就伸出头去看了一下。这一看，高文的父亲再也忍不住了。他发现窗户外面的空调板上，积了一大堆避孕套。他气冲冲地跑到客厅，将高文拉进卧室。高文一看，脸唰地红了。他父亲骂着问道："这是怎么回事，你是不是还跟王兰住在一起？"高文见再也隐瞒不住，只好点了点头。他父亲抬手就给他了一耳光，然后，转身出了房门。

高文站在窗前，久久没回过神来。

为了你，我放弃了孩子

一段时间过去，高文的父亲见他本性难改，仍跟王兰若即若离，捉迷藏似的，也就心灰意冷，任其发展。高文见父亲不再管他，长期绷紧的神经放松了，继续跟王兰精心打理网店。

不多久，因网店发展需要，王兰提出外聘一个网管员专门负责美工策划。经高文同意，很快便将招聘启事张贴了出去。就在启事贴出的第二天，先后有好几个人前来应聘。其中，有一个女孩，叫林梦，形象气质俱佳，一张瓜子脸，一头齐耳短发，能言善辩，自称有工作经验。简短的交流之后，高文当即决定聘用她，可王兰却不同意。王兰说："网店工作量大，任务繁重，应该招个男孩子更合适。"但高文没有听她的，执意将林梦招进了网店。

林梦的确很敬业，业务能力也强。在她的努力下，网店的形象迅速提升，销售额也每月在上浮。这让王兰和高文都很满意，认为招到个能干人。林梦还常常提一些建设性的意见，对网店的创新发展提供了思路。三个月后，高文偷偷地给林梦加了薪水。林梦觉得高文人很好，心里甚是感激。有时，忙完网店的事，高文还喜欢请林梦出去吃饭、聊天，林梦也不拒绝。一天夜晚，高文正跟林梦在餐馆里吃饭，有说有笑的，恰好被王兰走来撞见了，王兰心里很不痛快。

那晚之后，王兰经常跟高文吵架，还出手打架。不是高文的脸被抓伤了，就是王兰的鼻孔出血了。而林梦对这一切视而不见，只管做自己的事。倘若他们架打得凶了，她也会去劝一劝。可越劝二人打得越厉害，趁机，王兰还一拳头一拳头地朝林梦身上打。林梦便再也不去劝，只做一个旁观者。

谁知，就在高文跟王兰闹得不可开交的时候，半路又杀出个程咬金——白小静突然回来了。她回来的第二天，就迫不及待地跑来找高文，要求跟他结婚。

跟过去相比，白小静简直变了个人，穿金戴银的，说话的语气犀利而又风骚。走起路来，屁股一翘一扭，故意卖弄风情。她跟高文说："我曾说过，我的心里只有你，我现在挣了好几百万，要啥有啥，就差你了。"白小静的出现，像一支响箭，令高文猝不及防。每天，她都跑到网店来找高文纠缠，高文躲也不是，见也不是。王兰本来还在生林梦的气，这下又来个白小静，让她头都大了。

人生四季
◎结婚季◎

俗话说，三个女人一台戏，白小静的明攻暗击，使高文成了"抢手货"。三个女人整天都围着高文转，这个刚走，那个又来。此时，大家都是月亮坝下耍大刀——明砍。人都是自私的，为了夺到高文，三个女人争风吃醋，乱成一锅粥。

一次，高文生病住院，三个女人都争着跑去陪他。白小静亲自熬了稀饭送来，王兰二十四小时陪护，林梦忙前忙后，端水接尿，这让躺在病床上的高文心烦意乱。那些天，高文的内心很矛盾，他在徘徊、犹豫，到底跟谁最合适？毕竟，长此以往也不是办法。高文想，王兰肯定不合适，若选择她早就选了；那么选择白小静呢，自己又成了吃软饭的了，况且，她的品行这么差；最后只剩下林梦了。他经过综合分析，觉得林梦不错，年轻、单纯、能干，适合做老婆。

高文的决定让王兰和白小静都伤透了心。没过多久，白小静自愿离开了高文，重又去了北京，而王兰也退股回武汉去了。

事情到此，高文心想，这下总算可以过个安生日子了。但当他正式提出要跟林梦结婚时，林梦却一推再推。高文以为她有啥顾虑，在他的再三追问下，林梦不得不道出了实情。原来，林梦在应聘之前，早已结婚，而且还有个刚满周岁的孩子。林梦的交代让高文再次遭遇受骗的感觉，心痛得痉挛。

但高文仔细一想，既然选择了林梦，就要有勇气面对现实。林梦舍不得自己的孩子，可高文的确对她又是真心的，便提出必须带着小孩一起改嫁。当时，高文坚决不同意，觉得这样的话，那自己岂不是亏大了。

正好在此期间，林梦的丈夫知道她出轨了，故意把孩子藏了起来，不让她见面，这令林梦寝食不安，眼泪都哭干了。折腾来折腾去，林梦的丈夫估计已将她折磨得差不多了，便同意跟她离婚，但孩子必须归自己。

林梦已无路可退，只好同意离婚。林梦离婚的第二天，高文就将她接到了自己家里。奇怪的是，如今，他们同居一年多了，都没有去办理结婚手续。

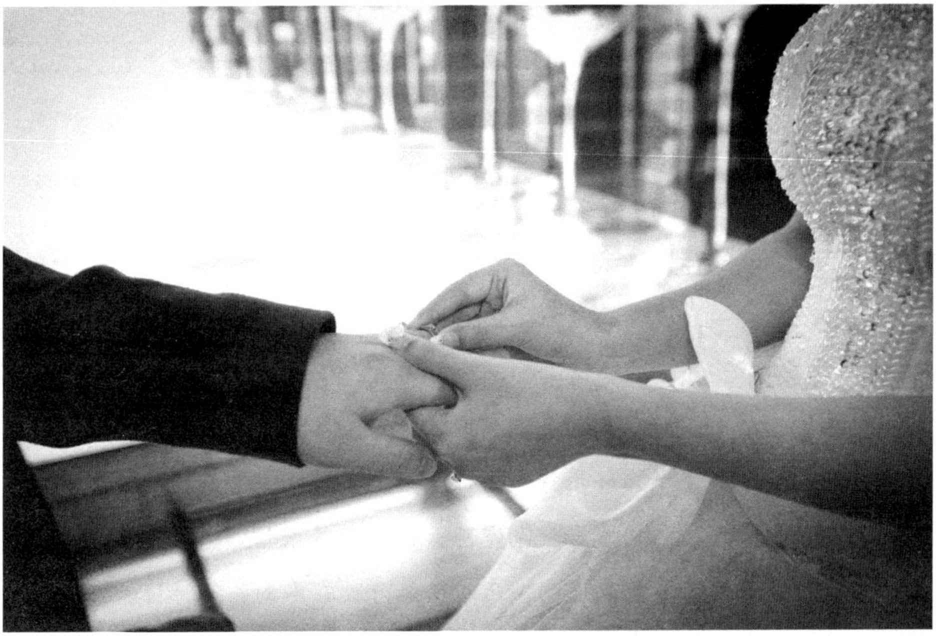

5. 秦然：青春美少女的男人帮

| 人　　物：秦然
| 性　　别：女
| 出生年月：1993年4月
| 职　　业：大学生

采访背景：

　　我从编辑部出来时，天色已晚，下班后的人在抢着挤公交车回家。我怕塞车，让秦然等久了，只好步行十分钟，坐上了轻轨。车厢里拥挤不堪，乘客的面孔都很冷漠，但仍不忘找个空隙，低头玩着微信。

　　车窗外，长江沿岸灯火通明，几艘轮船行驶在水面，不时拉响悠长的汽笛。还有两站路，就到我们约定的时代天街了。我脑海里一直在想，我即将要见的这个女孩，会是个什么样子的人，天真无邪，抑或成熟稳重？

　　刚下轻轨，秦然就打来了电话，说她在出站口等我。我按照她的指示，刚走进商场通道，她一眼就认出了我，笑嘻嘻地跑过来问好，且手里还拿着一本我写的书，这让我觉得意外，也感到温暖。

　　她说这里有一家二十四小时不打烊的书店，环境很好，要带我去逛一逛，我们边走边聊。秦然的性格很开朗，长得也很清秀，爱笑。她笑的时候，仿佛四周都充满了阳光。而且，她举止得体，羞涩娴静而又落落大方，这或许跟她担任院报主编有关。从她的言谈中，可以看出她的才华。

逛完书店，我请她到"缘聚缘"快餐厅用餐，然后，由她找了家咖啡厅，开始了我们的谈话。可气的是，这里的咖啡厅打烊时间都很早，我们正谈到关键处，便有服务员过来催促了。以至于我们换了三个地方，才完成了这次采访。

事后我想，采访的波折，是否正暗示了她情感经历的多舛呢？

母亲使我早恋

秦然经常做噩梦，那是她最怕的事情。可很多事情，你越是怕，它就越像幽灵一样缠着你，让你寝食难安，惊慌失措。尤其是她上初中到高中那段时间，她时常在半夜里被噩梦惊醒，喊叫声把室友都吓哭了。秦然梦见的，总是同一个场景——她母亲又拿着扫帚，凶神恶煞地在使劲打她，打得她皮开肉绽，趴地不起。

秦然的母亲是一个单位的会计，父亲是一名建筑工程师。照理说，像他们这样的家庭，作为独生子女的秦然，应该是过得很幸福的，父母应该像对待"贴身小棉袄"一样将之视为掌上明珠。但她母亲偏偏是个火爆性格，行事粗鲁，常常采取骂和打的方式来解决家庭矛盾，这让秦然的父亲伤透了脑筋。尤其是在教育女儿的问题上，她更是野蛮跋扈，一点儿都不讲究方式方法，动不动就向女儿施暴。

在秦然的记忆里，她母亲压根就是个"母夜叉"。从小，她就要求秦然必须听她的，只要稍微令她不满意，她就出手打人。秦然每天放学回家，她除了让其做作业，还是做作业。倘若秦然看会儿电视，或独自玩耍一会儿，她就会暴跳如雷。秦然一见母亲发火，就吓得两腿发抖，泪水在眼眶里打转，却只能强忍着不敢掉下来。

人生四季
◎结婚季◎

秦然的父亲，性格却跟她母亲截然相反，温柔敦厚，有典型的文人气质。除搞建筑外，他还喜欢画国画、写书法和弹古琴，这给了秦然潜移默化的影响。在家里，秦然只对父亲亲近，而父亲一有机会，就给秦然讲一些文艺方面的知识。然而，秦然的母亲对他们父女俩的交头接耳、品头论足十分反感，认为丈夫工作之余，整天都在干些毫无意义的事情，纯粹是吃饱了撑的。故秦然的父母经常吵架，每次争吵，最后都是秦然的父亲甘拜下风。后来，秦然的父亲为了躲避妻子，干脆跑到成都工作去了，也算眼不见心不烦。

秦然的母亲每次打她，只要是父亲在家，都会来劝阻。可他根本就不是妻子的对手，一开腔，就被制服了，连喷嚏都打不出一个。后来，秦然的父亲干脆就不再做声，站在一旁，眼睁睁地看着妻子折磨女儿，不劝，也不拉。心里虽然痛，但就是没有勇气反抗。

每次打骂女儿，秦然的母亲都能找到一个冠冕堂皇的理由。她边打边训斥："黄金棍子出好人，你外婆以前就是这样教育我的。我打你，是为你好，是要培养你的独立性，你晓不晓得？"母亲越这么骂，秦然就越恨她。

记得那是秦然念高二的时候，身为校广播站播音员的她，免不了要写播音稿。如果在学校没有时间写，她就回到家里抽空写稿子。有一天，做完家庭作业后，秦然想到明天该她播音，便打开电脑写通讯稿。稿子刚开了个头，就被下班回来的母亲撞见了。她母亲一见秦然坐在电脑旁，把手提包一扔，冲进房间，顺手就把电源插头拔了。秦然的稿子忘了保存，气得脸都憋青了。她对母亲说："妈妈，我在写稿子，没有打游戏。"母亲金刚怒目，说："我还不晓得你？没打游戏，也不能玩电脑，养成坏习惯。"秦然觉得备受委屈，呜呜地哭起来。这一哭，更加激怒了母亲。她跑去客厅拿来一把按摩拍，直接就朝秦然身上打。秦然双手紧紧护住头部，她母亲就抓起她的左手，拉着打。打了一会儿，她见秦然的手被打乌青了，才停了下来。但心中的气还没消，于是乎，她又强制秦然跪下认错。当时，秦然已经是一个年满十七周岁的大姑娘了，自尊深受伤害。从那时起，秦然就在心里发誓，一定要想办法从母亲的魔爪下挣脱出来。

渐渐地,她变得不爱回家了,大部分时间都在学校待着。即使放假,她也找各种理由,以躲避母亲的训诫。秦然说:"只要我一听见妈妈的脚步声,就吓得四肢发软。"那时候,她爸爸就不在身边了,想找个谈心的人都没有。无论自己在外面遇到什么困难,都得独自去面对和解决。时间一长,秦然觉得自己很孤独,像是被这个世界抛弃的人。尤其是遇到节假日,当她看到同学的父母,很多都给自己的孩子送东西来,秦然的心里就像打翻了的五味瓶,说不出是啥滋味。有时下夜自习后,她不想回寝室,就一个人沿着校园的草坪慢慢地走,一直走到寝室都快熄灯了,她才回去。

人最怕的就是寂寞,它像一剂慢性毒药,悄悄地就融进了你的体内,使你精神不振,心神不宁。尤其像秦然这样敏感的女孩子,对寂寞的感受会比其他人深刻得多。这样一来,她便很想找一个人来消解,哪怕仅仅是陪伴自己的孤独也好。

于是,那个人来了,而且,还不止一个。这一个又一个的闯入者,最终使秦然陷入了早恋的泥淖,经受着比寂寞本身更加痛苦的折磨。

要不要做土豪的儿媳妇

第一个闯入秦然情感生活的人叫军,他们是在参加校园歌手大赛时认识的。那天,作为主持人的秦然,穿了一身淑女装,看上去青春靓丽。脸上淡淡的红晕,仿佛三月里初绽的桃花,惹人迷醉。当秦然站在舞台上口若悬河之时,军就坐在观众席凝视她,两只手紧紧抓住椅柄,心跳得像要蹦出来似的。

大赛结束后,军便主动去找秦然搭讪。孤单寂寞得太久的秦然,一见到军,就像在沙漠里行走了好久的人,突然见到了绿洲,有一种按捺不住的兴

人生四季
◎结婚季◎

奋。刚开始,军天天带秦然出去逛街、爬山、晒太阳,秦然感到从未有过的激动。她像一只被困在笼中的小鸟,终于有了自由飞翔的天空。但几个星期过去,秦然发现了问题。军的脾气很怪,常常为一些小事情跟人吵架。而且,满嘴的脏话,跟个社会小混混差不多。一天晚上,军带秦然出去吃烧烤,因一句话,他跟老板发生了口角争执,拔出刀就要杀人,这可把秦然吓坏了。秦然觉得跟军在一起,实在没有安全感,没多久,就主动跟他摊了牌。

高二时,秦然认识了另外一个男生林,是学理科的,父母都在科研单位工作。他们认识的时候,已经临近暑假。秦然很喜欢林的外貌,符合她的审美标准。暑假期间,秦然和林只能电话联系,天天发短信,诉说自己的兴趣爱好,以及内心的烦恼。或许是离别造成的相思之苦,二人一开学,便迫不及待地想要见面。

林跟军不一样,他性格内向,不善言辞,但内心又十分丰富。秦然每次跟他出去散步都很开心,她觉得林有一种特别的气质。每天早上,林都会准时到寝室楼下等秦然一起吃早餐,无论天晴下雨从不间断,这让秦然感到幸福。她觉得今生倘能有这样一个男人陪伴自己到老,也算不枉活。

可没想到的是,就在秦然越来越依赖林的时候,林却突然跟她说:"我不会对你很好的,我们分手吧!"秦然听到这话,心里像冬天喝了凉水。自从林说出此话后,对秦然的态度也来了个一百八十度的大转弯。他俩走在街上,林再也不会牵她的手;下夜自习分别时,林也再不会拥抱她。秦然思来想去,认为既然人家把话都说到这个份儿上了,再继续交往还有啥意思呢?于是决定尊重林的选择。但刚分手一天,秦然就受不了了。她躺在寝室的床上,感觉楼顶都要塌了。一闭上眼,耳边就会响起林的说话声。眼睛睁开,她又看见林的身影出现在墙壁上。

第二天,秦然从床上一爬起来,早饭都没来得及吃,就跑去求林跟她复合,但林是王八吃秤砣铁了心,连面都不愿意见她了。他俩总共在一起,只有短短的九个月时间。

第二章 橙

一直到上高三，秦然的精神状态都不好，林对她的伤害尚未得到修复。有一次，秦然的室友，也是她的闺蜜见她可怜兮兮的，便给她介绍了一个男朋友，叫金，是另外一所学校的男生。室友说，秦然想都没想，就答应了。在室友的撮合下，他们互通电话。经过几天的交流，秦然心动了。每晚做作业时，她都会把手机放在桌子上，做一会儿，就朝手机上看一下。她渴望接到对方打来的电话，或发来的信息。只要电话响起，她就会很兴奋；反之，就会失望。

这样过了一段时间，2012年3月，在室友的安排下，秦然第一次跟金见了面。秦然记得很清楚，那是一个黄昏，柔和的阳光从天空照下来，给马路两边的紫薇花镀上了一层油彩。她站在路这边，远远地看见金从马路那边走过来，秦然的心瞬间幻化成了无数只小白兔，在马路上四处乱窜。当金走到她身边的时候，秦然都不敢看他的眼睛，只是低着头，脸上挂着羞涩的笑。

金是那种懂得体贴人的男孩子，吃饭时，他不停地给秦然夹菜，生怕饿着她似的，这让满桌的人都很羡慕。吃完饭，金又请大家去一家酒吧唱歌。那晚，秦然玩得很尽兴，把嗓子都唱嘶哑了。金很大方，他见在场的人都不想归家，便把包房租了个通宵，直到第二天早上，大家才醉眼蒙眬地各自归去。

这之后，金有事无事就给秦然打电话。每次在电话里，金都遏制不住地说："然然，我好想你哟。"秦然也忍不住说："金，我也好想你。"年轻人都喜欢浪漫，喜欢甜言蜜语和海誓山盟。金每回见秦然，要么捧着一把玫瑰花，要么掏出一盒巧克力，这种见面方式，让秦然感动得落泪。

就在他俩被爱情包裹的时候，高考临近了。但他们没有心思复习，彼此都占据了对方的心。秦然成绩向来不错，基础打得牢，高考结束，她顺利考上了大学。然而，金就没那么幸运了，跟秦然相比，他只能算是差生，高考总成绩才三百多分，这让金在秦然面前自惭形秽。尤其是秦然曾跟金坦言，她最大的梦想，是今后能够出国。她目前的所有努力，都是在为实现这一目标而奋斗。高考落榜对金的打击很大，他想，从今往后，秦然会不会瞧不起

57

他。秦然知道他的心思，试图安慰和改造他，劝他去复读。可金的确不是读书的料，他一见书本就喊头疼，以至于秦然越想改造他，他就越反感。

后来，还是他父母的例子，让金摆脱了心理负担。金的父母都是经商的，文化程度不高，小学都没毕业，但挣了不少钱，家里的资产上千万，是个标准的土豪。榜样的力量是无穷的，金非常崇拜他父亲，视父亲为不依靠读书而发达致富的楷模。而且，金的父母一再告诫他，学习实在不好就别硬来，大不了回去跟着他们经营生意，金的确也是这样想的。

有一次，金的父母买了一个新门面，要举办隆重的开业典礼。在金的要求下，秦然去了。那天前来祝贺道喜的人很多，大都是些生意场上的老板。秦然看见金的父母穿金戴银，说话和处事都很霸道，金钱让他们有了做人的底气。但在这种场合待久了，秦然感到很不适应。她很讨厌金的父母那副腔调，阴阳怪气，脏话连篇，唾沫飞溅。这对一个自幼受过艺术熏陶的女孩来说，感受可想而知。而且，在典礼上，金故意跟秦然搂搂抱抱，公然宣布她是他的女朋友。那副自以为是的德性，让秦然觉得金完全是他父亲的翻版。典礼结束后，金的父母对秦然说："只要你对我们金好，这辈子保证你吃的是油，穿的是绸。"这句话，使秦然回来后迷茫了很久。她不敢想象，自己将来会嫁入这样没有文化和修养的家庭；更不敢想象，自己的孩子将来也会跟金一样，满身都散发着铜臭味。

这样想过之后，秦然开始疏远金。金约她见面，她就借故搪塞。而且，在朋友圈里，秦然变得忌讳谈到金的话题。她很怕朋友们知道自己的男朋友没上大学读书，还是个土豪的儿子，这让她觉得很没面子。

金发觉秦然在有意远离他，试图开出诱人的条件来征服秦然。他承诺只要秦然愿意嫁给他，他就买一套别墅和一辆豪车作为新婚礼物相赠。要是换了别的女孩子，或许就答应了，那绝对是天上掉馅饼的事情。可秦然面对这一切，并没有动摇内在的信念。她说："我并不是不爱钱，只是跟金钱相比，我更看重两人精神上的默契和幸福。"

金见他的条件打动不了秦然，也就死了心，转而去找别的女孩子去了。

你娶我还是娶姑妈

跟金分离后，秦然再次陷入了寂寞的境地。尽管，已经从高中生过渡到大学生的她成熟了不少，但对异性的渴慕却丝毫没有减弱。大一暑假，秦然想出去散散心，把曾经的烦恼消解消解，便独自跑去北京旅游。旅行最后几天，秦然在北京上大学的高中同学请她吃饭，还带来另一个朋友作陪。不想，这一顿饭吃下来，秦然竟跟她同学的朋友一见钟情。

这个朋友名叫云洋，祖籍山东，在国际关系学院念书。认识后的第二天，云洋便恳请秦然再在北京玩两天，且主动给她当向导。云洋不但人长得标致，性格也很阳光，仿佛只要有他在的场合，就永远不会阴天。从北京回重庆的时候，云洋去火车站送秦然。火车上午9点出发，云洋早上7点钟就到了。他坐在西客站的候车室里，一直等了一个多小时才看到秦然。秦然一到，云洋马上跑出去买早点，还买了一包零食，让她在车上吃。云洋的举动，使秦然有些乐不思蜀。她坐在火车上，隔着车窗，看见云洋恋恋不舍地跟她挥手，秦然恨不得火车立刻出现故障。她觉得如果火车一动，这辈子就再也见不到他了。但火车是不会受秦然控制的，也理解不到她此时此刻的心情。一声长长的汽笛响过之后，列车远去了，云洋的身影消失了。秦然把脸贴在窗玻璃上，她想再看一眼云洋。瞬间，眼泪像决堤的水，哗哗往下流。

回来后，秦然便跟云洋展开了荡气回肠的异地恋。

因为距离和学业的原因，他们只能通过手机或网络联系。每天晚上10点半，是他俩通过视频见面的时间。只要不是特殊情况，这个固定时间就是他们的节日。两人面对着电脑，你一言我一语，一聊就是几个小时。聊久了怕影响同学休息，他们有时就躲到网吧里去"见面"。两人一到网吧，几乎都是通宵

人生四季
◎结婚季◎

达旦。

网络的世界毕竟是虚拟的，不如现实世界那么实在。几个月过去，秦然想念云洋都快发疯了，她的整个世界昏天黑地，不见一点儿光芒。秦然多次想过去北京见云洋，但她没有足够的路费。又过了两个月，机会终于来了，眼看秦然的生日即将来临，她母亲为表达往日的歉意，给了她几千块钱，让她去买一个苹果手机作为礼物。一向反感母亲的秦然这回没有拒绝，她欣然地接受了母亲的馈赠。

拿到钱的第二天，秦然就急匆匆地去了北京。这次不像暑假，有那么多的时间。周末一过，她就得回校上课，故秦然只在北京待了三天。三天时间虽然短，但对秦然来说，已经是奢侈的了。那三天里，云洋又带着秦然去重游了他们认识时玩过的地方，熟悉的场景熟悉的人像电影回放般再现，这让两人都很感慨。云洋最陶醉，恨不得把自己变成一根绳子，死死地捆绑在秦然身上。秦然对云洋也是百般体贴，游玩的所有费用——住宿费、生活费、门票等统统由她负责承担。

恋爱不但耗身体，耗精神，也相当耗钱。三天过后，秦然早已是弹尽粮绝。返回时，她身上仅剩下买一张硬座火车票的钱。但秦然丝毫不觉得后悔，坐在火车上一路颠簸着回重庆时，她的脑海里还不断再现跟云洋在北京畅游的画面。旅程是漫长的，从北京到重庆，要坐整整一天一夜的时间。列车抵达重庆北站时，已经是晚上12点多了。秦然一个人拖着行李箱，走在车站外面的广场上，心里突然涌起几分恓惶。她想回学校已经不可能了，校门早已关闭。回家吧，又不敢。面对午夜空荡荡的广场，她独自拖着皮箱转圈，转到最后，头都转晕了。她想到去住旅馆，但身上又没钱。万般无奈之时，她看见车站旁边有一家快餐店，一头便钻了进去。就这样，她在里面坐了一个晚上。

回到学校，秦然不得不省吃俭用，她必须从每个月的生活费里节约出钱来买一个苹果手机。不然，她没法向母亲交代。可每个月父亲给的生活费就那么几百块钱，要从几百块钱里扣除一部分来凑齐几千块钱，这无异于打烂

第二章 橙

缸子镶瓦块。为尽快凑齐这个数，秦然每天都泡方便面吃。秦然说，几乎各种牌子的方便面，她都吃过。直到现在，她一见到方便面就想吐。

这次北京之行，所有游玩都是秦然花钱，虽然事后想起来心里有些不爽，但一想到云洋，想到跟云洋之间的山盟海誓，海枯石烂，她的不爽随之又烟消云散了。要不是后来发生的一件事，让秦然对云洋有了不同的看法，她或许还会继续对他保持狂热和宽容。

那次是云洋跑来重庆看秦然。当时，秦然一听云洋要来看自己，高兴得神魂颠倒，脸上的笑容像一朵盛开的向日葵。但云洋来到重庆后，秦然才发觉事情有些不对劲，他在重庆的所有花费都叫秦然来支付。云洋跟秦然说，他并没有多余的零花钱，但的确又忍不住要来重庆见她。如果长久见不到秦然，他就有活不下去的感觉。不知是云洋的表白感动了秦然，还是秦然的确很爱云洋，总之，在面对这个北京来的男孩子时，她愿意为他付出一切。云洋同样在重庆待了三天，秦然带他去游白公馆、渣滓洞、磁器口，还陪他去坐游轮和索道，去南山看夜景，就连云洋来重庆的往返机票钱，都是秦然拿自己存的压岁钱付的。而且，云洋走时还跟秦然说，他欠了同学六百块钱一直未还，让秦然借钱给他还债。秦然想了想，还是拿了六百块钱给他。

这次见面之后，秦然多了个心眼。她觉得认识云洋这么久了，对他的家庭情况一点儿都不清楚，有必要去了解一下。于是，通过各种各样的渠道，总算把云洋的家庭背景搞清楚了。

云洋是山东枣庄人，母亲在一所职业高中任语文教师，父亲是当地联通公司的经理。单从这层关系看，云洋家也不见得跟其他家庭有什么区别，不过一个普通的家庭罢了。但事情的复杂性在于云洋有个大姑和三姑，这两个女人在某种意义上说，对云洋的人生发展具有决定性的作用。他大姑是信访局的，常年驻北京办事处。他三姑是北京某出版社的副社长，三姑父是某区的区委书记。跟云洋姑姑、姑父交往的，除了北京政界的人，大多是社会各界的高端人士，包括央视的记者等等。云洋的两个姑姑生的都是女儿，他是

人生四季
◎结婚季◎

他们家族中唯一的"独苗",因此,两个姑姑比他亲生父母还要疼他。云洋还很小的时候,他的两个姑姑就一直在努力把他培养成一个贵族。云洋还在枣庄读初中时,他的三姑、三姑父就凭关系将他的户口迁到了北京。后来,又通过姑姑们的齐心协力,云洋高考结束,就顺利被送进了国际关系学院读书。云洋在北京长期住在三姑家里,由其细心照顾。他的每一步路,都在按照姑姑们预设的轨迹前行。

秦然知道了云洋的家庭关系后,曾专门跟随他去枣庄老家见过他父母。云洋的父母望子成龙的心愿虽然没有姑姑们强烈,但对云洋也是溺爱非常,可谓是饭来张口、衣来伸手。短短的几天时间里,秦然发现云洋真正是他们家的"小皇帝"。有一天,他坐在家里的沙发上看电视,看着看着突然喊:"妈妈,妈妈,我要喝水,快点儿。"她妈妈正在厨房做饭,听到云洋的喊声,立马从厨房跑出来,接了水给他端过去。吃过晚饭,云洋的父母开车带着他和秦然出去兜风。一路上,云洋都坐在车上一言不发,只顾戴着耳麦听音乐。他母亲在问他什么,问了几次,他都没听见。他母亲伸手就把耳机给关了,云洋顿时生气了,怒吼道:"快把耳机给我打开,快点儿打开。"他母亲见他发火了,只好又给他打开。

人在父母面前,大概都是不加掩饰的,这也使得秦然更加认识了云洋。从山东回来后,秦然觉得云洋太幼稚了,简直没长大,就像一只躲在母鸡翅膀下取暖的鸡仔。而且,她还发现云洋特别脆弱,一遇到事情就哭,跟个三岁小孩差不多。

知道这一切后,秦然对云洋再也没有以前那么狂热了,但心里却也惦记着他。她还试图通过自己去改造他,让他尽快成熟起来。但云洋已被两个姑姑惯坏了,遇到任何事,他都会告诉姑姑,请他们拿主意。从山东回来不久,云洋就给三姑说了他跟秦然的事情。他三姑一听,当即把云洋大骂一通,说:"秦然她一个普通女孩,配得上你吗?"

自从姑姑把云洋骂了后,云洋似乎真的变了,变得有些自以为是,他把三姑对他说的话，原封不动地转告给秦然听。秦然听后，心痛得难受。在姑姑们的怂恿下，云洋对待秦然的态度也不一样了，每回跟秦然出去玩，他都拿秦然的卡去付账，这让秦然如鲠在喉，感觉自己像是养了个小白脸。

但秦然依然没有灰心，觉得云洋之所以如此，责任全在他那两个姑姑。她想让云洋变得自立，学会靠自己的脑子想事，自己规划未来。一次，趁云洋心情好，秦然一本正经地跟他说："你也努力学习，今后跟我一起去出国深造怎样？"不料，秦然话音刚落，云洋就指着她的鼻子骂："你一个二本的学生，还想出国，做梦去吧！你这个低层次的人。"秦然顿时傻眼了。继而，云洋又骂："就是因为你，我得罪了我姑姑，我不想今后像其他普通人一样辛苦，你懂吗？咱们以后不要再联系了，你看我现在过得多么滋润，每天啥都不用干，就玩玩游戏，混到毕业，就有人告诉我我已经是公务员了。"

那天，秦然是流着泪离开云洋的。天下着大雨，云洋看着秦然冒着雨水离去，他站在北京深秋的街边，独自撑着雨伞，跟没事人一样。因为，在云洋的意识里，他的天空从来都是艳阳高照的。

意外撞见的三个男人

跟云洋的恋爱是秦然感觉最受伤害的事。但任何人，只要受伤的次数多了，也就不知道痛了。这事要是放在以前，秦然可能会伤心很久，可这回她的伤口修复得很快。她跟云洋自2013年8月底相识，到2014年6月结束，总共不到一年。而这期间，他们真正在一起只待了十六天。

2014年8月初，已经从失恋痛苦中走出来的秦然，受邀去参加由《中国青年报》举办的"大学生记者训练营"活动，深入基层体验石油工人的生活。在活动上，她认识了一个成都男孩，是电子科技大学的学生。此人能说会道，机灵鬼怪，也很有才华。活动最后一天，主办方搞了个分享会。她跟那男孩共同导演了一个小品,且二人扮演一对夫妻,展示石油工人风采,该小品受到一致好评。分享会后,秦然跟此男孩心心相印,形影不离。当时参加活动的其他人都看出了他们俩人有事,有人还故意开玩笑撮合,他们也不反对,任凭大家取笑。

活动结束后,男孩还留在重庆,陪秦然玩了几天。这一玩,秦然又没有把持住自己,陷入了感情的旋涡而不能自拔。那男孩也表示对秦然很有感觉,已经爱上她了。可令人难以置信的是,男孩回成都后的第二天,就提出要跟秦然分手。对方的理由很充分,说自己要专心学习,他的梦想就是当个科学家,目前没有心思和精力来谈恋爱。秦然听得一头雾水,不相信男孩说的话,非要冲到成都去找他面谈。秦然到成都后,男孩的态度又变了,他带秦然吃好吃的,逛宽窄巷子,而且,搂着秦然的腰说:"亲爱的,见到你,我又好喜欢你,要不,我们合好吧。"秦然同意了,也放心了。可当秦然回到重庆的第二天,男孩又说他俩不合适,还是要跟她分手。秦然再次打电话给男孩想问个究竟,对方却无论如何不接电话了。

同年11月1日,秦然又代表学校去参加一个"绿放音乐节"活动,其间,她认识了另外一个男人王一飞。此人比秦然大七岁,自称是某网站创意总监。他俩一见面就觉得投缘,王一飞阅历丰富,见多识广,跟秦然聊文学、聊音乐……这让秦然觉得他本领非凡。之后,王一飞加了秦然的微信,随时随地都给她发信息。令人吃惊的是,11月5日晚,王一飞居然专程跑去学校找秦然,手里还捧着一束玫瑰花。那天,他陪秦然坐在校园的足球场上,秦然如痴如醉地靠在他肩上,望着满天的星星,夜风轻轻地吹拂过来,四周安静得只有王一飞的呼吸声。

从此,只要有空,王一飞就来约秦然出去吃夜宵。半个月后,秦然便跟王一飞去宾馆开了房。开房后,秦然对王一飞动了真情。她想,今生她活是王一飞的人,死是王一飞的鬼。秦然至今忘不掉王一飞躺在床上抱着她说的那些话,他说自己从来没见过秦然这般温柔、漂亮、善良的女孩,他会一辈

第二章 橙

子待她好的。

可男人的嘴是最信不过的。他们需要你时，含的是蜂蜜；不需要你时，含的就是蜜蜂屁股上藏的那枚针，锋利不说，还有毒，这点秦然最有体会。当王一飞跟她开完房后，第二天早上送她到地铁站时，昨晚的甜言蜜语就随风幻化了，剩下的仅是他那双冷冰冰的目光。

随后的日子，秦然每次给王一飞打电话，他都借口没空，不愿见她。有一次，秦然因相思成灾，从王一飞曾给她的名信片上按图索骥，找到了他的家庭住址。王一飞听到门铃响，开门一看，见是秦然，脸色都变了。他先是对秦然一通怒吼，接着警告说："这种事情，以后绝对不能再发生。"王一飞的态度让秦然感到后怕。那天晚上，秦然坐在王一飞家中，哭得像个泪人。王一飞见秦然赖着不走，声色俱厉地告诉她："我明确地跟你说，我是有女朋友的，她跟我一样，都是搞音乐的，我心里只有她，你懂吗？"秦然气坏了，起身要走，王一飞趁势将秦然抱住，并附在她耳朵边说："我们可不可以最后来一次？"秦然简直崩溃了，她扇了他一记耳光，转身摔门而去。

2015年1月23日，秦然从超市买了两箱酒回来，一个人在那里喝闷酒。王一飞给她造成的创伤和羞辱令她倍觉不安。她想通过酒精的作用，使自己变得轻松一点儿。秦然边喝酒边把自己的状态发到微信上，刚一发出，她一个小学同学（如今也是大学生）就跳出来不停点赞，秦然似乎一下子又找到了分担自己忧愁的朋友。她跟这个同学已经十多年没见过面了。第二天，那同学就约秦然出去吃饭。餐桌上，秦然发现，这位同学比以前变得健谈了，也更加成熟了。待喝过一阵酒后，两人都有些微醺。那同学突然拉着秦然的手说："读小学时，我就暗恋你，你知道吗？"秦然反问："那十多年没见了，你想过我吗？"同学说："你还是这样没有变。"于是乎，二人抱头大哭，把餐馆老板和旁边的客人都吓着了。

那晚过后，秦然便跟这个同学好上了。据说，同学对她不错，他们把自己的未来都计划好了。只要大学一毕业，他们就登记结婚。

6. 菲菲：爱情呼叫转移

人　　物：菲菲
性　　别：女
出生年月：1981 年 7 月
职　　业：保险推销员

采访背景：

　　我在杂志社附近找了家餐馆，专做鱼的，新开张，叫"太翁鱼府"。这店名，让人想到"姜太公钓鱼"的典故。顾客吃鱼，商家吃顾客，大家都是自愿的，就像人人都晓得"婚姻是爱情的坟墓"，可青年男女们还是要往坟坑里跳，还是要"衣带渐宽终不悔，为伊消得人憔悴"。

　　当然，我选择这家店，还有个原因——菲菲喜欢吃鱼。据说她爱上吃鱼，是因为她的前夫第一次为她做饭，就是弄的一条红烧鱼。尽管菲菲现在已经离婚了，但喜欢吃鱼的习惯却没有变。

　　或许是我来得早的缘故，餐馆还不到上生意的时间，店里冷冷清清的，几个服务员聚在一起闲侃，聊着聊着就发出一阵朗笑。我点完鱼，坐在一个靠窗的位置等待。大约半个小时过去，菲菲来了，开着一部白色别克轿车。她刚一下车，我就认出了她，圆圆的脸盘，双眸炯炯有神。一头齐耳短发，很有职场女性特有的气质。刚落座，菲菲将手提包一搁，说："我刚跟儿子

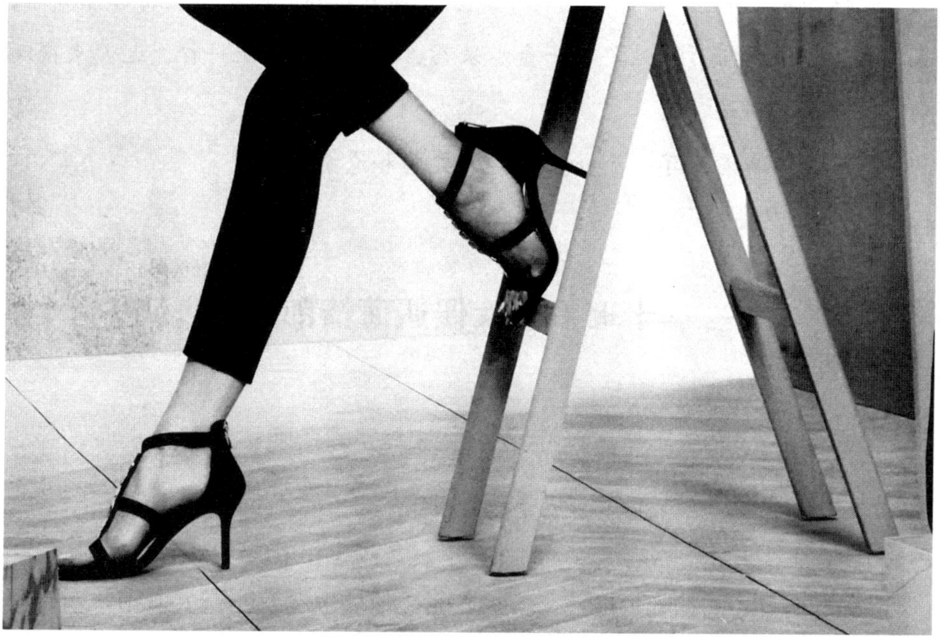

人生四季
◎结婚季◎

吵了架，心情有些郁闷。"我问啥原因，她说："他爸爸带他去玩，玩高兴了，竟然不愿意回我这里了。"菲菲说的"他爸爸"，就是她前夫。离婚时，菲菲要求要孩子，法院判给了她。可她前夫有钱，隔三岔五接孩子去玩，每次都给孩子买高档玩具，吃海鲜，购名牌服装。久而久之，孩子就被他爸爸给收买了。

菲菲说："我这辈子最后悔的事，就是跟了个狼心狗肺的男人。"我注意到，她说的是"跟"，而不是"嫁"，这其中必有隐情。吃完鱼，由菲菲开车，我们去了一家咖啡厅。她要了一壶水果茶，我刚替她倒上一杯，还没来得及喝，她就向我讲述了起来。

那一刻，我看到了一个女人内心的柔弱和沧桑。

十七岁少女偶遇薄情郎

菲菲永远都无法忘记十多年前那个有月亮的夜晚。对于她来说，经历了好几个人生的第一次——第一次领工资，第一次喝酒，第一次认识一个男人……

那会儿，菲菲刚满十七岁。在此之前，她从来没有到过大城市，对外面的世界一无所知。跟很多农村姑娘一样，菲菲高考落榜后，选择了一所职业学校读书，她学的是当年最吃香的"寻呼专业"。如果你是一位出生于20世纪70年代或80年代初的人，大概对"传呼机"都不会感到陌生。而菲菲所学的"寻呼专业"，就是为当时的寻呼台定点培养"寻呼小姐"的。她们在学校集训半年后，就可以顺利上岗。对于家庭贫困或急需找份工作的学生来说，选择此专业，无疑是最好的出路之一。

菲菲当年就是为尽快找份工作以减轻家里的负担才来学"传呼"的。培训合格后，在校方的统一安排下，菲菲被送到重庆当时最大的一个寻呼台工

第二章 橙

作。上班没几天,她就利用所学知识,迅速熟悉了业务,深得领导赏识。一个月后,她领到了人生第一次薪水。一张张钞票拿在手里,菲菲热血喷涌。从今往后,她就可以不依靠父母而能自己养活自己了。为纪念这一人生的重要起航,当天晚上,她买了几样菜,约了几个朋友到自己的住处庆祝。其中,有个姓刘的同事还带来了她的男朋友,是开中介公司的。菜刚端上桌,她同事男朋友的传呼机就响了。下楼一回复,是他另一个哥们儿找他耍。于是,他便将这哥们儿叫来,一起在菲菲处吃饭。

这哥们儿叫韩童,1974年出生,身材不高,但穿得西装革履,戴副眼镜,看上去倒也英俊。跟随韩童一块儿来的,还有个女孩,跟他年龄相仿。据韩童自己介绍,这女孩是他的女朋友。韩童很健谈,说话也幽默。一顿饭从头到尾,都是他在那里高谈阔论,让菲菲等几个初入社会的女孩子听得津津有味,菲菲几次还差点儿喷饭。

韩童对他女朋友非常体贴,又是给她夹菜,又是给她舀汤。饭吃了一会儿,她女朋友要上洗手间,韩童怕她的高跟鞋踩住裙子,便一直跟在身后将裙子拉住,这让在场的人都很感动。尤其是菲菲,她当时就在想,如果今生也能嫁这样一个男人,也算知足了。

吃罢饭,大家见菲菲喝了酒,有点儿醉意,便各自散去了。由于出租房的楼梯没有路灯,韩童出门时,一直拉着他女朋友的手,小心翼翼地摸着下楼,这让菲菲觉得奇怪。事后,她才听朋友说,韩童的眼睛高度近视。

一个月过去,菲菲的工作越来越顺心,她很珍惜这份工作,每天都按时上下班,从不马虎。菲菲是个孝顺的姑娘,她觉得父母以前供她上学,吃了不少苦,故自她第二个月领工资起,都要给父母寄几百块钱回去。每次去邮局寄钱,她都有种成就感和幸福感。越有成就感,她工作就越卖力,经常主动请求加班。一次,菲菲正在台里上班,她的传呼机突然响起。电话号码是外地的,这让她纳闷。从读书到参加工作,她没有一个异地朋友。出于礼貌和好奇,利用工作间隙,菲菲回了电话。对方一接,传出一个男声:"你猜

69

我是谁?"菲菲猜了半天,对方才主动报上姓名,说他是韩童。菲菲深感意外,心想他怎么会给自己打电话呢?韩童到底是个社会经验丰富的人,一阵问寒问暖之后,他主动向菲菲表白:"菲,其实我从第一次见到你那天,就对你有意思了。只是当时我有女朋友,不好妄想。现在我跟女朋友分手了,我可以光明正大地追求你了。请答应我的请求,好吗?"韩童的一番话,让菲菲既感到突兀,又感到温暖。长这么大,还从来没有男人这样向她表达过爱意。那天,菲菲既没有拒绝,自然也没有同意。

又过了几天,韩童再次给菲菲打传呼,说目前自己在成都一家日用品公司上班,诚恳邀请她过去玩。因韩童上次在菲菲住处的表现,让菲菲觉得这个男人可靠,有责任感,加之韩童的催促,菲菲利用休假的时间,独自去了成都。

在成都的几天,韩童对菲菲照顾得挺周到,带她到处去逛,看杜甫草堂,游青城山,观都江堰。而且,还亲自买菜做给菲菲吃。自从离开父母后,菲菲已经很久没有体会过被人照顾的感觉了,韩童给了她家的感受。

一天晚上,韩童特意买回一条草鱼,还弄了两样小菜,开了一瓶红酒款待菲菲。菲菲本来不喝酒的,但面对此情此景,她也想享受一下属于自己的幸福,便放开胆子喝了起来。他俩边喝边聊,谈工作,谈人生,不多一会儿,菲菲就出现了状况,想吐。韩童见菲菲作呕,赶紧跪在地上,伸出双手替她接着。再后来,菲菲就真醉了。她依稀感觉韩童烧了热水,给她洗了脸、脚,并扶她到床上睡了。睡至半夜,菲菲被胃痛弄醒,她发觉自己赤身裸体躺在韩童身旁。这下,她浑身发冷,心里感到后怕,但又不敢做声,只好佯装睡着了。

就这样,她把自己的初夜给了韩童。

第二天,菲菲要回重庆上班,韩童提出送她,并说他也正好要回重庆办事。于是,二人结伴同行。一路上,韩童都对菲菲关怀备至。一直到下车,他们才恋恋不舍地分开。从此,菲菲上班开始走神,她脑子里闪现的全是韩童的影子。一下班，她就忍不住给韩童打电话。两个星期后，韩童告诉菲菲，为了能跟她在一起，已经辞去成都的工作，回到重庆来了。并且，他还极力怂恿菲菲从集体出租屋搬出来给他一块儿住。菲菲想都没想，就同意了韩童的要求。但令菲菲生气的是，她搬去跟韩童居住的第二天，就发现韩童其实并未跟他的女朋友分手。菲菲还了解到，他从成都回重庆的那天，便是韩童的女朋友到火车站去接的他。

知道这一真相后，菲菲怒火中烧，她质问韩童，是不是跟他女朋友没有断交。韩童见事已败露，只好坦白了。菲菲虽深感上当，但生米已经煮成熟饭。

你爱我，却又脚踏两只船

女人对爱情一般都很认真，哪怕明知道男方已经不再爱她，她仍会心存一线希望。尤其像菲菲这种从小接受传统教育的女孩子，更是笃信"嫁鸡随鸡，嫁狗随狗"的古训。韩童为打消菲菲的疑虑，天天给她做思想工作，他向菲菲承诺，只要给他足够的时间，他一定会处理好跟原女友的关系。菲菲见他态度诚恳，也就原谅了他。

那段时间，韩童刚回重庆，一切都得重头再来。由于暂时找不到工作，他已身无分文，生活上的所有开销，全是菲菲一人承担。菲菲当时的月工资只有八百元，除去房租、水电费，余下的就只够她跟韩童的生活费。但菲菲天生善良，她觉得作为一个男人，成天在社会上跑，要社交应酬，兜里没钱是不行的。于是，她严格按计划花钱，硬是每天从牙缝里节约出十块钱来拿给韩童。但男人也许天生就是善变的动物，他自从得到菲菲后，似乎对她的态度比以前冷淡多了。菲菲每天早晨拿钱给他，他不但不感动，反而觉得理所应当。而且，他还时常朝菲菲发火。有一天清晨，韩童要去一家单位面试，

人生四季
◎ 结婚季 ◎

天刚亮，菲菲就爬起来为他做早饭。那天，不知是煤气罐没气了，还是炉灶出了问题，老打不燃火。韩童穿好衣裤后，见菲菲还在炉子前左瞅右看，顿时脾气大发。他恶狠狠地骂道："连个炉子都打不燃，真没用。"菲菲听了，眼泪花花在眼眶里打转。但她忍住了，没让泪水流出来。

韩童到底是个骗女孩子的高手，他每次骂完菲菲，就主动跑去哄，像安慰小孩一样。"一手拿棍棒一手拿糖"是韩童惯用的伎俩。只要韩童一认错，菲菲的心就软了，心里的委屈也自然消失。

这样过了几个月后，菲菲见韩童依然跟原来的女朋友有来往，催促他尽快解决好此问题。韩童对菲菲的催促百般搪塞，他最有力的解释是，女朋友在家里玩自杀，他不能操之过急。否则，将酿成血光之灾，对大家都不好。菲菲听后，觉得韩童说的不是没有道理，就再次接受了他的解释。

又过了几个月，菲菲发觉韩童压根就不想跟她结婚，但又舍不得跟她分手，就这么两边耗着。菲菲越想越感觉自己是一根鸡肋，于是，她采取主动出击的战术，偷偷约韩童原来的女朋友出来面谈。那是一个黄昏，菲菲下班后提早赶到了见面地点。不多一会儿，韩童的女朋友出现了。但令菲菲感到意外的是，她居然将韩童一块儿带来了。面谈没多久，双方就发生了争吵。菲菲提出让韩童的女朋友让位，而韩童的女朋友叫菲菲让位。二人唇枪舌剑，争风吃醋，打了半天嘴皮子仗，彼此都不让步，反而越吵越凶。韩童低着头，坐在旁边抽闷烟。他见两人越吵越激烈，快要动手了，便将烟蒂掐灭，站起来对菲菲一通指责。他骂菲菲无理取闹，故意挑衅。菲菲见他跟女朋友一个鼻孔出气，就像秋天的稻草遇到了烈火。她一把将韩童抓过来，狠狠地扇了他十八个耳光，把旁边的人都吓傻了。或许是韩童觉得男人的尊严遭到了侵犯，又反打了菲菲一顿。韩童出手很重，一阵脚踢拳击，菲菲便趴在地上动弹不得。韩童的女朋友见菲菲满脸是血，吓得脸色铁青，颤抖着嗓音对韩童说："你又打人，我都去派出所领你两回了，你还想我再领你一回吗？"韩童听女友如此劝说，才住了手，气咻咻地离开了。菲菲躺在地上，身心剧痛，

第二章

她想哭，却没有泪，只感觉有一种冰凉的东西从地底下蹿上来，朝她的骨头缝里钻，要将她冻僵似的。

菲菲对韩童已经心灰意冷，几天后，正要决定与他分开时，韩童却找上门来。他一进门就给菲菲跪下了，并不停地扇自己的耳光。一边扇一边请求菲菲原谅。韩童说："菲菲，我一直爱的是你，说实话，我还从来没有遇到像你这么年轻的女孩子。我已经跟女朋友分手了，这次绝对没有骗你。她无论哪方面，都不能跟你比，她根本不能满足我……"面对韩童的真情倾诉，菲菲对他的怒火就像被针刺破的气球，泄了。

1999年12月19日，韩童正式搬来菲菲的住处跟她同居。那天，韩童说必须纪念一下这个日子，亲自炒了一盘白菜，买了一瓶啤酒，两人就这么你一口我一口地喝，喝得天昏地暗，情意缠绵；喝得嬉笑怒骂，颠鸾倒凤……韩童说："今天就算是咱俩的订婚日了。"一句话，说得菲菲泪如泉涌。

第二天，菲菲正式将她跟韩童的事告诉了父母。她父母是守旧的人，要求到韩童家里去拜访一下，双方父母见个面。韩童带着菲菲一家去他老家时，一路上，他都闷闷不乐，心事重重的样子。走到家，菲菲的父母见韩童的家比自己家还穷，只有两间土墙夹壁屋，屋顶上全是茅草，连块瓦片都没有，父母头摇得像拨浪鼓，焦眉愁眼，连连叹气。但菲菲却心态平和，她想，自己爱的是韩童这个人，并不是他的家庭背景。如果因为人家穷就不跟他在一起，那自己成什么人了？她相信，只要两人真心相爱，患难与共，就一定能创造出美好的明天。

生了娃，却不敢承认是他妈

菲菲是个有志气的人，敢拼敢闯，敢爱敢恨。与韩童同居不久，他们就去领了结婚证。结婚后，为改变生活处境，菲菲提出要自己创业。一番深思

人生四季
◎ 结婚季 ◎

熟虑后，她毅然辞掉寻呼台的工作，带着韩童到区县与一个职业学校合作办"寻呼专业培训班"。之所以以这个作为创业的起点，是因为菲菲熟悉这个职业。而且，她凭借自己在寻呼台的工作资源，推荐学生就业不成问题。

俗话说，创业难，守业更难。刚开始办培训班时，他们总共只有八百块钱。学校只收取他们的管理费，教学、招生、就业均由他们自己负责。办培训班，没有生源不行，生源就是财源。2000年左右，恰逢国家大力提倡社会力量办学，各类职业学校如雨后春笋般兴起，大家都在以各种渠道争抢生源。菲菲为了培训班的顺利发展，每天跟韩童骑着摩托车到各个乡镇去招生，贴广告，跑到各个中学去做宣传。几个月下来，她晒得跟个非洲人似的，体重轻了十几斤。皇天不负有心人，第一期开班，他们共招到三十几个学员，这让他们喜上眉梢。如果培训结束，将学员全部安排就业的话，学杂费加上就业安置费，他们可能赚到几万块钱。

然而，人算不如天算，眼看培训期即将结束，有个学员的家长不满意收取的就业安置费，要求退款，跑到学校来又哭又闹。韩童毕竟不是学教育出身的，加之气急攻心，一怒之下，他竟然把学员家长给打了。学员家长不服，跑回家将此事跟一个混社会的亲戚讲了。那个亲戚带来一帮喽啰，拿刀使棍，扬言要将韩童碎尸万段。韩童一见这阵仗，吓得躲在寝室不敢出来。那帮喽啰铁了心要找韩童算账，一天见不到韩童，就堵在学校门口叫嚣一天。校方领导怕影响不良，要求菲菲出面解决。菲菲虽为女流，但在关键时刻，却是个汉子。她为保护韩童，悄悄将其送往重庆避难，自己留下来处理善后事宜。

那一个多月时间，喽啰们隔几天就会找菲菲纠缠。对方非要叫她交出韩童，否则，誓不罢休。面对明晃晃的钢刀，菲菲脚指头都抓紧了，但还得故作镇定。经过多次协商、调解，菲菲赔偿了学员家长的精神损失费一万多元，才将此事了结。

经过这次折腾，培训班是办不下去了。菲菲独自处理完培训班的一切事宜，带着满身疲惫回到了重庆。但令她伤心的是，韩童不但没有安慰她，反

第二章 橙

而又暗中与他的前女友住在了一起。菲菲大骂："韩童，你个混蛋，我一个女人，身处险境替你去擦屁股，你却躲在温柔乡里自得逍遥。"韩童见菲菲发火，腿一弯，又给她跪下了，额头在地上磕得咚咚响，都磕破皮了。菲菲想，狗改不了吃屎，叹叹气，也便作罢，既往不咎。

办培训班失利后，菲菲想东山再起，又跟韩童商量，谋划开一个中介公司。可开公司要钱，办培训班时挣的那点儿钱全都做了赔偿金。无奈之下，她找亲朋好友四处筹款。菲菲的父母了解到她的遭遇，把家中粮仓里的稻谷全部挑去卖了，又帮几个村的人代收电费挣点儿劳务费来支持菲菲创业，这让菲菲非常感动。面对这一危机，韩童却束手无策，没有出一分钱。费了九牛二虎之力，中介公司终于办起来了，而且效益还不错。

菲菲见中介公司的业务已经上路，便全权交给韩童经管，自己则跑去一个区县倒卖二手手机。她从主城低价收购旧手机，拿到区县翻新再卖出去，赚其中的差价。因这个生意来钱快，菲菲一去，就是两个多月。突然有一天，菲菲想韩童了，就偷偷地跑回主城团聚。她想给韩童一个惊喜，就事先没告诉他要回来。女人的观察都很细致，菲菲一到家，就发现卧室不对劲，她跟韩童睡的床单居然换成了新的。而菲菲对韩童太了解了，一般来说，他是绝对不会主动更换生活用品的。菲菲料想这其中必定有鬼，但她没有乱想，放下行李后，跑去超市买了一只鸭子回来煲汤。人们都说久别胜新婚，她想给韩童一点儿幸福感。汤还没煲好，韩童就下班回来了。他一进门，突然看见菲菲，脸上露出吃惊的表情。来不及多说，他神色慌张地一把将菲菲拉进卧室，说："我前女友就在门外。"菲菲还没说话，韩童的前女友就冲了进来。她一进屋，就直接跑去卧室收床单，并说："这床单是我买的，我要拿走。"说完，哐当一声将门关上，走了。

当天夜里，菲菲跟韩童吵得不可开交。她骂韩童滚，韩童真的就跑去找前女友了，一只煮熟的鸭子就这样飞了。菲菲跑去厨房，将煲的一锅汤倒进了垃圾桶。那晚之后，菲菲躺在床上睡了整整三天。她不吃也不喝，心里难

人生四季
◎结婚季◎

受死了,像被人灌了辣椒水。实在痛苦到极点的时候,菲菲甚至想过自杀。她把切菜刀都准备好了,但试了几次,都下不了手。再后来,她怀疑是不是自己哪里出了问题,以至于她曾专门去找过情感专家。

经过多次折磨,菲菲觉得再跟韩童这个口是心非的人在一起生活已无必要,但她转念一想,怕分手后自己的父母担心,也就忍气吞声,把打掉的牙齿朝肚子里吞。两天后,韩童回来了。不知道为什么,他这次回来,菲菲反而不恨他了。韩童仍是下跪加认错,并声泪俱下地说:"我前女友嫌我穷,再也不需要我了。"那一刻,菲菲觉得眼前这个男人挺可怜的。不但可怜,还可悲。于是乎,她又跟韩童住在了一起。

因在这之前,他们的中介公司已经被韩童的前女友接管,他俩又成了无业游民。菲菲真是个顽强的女人,失去了公司的她,开始四处去应聘。历经反复的挫折后,她最终被一家知名的餐饮店录用。菲菲本来应聘的职位是服务员,但领导见她能力不凡,两个星期后,便将她调往吧台工作。继而,又调她进入办公室搞文秘。

菲菲有了工作后,心里一直想着韩童,想尽快为他也找一份工作。利用职务之便,菲菲将餐馆的管理模式以及各种经营资料带回去让韩童学习。韩童倒很有悟性,看完资料后,他跑去一家火锅店面试。面试官在听他谈了经营理念后,爽快地给了他一个"拓展部主管"的职位。但韩童没干多久,尾巴就翘起来了。他自以为是,事事都爱跟老板顶着干。老板受不了,就将他开了。

后来,韩童又凭借自己在火锅店淘到的经验,进入了一家礼品公司。那家公司认为韩童毕竟是从一家连锁店出来的,有管理经验,工资就开得相对较高,月薪三千元。韩童有了新工作后,回到家跟菲菲理直气壮地说:"从今往后你可以不上班了,就在家里休息,由我养活你。"菲菲虽然知道韩童这是得意忘形,但心里无疑仍感觉很幸福。

再后来,韩童被一个贵人赏识,那个人出资承包了一个连锁加盟店,聘

第二章 橙

请韩童去当高管。韩童走马上任后做的第一件事，就是将菲菲也安排到自己身边工作。但为了避嫌，他们一直未公开夫妻关系。店里所有人都以为菲菲跟他们一样，只是一个普通员工。

在工作中，韩童很照顾菲菲，每次出去指导加盟店，他都把菲菲叫上，可谓夫唱妇随。但人生不如意十常八九，就在他们二人春风得意之时，韩童的视力却明显下降。即使双眼都挨着桌面了，还是看不清字。人一有疾，心里就烦躁。每天下班后，韩童老爱发火，见啥事都不如意。有时，他还故意说丧气话，说自己已经看破红尘，要出家当和尚去。菲菲一直鼓励他振作，亲自带他去医院做手术，还想着要为他生个娃娃带给他希望。

做了手术，韩童的视力渐渐恢复，心情也多云转晴了。他重新将精力投入到工作中来。由于大家的共同努力，加盟店的规模日益壮大。规模扩大后，店里缺一个"规划"者。韩童很快便招进来一个女孩，叫肖月，济南人，会制图，这正符合店里的工作需求。肖月来到后，韩童对她很上心。一次，他们三人一起去外地的加盟店搞培训，期间，菲菲发现肖月跟韩童走得很近，还背着她手牵手的。菲菲觉得他们之间一定有不正当关系，便借机找肖月谈工作时间及此事。肖月并不知道菲菲跟韩童的关系，也就毫无戒备地将实情说了。菲菲当即掏出她跟韩童的结婚证，这令肖月大吃一惊。但尽管如此，肖月并不打算跟韩童分手，她已经牢牢地盯上了这支"潜力股"。

从外地回来后，菲菲觉得应该快刀斩乱麻，不能拖泥带水。否则，夜长梦多。她直接跟韩童摊牌，让他晓得利害关系。韩童到底识时务，他的事业正如鱼得水，如果此时闹出风波，恐声誉不保，前功尽弃。庚即，韩童便找肖月谈了话。谈话的第二天，肖月收拾好行李，气冲冲地离开了餐馆。

肖月走后不久，菲菲发现自己怀孕了。为节省钱，她每天挤公交车上下班，还要爬九层楼回家，而韩童从来没有接送过她。一直到菲菲临产前，韩童都没给她买过好吃的。菲菲记得十分清楚，她在医院生孩子那几天，韩童只去陪过她一个晚上，还边陪护边抱怨，说这也不是那也不是。菲菲痛得在

人生四季
◎ 结婚季 ◎

床上不断呻吟，他却装着没听见。出院时，韩童连面都没露，还是菲菲请一个朋友的老公开车来接她回的家。产后十多天了，韩童居然都没回家来照顾她。即使回来，他也从来不抱抱孩子，在家里坐坐就又走了。孩子出生五十几天，菲菲就回到店里上班了。

这期间，因大环境所致，餐饮业普遍经营亏损。加盟店老板见势不妙，赶紧将店面盘了出去。换了老板，韩童觉得再做意义不大。经过一通策划，他拉了几个朋友入伙，干脆自己开餐饮店。店开张后，韩童又招了一个从新疆过来的女服务员。这个女孩名叫张丽，人长得漂亮，身材好，是店里的形象大使。

一天，菲菲去单位查财务明细，有个员工告诉她，说张丽这几天老是请假，而且，还跟韩总同时消失。员工的话引起了菲菲的警觉。回家后，菲菲多了个心眼，她第一次搜查了韩童的衣袋。不想，这一搜，果然有猫腻。她从衣袋里搜出一张早孕试纸和医院的挂号单，上面写的，正是张丽的名字。

韩童回到家，菲菲一句话没说，直接将证物摊在他面前。这次，韩童主动交代了，说这几天他的确陪张丽在医院做人流。事后，菲菲还了解到，在此之前，韩童已将张丽带回老家去见了他的父母。而当韩童在做这一切时，菲菲的母亲还在家里给他们辛辛苦苦地带孩子。当天晚上，菲菲独自跑去一家酒吧，静坐到凌晨3点。

一个月过去，菲菲知道韩童仍跟张丽明修栈道、暗度陈仓，终于忍无可忍。她带上孩子和母亲搬出了家中。韩童见菲菲跟孩子失踪了，到处打听其下落。当他好不容易找到菲菲母子后，又故伎重演，下跪求情。见到这一幕，菲菲既感到好笑，又感到心酸。

菲菲严厉地告诉韩童，若想她跟孩子回家，必须将他父母叫来当面说清楚。韩童同意了。菲菲一见到韩童的父母，多年来的委屈就像滔天洪水，哗哗朝外涌。那一刻，菲菲没有给韩童留面子，她将这么多年来韩童的所作所为，一五一十地讲给了他父母听。韩童的母亲听后，气得捶胸顿足。最后她

第二章 橙

说："菲菲，看在孩子的分儿上，你就再给我这个逆子一次机会吧。如果他今后再这样，你就不用再跟他了。"韩童听母亲如此说，立刻承诺今后一定痛改前非。

但人啊，江山易改，本性难移。几个月之后，菲菲无意中又发现韩童跟一个加盟商好上了。而且，他的胆子越来越大，每次跟加盟商会面，都不遮遮掩掩的了。有时菲菲实在看不惯，就会责骂他。每每如此，韩童总会辩解说："老婆，你要理解我，男人都好色。其实，在我心里，你才是最重要的。"自从与加盟商勾搭上后，韩童像是掉进了陷阱，每天不务正业，就知道跟相好出去游山玩水，借酒销魂。渐渐地，他们的餐厅出现了危机，连周转资金都被他抽取光了。

这时，火石落到脚背上的韩童，急得像热锅上的蚂蚁团团转。遇到麻烦的时候，他终于想到了菲菲。他恳求菲菲去为他借钱渡过难关。韩童话一出口，菲菲脑海里立马跳出多年前办培训班那一幕，脊背一麻，倒吸了一口凉气。韩童见菲菲不理睬他，就动了歪心思。他挪用了餐厅公款，被其他几个股东发现了，要报案。韩童又将菲菲推出来做挡箭牌，以至于韩童的亲妹妹（也在餐厅打工）都跳出来伸张正义，义愤填膺地对菲菲说："嫂子，你不要因为我哥，而玷污了你的名声。"

韩童妹妹的话，让菲菲醍醐灌顶。她想起这么多年来自己对韩童的好，而韩童对她的冷漠和背叛，不觉悲从中来。她除了想起自己为韩童做过的五次人流手术所遭受的身体和精神上的创伤，还想起自己的母亲大老远从乡下跑来城市，任劳任怨地为他们带了两年的孩子；韩童不但分文未给，反而对母亲大呼小叫的，像使唤保姆一样，菲菲不由心如刀绞。

她还记得有一年春节，韩童跟她回老家过年，因一件芝麻小事，他翻脸不认人，转身就走，跟父母连招呼都没打。她独自背着小孩，去追他，边追边泪如雨下。她更记得有一回，下班回家，遇到天降瓢泼大雨，根本无法行走，出租车也打不到，她只好站在路边，打电话请求韩童为她送把雨伞来。

人生四季
◎ 结婚季 ◎

韩童先答应了，但过了很久，却不见人影。菲菲再次打电话，韩童居然说让她自己回来。那晚，菲菲冒着暴雨，像一个孤魂野鬼，游走在冷清的街道上。豆大的雨滴砸在她脸上，像被子弹击中。最开始，她还知道疼痛和冰冷。走着走着，就失去了知觉，痛得麻木了。回到家，她发高烧，咳嗽，蜷缩在被子里，像一条被人抛弃的野狗。而韩童那晚并未回家，不知上哪儿幽会去了。母亲安抚孩子入睡后，急忙跑去厨房替她熬姜汤。不多一会儿，当母亲端来姜汤让她服下时，她拉着母亲枯瘦的双手，哭得像个泪人。

回忆是一道伤口，每想起一件事，伤口就被撕开一点儿。这么多年来，菲菲已经心力交瘁，她实在是伤不起了。在韩童妹妹和父母的支持下，菲菲终于跟韩童离了婚。

离婚一个月后，韩童还跑来找过她，要求复合。菲菲不从，他就骂脏话，还威胁人。闹了一阵子，或许是韩童见菲菲确已心死，也便未再作纠缠。

又过了两个月，韩童与店里一个收银员结了婚，据说还生了个小孩。

第三章

黄

人生四季
◎ 结婚季 ◎

7. 龙凯：都是网络惹的祸

人　　物：龙凯
性　　别：男
出生年月：1987 年 1 月
职　　业：待业青年

采访背景：

  龙凯染一头黄发，左耳朵上戴两个耳钉，乍一看去，是个典型的"时髦青年"。他说话的语速有些慢，吞吞吐吐的，欲言又止，这跟他的性格很相符，柔弱、疲沓，不疾不徐。我跟他谈话的过程中，他不断地翻看手机，显得有些心不在焉。翻着翻着，他竟然忘记了我的存在，而跟人在手机上聊起了QQ，以至于我不得不用咳嗽的方式来提醒他继续我们的谈话。

  或许是出于礼貌，大概十分钟过后，他将手机搁置一旁，抓起一把瓜子，边嗑边讲述他的恋爱经历。讲到动情处，他甚至有些激动，但很快，又冷静了下来。我一边记录，一边提问，他每问必答，相当配合。

  那个下午，我们坐在嘉陵江边的露天茶馆里，初春的阳光从头顶照射下来，有种"万物花开"的感觉。人行道上，随处走着三三两两出来晒太阳的人们。他们在家里窝了一个冬天，是该趁此良辰舒展筋骨了。嘉陵江里不断有过往的船只拉响长长的汽笛，只要有船经过，龙凯都不忘拿起手机，拍下一张照片，连同先前在路两旁拍摄的初绽的梅花一起发到微信上。

只是，手机虽能留住春色，但春天到底还是倏忽即逝的。

你爱我却要伤害我

对于一个寂寞之人来说，打发光阴的方式有很多种。家庭条件稍好的，可以去舞厅、酒吧，或者泡温泉、洗桑拿……但倘若你的家庭条件较差，没有充裕的闲钱，那就只能去茶馆喝杯清茶，搓搓麻将。手气好的话，还可以赚两顿稀饭钱。当然，要是手气差，那就只好自认倒霉了。龙凯就是一个寂寞的青年，没有工作，家庭环境也一般，母亲在房管所打杂，父亲身体不好，早在几年前，就从单位病退了。他们现在住的房子，都是房管所的。领导同情他们家的处境，将单位两间闲置的旧房让给他们住。房子是20世纪80年代初建的老房，青砖砌的，墙壁爬满了青苔。一走进去，就能嗅到一股发霉的味道。龙凯的父母在房子外面搭了一间厨房，于是，冷清的锅灶也算有了炊烟。

龙凯自高中毕业后，就一直赋闲在家。曾经有那么两年，他四处去打过零工，但嫌工作太累，就自动不干了。回到家后，他整天无所事事，对搓麻将也不感兴趣。时间长了，他迷恋上了网络，泡在网上打游戏。一打就没日没夜，饿了就吃方便面。这样过了大半年，他觉得打游戏也没啥意思，于是，开始专门在网上找陌生人聊天。在与形形色色的人交谈中，他获得了巨大的乐趣和精神安慰。

长期上网闲聊的人，大概都很空虚。一次偶然的机会，龙凯遇到一个女孩加他的QQ。双方一聊，都觉得很刺激。那个女孩似乎很开放，什么话都说，连女孩的初潮都跟他讲。人到了一定的年龄，对男女之事就分外渴求。龙凯在家里封闭久了，接触的异性朋友少，女孩的突然出现，让他像打了兴奋剂般激动。一段时间过去，两人在网上聊得情投意合，互相有了好感。如此一来，等于是干柴遇到了烈火，龙凯与女孩之间正式开始了网恋。

女孩的真名叫赵萌萌，1989年出生，是重庆綦江人，自称在浙江打工。每次聊天，赵萌萌都会传一些个人的靓照给龙凯看。照片上的她穿得很暴露、性感，令龙凯想入非非。有时，通过视频，赵萌萌还会穿一条吊带睡裙跟龙凯聊。她使用的是高清摄像头，透过薄如蝉翼的睡裙，龙凯能清晰地看见赵萌萌丰腴的胸部。聊着聊着，龙凯就全身冒汗，口渴难忍。关掉电脑，赵萌萌的形象还像幻灯片般在他大脑屏上播放。

几个星期过去，赵萌萌多次在聊天中透露出要回重庆见龙凯的念头。龙凯内心狂喜，恨不得马上就见到她。可等待是漫长的，每天，龙凯都会扳着指头掐算日期，并做好了迎接赵萌萌的一切准备工作。每晚睡觉前，他还要幻想一遍与赵萌萌会面的场景。他猜想，会面地点应该是在火车站，或者机场，又或者江边。他牵着她的手，在沙滩上漫步，赏夜景，捡鹅卵石。夜风从江面吹来，凉凉的，撩起她的长发。他们紧紧地抱在一起，泪如雨下。龙凯的想象力异常丰富，同一个场面，他会幻化出不同的背景和细节，然后，自己把自己感动得哭。

2013年年底，龙凯朝思暮想的赵萌萌终于出现在了他的身边。他永远都忘不掉那天的情景，赵萌萌穿了一件黄色的羽绒服，下身是一条紧身牛仔裤，头发染成橘红色，充满了青春的热情和活力。龙凯请她去沙坪坝吃饭，一路上，赵萌萌将龙凯的胳膊挽得紧紧的，像极了一对分别数日后相聚的情侣。龙凯觉得现实中的赵萌萌比网上看到的更漂亮，更有气质，没有那么胖。那天，他俩吃完饭后，龙凯还陪她逛了磁器口古镇，一直逛到夜阑人静，才依依不舍地分开。

这次见面，使龙凯更加迷恋上了赵萌萌。他认为这个女孩子就是他今生要找的人，真是缘分天注定。赵萌萌对龙凯也是黏糊得很，说这辈子就跟定他了。而且，她还说，等过了春节，她就回浙江处理好工作上的事情，2014

第三章 黄

年五一节前回来跟龙凯一起生活。

相聚的时光总是那么短暂，春节过后，赵萌萌又去了浙江。她的离去，使龙凯痛苦不堪，整个人看上去，就像一个被霜打过的茄子。不得已，他们二人只好又借助网络互相关心，说说心里话，表达对彼此的思念。那段时间，龙凯一直都在期盼五一节的到来。为此，他还专门买回一本台历，过一天，就在台历上用红笔圈一天。可令龙凯万万没想到的是，眼看五一节即将来临，他像平时一样，去赵萌萌的 QQ 空间闲逛，无意间发现一张赵萌萌与一个男孩子的婚纱照。龙凯当即傻眼了，他不相信这个事实，可事实又让他不得不信。一怒之下，龙凯打电话质问赵萌萌。赵萌萌先遮遮掩掩、支支吾吾，见龙凯态度强硬，打破砂锅问到底，她也就坦白了实情。

赵萌萌说，她其实有一个男朋友，叫周小涛，是浙江本地人，1986 年出生的。但他俩自谈恋爱以来，一直性格不合。直到 2014 年春节前，赵萌萌突然发现自己怀孕了，她想生下这个孩子，才决定跟周小涛迅速结婚的。她上次回重庆，其实并不是为了见龙凯，而是专程回家，跟父母商量结婚之事的。龙凯听完赵萌萌的讲述，心里像吃了苍蝇一样难受。但他已经深深地爱上了赵萌萌，尽管他现在知道了这一切，还是像一支射出的箭，没法回头了。

赵萌萌见龙凯对她痴心不改，仍保持跟他的联系，像过去一样，在网上找龙凯聊天。龙凯或许是太爱赵萌萌，对她既不责怪，也不埋怨，依旧亲爱的、亲爱的叫。后来，赵萌萌反复跟龙凯说，周小涛对她一点儿都不好，动不动就骂她。骂了不出气，还常常实施家庭暴力。有好几次，赵萌萌还把遭老公打后的图片传给龙凯看。龙凯见她的眼睛和胳膊都肿了，淤血像胎记一样印在她身上，不禁心生怜悯。从那刻起，他决定拯救赵萌萌，要将其从周小涛的魔爪下解救出来。

2014 年七夕节的前一天晚上，龙凯正在家里上网，突然接到赵萌萌的电话，说她将于凌晨到达重庆，希望能去接她。这一消息，惊雷般刺激了龙凯。他没有多想，匆匆跑进卫生间洗了个澡，换了身干净的衣服，准备朝火车站

人生四季
◎结婚季◎

赶。而早在此前，龙凯已将他跟赵萌萌的事告诉了家里人。他父母知道赵萌萌是个有夫之妇，且还有个小孩，坚决反对龙凯跟她交往。那晚，龙凯的父亲不让他去接赵萌萌，将他反锁在屋里。龙凯又哭又闹，摔东西砸家具，像一只没有被驯服的藏獒，用头使劲撞门。他威胁父亲，说如果再不放他出去，他就死在屋里，让他们等着收尸。龙凯的父亲被吓着了，好一阵僵持之后，他到底还是妥协了。龙凯从屋里一出来，就火速打车去了火车站。

龙凯的父亲担心儿子出事，颤抖着嗓音给龙凯平时耍得最好的几个朋友打电话，请求他们去找找他，并帮忙做做思想工作。龙凯的几个朋友聚在一起，分别给他打电话。但他接电话后只说了一句"你们谁也别管，我知道自己在干什么。"就挂了电话。朋友们接着再打，手机一直处于关机状态。直到第二天下午，龙凯的手机依然无法打通。无奈之下，他的几个朋友想尽一切办法，才在QQ上联系到了赵萌萌的丈夫。

经过朋友们的慎重思考，他们一致决定将事情原委如实告知周小涛。只有这样，事情才能得到根本解决。一开始，周小涛并不相信龙凯朋友说的话。他说："我听赵萌萌说过，龙凯只是她一个老同学而已。"而且，周小涛还说，当天早上，赵萌萌给他打过电话，说自己已经安全回到乡下老家，叫他不要担心。但在几个朋友的再三讲述下，周小涛开始怀疑赵萌萌。他打电话给赵萌萌的父母，问她是否到家。得到的答复是赵萌萌一直没有回去。这下，周小涛相信了。继而，他查看了赵萌萌的QQ空间，发现里面有她跟龙凯之间的暧昧留言。周小涛当即给赵萌萌打电话，问她这是怎么回事。赵萌萌却矢口否认，几番争辩之后，周小涛仍对赵萌萌抱有一丝希望，期盼她能回心转意。

又过了一天，龙凯终于露面了，他主动要求见自己的几个朋友。刚一碰面，龙凯就劈头盖脸一通臭骂。朋友们原本以为他是来致歉的，不想却是兴师问罪。他责怪朋友们将他跟赵萌萌的事告诉了周小涛。

龙凯说："从今往后，我要跟你们绝交。"说完，就气冲冲地走了。十几年的友情，就这样因一个女子而宣告破裂。

我拯救你，谁来拯救我

　　世界上的诸多事情都充满了偶然性和不可预测性，就像有的人看似做了对的事情，可转眼间却变成了过错方。据龙凯说，赵萌萌这次回来，本意是打算跟周小涛离婚的。他说自己在火车站接到赵萌萌时，看到她脸上、脖子上全是伤痕。那天夜里，他们去宾馆开了房，但什么都没做，两人就那样静静地待在房间里，聊了一个通宵。整个晚上，赵萌萌都在控诉周小涛，详细诉说自己的种种不幸。控诉完后，她又说起自己对龙凯是如何如何的思念，简直到了崩溃的边沿。龙凯那晚没有过多的言语，坐在床上，把赵萌萌搂在怀里，扮演了一个倾听者的角色，边倾听边不断用手抚摸她的头。

　　第二天上午，龙凯就将赵萌萌送回了綦江老家。但事情错就错在赵萌萌聪明反被聪明误，龙凯刚刚将她送上开往綦江的汽车，她就掏出手机给周小涛打电话，说自己已经到家。而当周小涛听龙凯的朋友告知真相，打电话给赵萌萌的父母求证时，她正在公共汽车上打瞌睡。这样一来，赵萌萌理所当然成了这起情感出轨事件的主谋。

　　但真正的朋友不是你成功时，他们才围绕在你身边，而是在你遇到困难时，他们对你不离不弃，并伸出援助之手。龙凯的几个朋友虽然遭受了他的责怪和谩骂，但都不计较，纷纷表示理解。过了两天，他们心想龙凯的情绪应该冷静下来了，又共同劝他不要再跟赵萌萌纠缠不清。他们苦口婆心地说："即使赵萌萌遭受到她老公的家庭暴力，但他们目前毕竟还是夫妻，况且，还有个孩子，你去硬生生介入，到底算哪门子事？"可无论朋友们如何规劝，龙凯就是执迷不悟，对朋友的话置若罔闻。

　　就在朋友们齐心协力劝说龙凯时，他们突然接到周小涛发来的短信，说

人生四季
◎ 结婚季 ◎

请他们转告龙凯，希望跟他通一次电话。龙凯欣然同意了。周小涛跟龙凯说："我相信自己的老婆没有跟你发生肉体关系，也原谅老婆的精神出轨。只要她回来跟我好好生活，我不会追究你的行为。"他还表示，如果龙凯从此与赵萌萌划清界限，互不往来，他保证今后不再打赵萌萌。通过这次谈话，龙凯仔细想了想，觉得如果赵萌萌真跟她老公离婚，抛下还在吃奶的孩子未免太可怜了。于是，他下定决心跟赵萌萌不再有任何瓜葛。

龙凯的决定，让他的父母和朋友们都松了口气。事情到这里，大家都认为可以画上句号了。但蹊跷的是，赵萌萌这时却发飙了，她非要闹着跟周小涛离婚。每天都给龙凯打电话，表示愿意跟他白头偕老。赵萌萌口口声声称，若自己再回到周小涛身边，那无异于自掘坟墓，他绝不会对自己好的。她还说，如果龙凯见死不救，她干脆跳江算了，省得在人间活受罪。龙凯见赵萌萌可怜兮兮的，终于收回了决定，又跟她如胶似漆了。

七夕节过后不久，赵萌萌果真回浙江跟周小涛办理完离婚手续，跑回来跟龙凯一起生活了。事后，据周小涛说，赵萌萌走那天，还在襁褓中的孩子饿得哇哇大哭。周小涛请求她把孩子的奶喂足再走，可赵萌萌看都没看孩子一眼，就转身走掉了。

赵萌萌跟龙凯同居后，周小涛心情特别郁闷，时不时还打电话询问他俩的情况。若龙凯跟赵萌萌不接电话，他就给龙凯的朋友们打，以此寻求一点儿心理上的安慰。在周小涛的多次讲述中，龙凯听到了一些有关赵萌萌不为人知的秘密。直到这时，事情的真相仿佛才慢慢浮出水面。

据周小涛讲，他的家境其实是相当不错的，起码比龙凯家好十倍。他们的居住地，在浙江一个城市的郊区，自建了一栋两层楼的房子。周小涛曾将住房用视频和照片的方式，传给龙凯的朋友们看过。周小涛和他父亲同在一家生产袜子的厂里打工，周小涛是厂子里负责维修机器的师傅。他母亲原本也在另一家厂里做零工，但自从周小涛跟赵萌萌有了小孩，她就留在家中帮忙带孩子和料理家务。

第三章 黄

　　赵萌萌当时跟周小涛提出离婚的时候，周小涛一直苦苦哀求她不要这么做，说自己和孩子目前都需要她。可赵萌萌态度坚决，好似一分钟都跟他过不下去了。周小涛问赵萌萌："龙凯到底有哪点好，让你非要离婚去跟随他？"赵萌萌说："龙凯家里有车，你不知道坐在小轿车里那种感觉有多舒服。"赵萌萌所谓的车，是指她前两次回重庆，都是龙凯开车去接的她。但她不知道，龙凯开的车，都是从表姐的公司借来的。周小涛听赵萌萌回答后说："你若喜欢车，我可以随时给你买。"尽管如此，赵萌萌还是要求跟周小涛一刀两断，从此井水不犯河水。周小涛见她一点儿不念夫妻旧情，也便答应了离婚。离婚当天，民政局的工作人员问："孩子跟谁？"赵萌萌抢先答道："我没有钱，反正我不要。"周小涛一听这话，只好咬牙要了孩子。

　　至于赵萌萌言及的家庭暴力，周小涛的说法是这样的：他承认自己的确打过赵萌萌两次，但都是因为她太任性，性格刁钻古怪，泼蛮不讲理，且颇有心计。只要遇到一丁点儿小事情让她不开心，她就又哭又闹，搞得家里鸡犬不宁。开始周小涛还迁就、忍让她，后来见她不但越来越不近人情，反而得寸进尺，忍无可忍，也就动手打了她，试图给她点儿颜色看。周小涛说："兔子急了都要咬人，她要不把我朝死旮旯里逼，我也不会出手。"

　　不管周小涛的讲述是否属实，但有一点至少可以肯定——赵萌萌是个绝情的女人。自她离婚跟了龙凯以后，她似乎已将过去的一切忘得一干二净。就连她的孩子满周岁，赵萌萌都没有打一个电话回去问问，仿佛这个孩子于她而言，压根就不存在。

　　如今，周小涛早已从离婚的阴影里走了出来。经人介绍，他另外娶了一个女孩子为妻。周小涛说："我会教孩子喊现在的妻子妈妈，我要让他永远都不知道，在这个世界上，有个叫赵萌萌的人。"

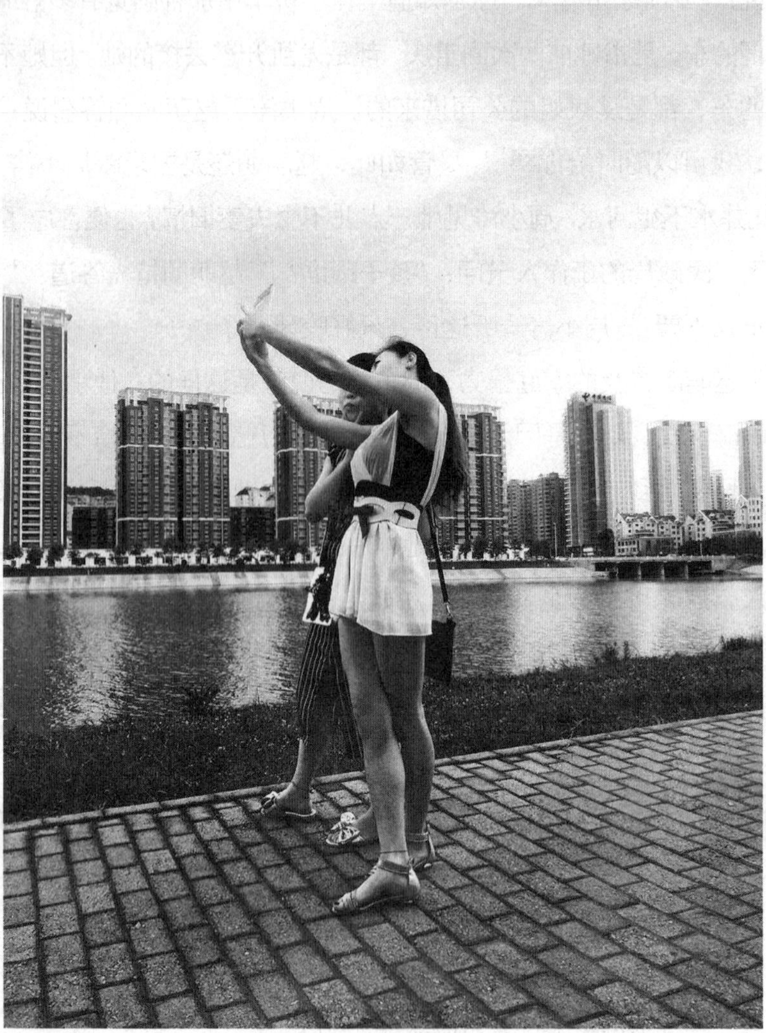

第三章 黄

捡来的老婆是个"绿茶婊"

龙凯与赵萌萌的结合，让他父母非常反感。自从赵萌萌到家后，他们几乎没跟她说过一句话。但儿大不由娘，即使父母再不同意，毕竟木已成舟，徒唤奈何。赵萌萌心里很明白，她知道龙凯的父母瞧不起她，天天给她脸色看，给她小鞋穿，这让她活得很压抑。每晚入睡前，她都向龙凯抱怨，说自己受不了他父母那副德性，并极力怂恿龙凯从家里搬出去单住。龙凯对赵萌萌可谓是百依百顺，像被其灌了迷魂汤。没多久，他果真听从赵萌萌的安排，在外面租了一间房子，过起了二人生活。

可过日子，如果没有基本的物质保障，即使再恩爱的夫妻，也会反目成仇的。龙凯本来就没有工作，以前吃住都靠父母。如今脱离了父母的接济，他们就像走丢的两只雏鸡，连条虫子都找不到。无奈之下，龙凯只好求助他的表姐帮忙。当时，他的表姐创办了一家洗车场，龙凯见缝插针，向表姐倾诉自己的处境。表姐同情他，便将他和赵萌萌一起安排进洗车场打工。眼看生活有了着落，龙凯和赵萌萌总算转忧为喜，像两个流浪汉终于被组织领回了家。

一段时间过去，赵萌萌或许是觉得洗车太枯燥，心里又开始不安分起来。稍有闲暇，她就用手机上网，成天约这个网友那个网友出去玩耍。龙凯下班后，也开始重出江湖，在网上打游戏，每晚都打到凌晨三四点钟才睡觉。第二天一到洗车场，不是打瞌睡，就是站在一旁呆如木鸡，病怏怏的，像个吸毒者。其他工友知道他是老板的亲戚，也不好说什么，只能睁一只眼闭一只眼。

后来，一天下午，在赵萌萌的唆使下，龙凯竟然将一个顾客的车开出去兜风，把车撞得变了形。龙凯的表姐火冒三丈，最终赔了车主几万块钱，才

人生四季
◎结婚季◎

将事情摆平。事发之后，龙凯二人再也待不下去了，主动离开了洗车场。好在车场老板是他表姐，要不然，他俩这次绝对在劫难逃，要被追讨经济损失。

再次失业的龙凯和赵萌萌，生活重又陷入了窘境。每个月面对房东催房费时的声色俱厉，他们跟两只缩头乌龟没啥区别。房东见他们已无付费能力，便将他们赶了出来。龙凯的父亲得知此消息，爱恨交加。悲愤过后，他只好将二人接回到家里。

赵萌萌倒也识相，她觉得如果自己不找份工作，恐怕跟以前一样，在家里抬不起头。于是，她四处去应聘。由于她一无技术，二无文凭，没有单位肯要她。费尽百般周折，她后来被一家超市招去当收银员。但上班两个月不到，赵萌萌就受不了了。她嫌这工作辛苦，工资又低；整天从天亮站到天黑，脚都站肿了，还没有假期，便毅然辞了职。没了事情干，两人只好窝在家里上网，跟着龙凯的父母吃糠咽菜。

不久之后，赵萌萌开始嫌弃龙凯，她骂龙凯没本事，不求上进，简直是个窝囊废。说自己当初跟了他，纯粹是瞎了眼睛。无论赵萌萌怎样发脾气，龙凯都自甘承受，任其发疯耍泼。赵萌萌见龙凯对她的责骂充耳不闻，一气之下，收拾起东西跑了。龙凯舍不得她，费了好些波折，才将其追回来。在龙凯心里，他已经将赵萌萌视为自己的老婆。他觉得作为一个男人，让自己的老婆吃好、喝好、耍好是应当的。于是，他鼓足勇气到处去找工作。同样由于没有技术和文凭，他找了无数个单位，都是竹篮打水一场空。直到脚板都磨起泡了，才在一个售房部谋了个保安的差事。

在此期间，龙凯认识了一个朋友，在市中心摆摊做小买卖，两人经常抽空在一起厮混。人熟之后，龙凯建议赵萌萌也跟着他朋友去学做小生意，说等有了经验，自己可以单独经营。但赵萌萌看不起这种"打游击式"的工作，她认为一个女人在大街上吆喝叫卖，很没面子，很下贱。龙凯尊重赵萌萌的选择，也就再没说什么。

做了保安后，龙凯工作很卖力，网基本上是没时间上了。不管刮风下雨，

第三章 黄

他都坚守岗位，从不懈怠。而赵萌萌每天倒是清闲，只晓得在家中上网聊天。聊累了就睡，睡醒了又接着聊。每次龙凯下班回家，都看到她坐在电脑旁，目无旁视，也不问候一声。三个月后的一天，龙凯像往常一样下班回家。刚一进门，赵萌萌赶紧迎上去给他换鞋，还主动烧了洗脚水给龙凯端去，一边让龙凯泡脚，一边为其捏膀捶背。赵萌萌的反常，让龙凯如坠五里云雾。他想，赵萌萌如此待他，必定有事相求。果不其然，待二人在床上一番云雨过后，赵萌萌开口了。她要求龙凯给她买一部刚刚上市的苹果5手机。龙凯说："苹果5要好几千块，我哪有那么多钱？"赵萌萌娇滴滴地说："我不管，反正我要。"这之后的几天，只要龙凯一回到家，赵萌萌就缠着他要手机。龙凯实在拿不出钱来满足她的欲望，两人就吵嘴骂架。

再后来，龙凯觉得干保安所挣的工资，远远不够他跟赵萌萌每个月的开销。月月都是工资还没发放，家中就早已入不敷出了。龙凯想换个薪水高点儿的工作，便辞去了保安工作。好高骛远者往往都眼高手低，因一时半会儿找不到更适合的事情干，龙凯只能继续赋闲在家，坐待时机。可做事情懒惰的人，大都耐不住寂寞。闲极无聊之时，龙凯喜欢到他那个做小买卖的朋友家里串门。去的次数多了，赵萌萌也跟着一块儿去凑热闹。

每次去，赵萌萌都将朋友的一台平板电脑占为己有，在上面疯狂跟人聊天。因为是朋友，别人虽然看不惯，但也不好讲什么。可俗话说，可怜之人必有可恨之处。赵萌萌在聊天时，犯了一个低级错误。她有一次在跟一个网名叫"姐姐"的人聊天时，居然让对方给她介绍一个有钱的男人，还说年龄再大都无所谓。她把这次聊天记录截成图，留存在平板电脑的相册里，无意中被龙凯的朋友看到了。当即，朋友就将此图传给了龙凯过目。龙凯气得面部肌肉痉挛。通过暗查，龙凯发现赵萌萌竟然申请了十几个QQ号。每个QQ号里，都邀集了一群陌生男人。

此事发生不久，赵萌萌还突然用起了苹果5手机，这让龙凯大为不悦。他质问赵萌萌手机是谁买的，赵萌萌死活不肯说。龙凯勃然大怒，抬手就给她一耳光，这是龙凯第一次出手打她。赵萌萌遭打后，寻死觅活，一会儿要跳楼，一会儿要跑去撞车，拦都拦不住。

　　一天夜里，趁龙凯熟睡之际，赵萌萌终于逃之夭夭了，至今下落不明。赵萌萌跑后，龙凯再也没有去找过她。

　　龙凯的朋友们，统统称呼赵萌萌为"绿茶婊"。

8. 谭妍：我的婚姻我买单

| 人　　　物：谭妍
| 性　　　别：女
| 出生年月：1980年11月
| 职　　　业：个体老板

采访背景：

新年刚刚过去不久，一天早上，我用过餐，背起斜挎包，招了一辆的士，直接朝南山顶上跑去。我去那里，并非心血来潮，寻找文人的浪漫；更不为阅赏春色，抒发感叹，而是见一个神秘的女人。此人名叫谭妍，据说她风韵卓著，经历奇特，可谓千里走单骑，过五关，斩六将，遇水搭桥，逢山开路，在商海和情场载沉载浮，终究如鱼得水，美煞旁人无数。

见面地点是谭妍选的——一棵树茶楼。她曾在那里开办过农家乐，比较熟悉环境。坐在出租车里，我猜想谭妍或许是个傲慢的女人。一般而言，只要是在江湖上混的女士，大多如此。她们能言善辩，极具洞察力，生就一双火眼金睛，性格刚强，办事果断、老练，有种男人的霸气和大度。

但当我真正见到她时，才知道自己的猜想其实并不确切。她风情款款，温和娴雅，谈话风趣幽默。讲到动情处，还流露出一丝淡淡的伤感。她那天穿得很随意，不像个成功女性，反倒像个家庭主妇。虽然她化了淡妆，但仍然掩饰不住脸上的沧桑。

我们一边谈话,一边享受茶楼的幽静。偶一抬头,我看见山上的樱花和桃花都相继盛开了。坐在茶楼的观景台上,仿佛能聆听到万物拔节的脆响。

你把初夜给了谁

谭妍这辈子最感羞辱的事情,就是她结婚的第二天,老公就睡到了别人的床上。

此事得从头说起。那时,谭妍刚刚大学毕业,正为找工作发愁。她每天东奔西跑,目的不外乎能找到一份体面的工作。可任何时候,就业都是青年男女面临的重大问题。现如今,你随便到街上一走,迎面碰上的,不是硕士,就是博士,他们都在为工作的事忧心忡忡。更何况,像谭妍这样的专科生,要想在强大的生存竞争中争得一席之地,即使撞得头破血流,结果恐怕仍是无功而返,只能"秋风秋雨秋煞人"了。

谭妍的家在农村,父母都是农民。她是家中的长女,还有一个弟弟。当年,父母为供两个孩子读书,他们砸锅卖铁,卖鸡卖羊,好不容易才勉强将谭妍供到读完高中。高考结束,谭妍的父母实在不堪重负,一直奉劝她不要再继续读书了,把上学的机会留给弟弟。谭妍死活不肯,她跪在父母面前,恳求供她上完大学。若父母不点头,她就长跪不起。跪了一天一夜后,父母只好扶她起来,勉强答应了。

就这样,谭妍为自己争取到了上大学的机会。在学校里,她不但学习努力,还省吃俭用,尽力给父母减轻负担。每逢周末,就跑去外面打零工,发传单、搞家政服务之类的,无所不干。打一天工,能挣几十块钱,那就是她的生活费。

谭妍的父母都有病,尤其是父亲,患有支气管炎和冠心病,稍微多走几

第三章 黄

步路，就喊累，腿像灌了铅，挪不开步子。但为了孩子的未来，他们仍旧日出而作，日落而息，像两头老黄牛般面朝黄土背朝天地干活。由于劳累过度，自谭妍上大学后，她父亲就卧床不起了，整个家庭全靠母亲一人支撑。

最开始，她母亲还咬牙坚持。后来，既要照顾丈夫的饮食起居，又要下地干活，身心的双重重压，让她喘不过气来。慢慢地，她变得脾气暴躁，动不动就抱怨。很多次，她都要求谭妍辍学，回家帮忙料理家务。可谭妍哪能前功尽弃，她不顾母亲的唠叨，只顾拼命读书。她想，只要大学毕业，尽快找一份工作，就能缓解家里的困难。谭妍的母亲见她不听劝阻，开始埋怨她的父亲。她每天不再像从前那样细心照料丈夫，每顿饭煮熟，给他盛一碗端去即可。丈夫想喝水了，呜呜吼了半天，她也装着没听见。有一次，谭妍放假回家，一进门，就嗅到一股臭味。走到屋里察看，原来是她父亲将屎尿拉在了床上，而她母亲竟然都没有给他换洗一下。谭妍流着泪，将父亲的脏裤子换下来洗干净后，中午饭都没吃，就匆匆回了学校。一路上，她都在暗暗发誓，一定要争气，尽快改变家庭现状。大学刚毕业，谭妍就四处找工作。可当她的工作八字还没一撇的时候，突然接到母亲打来的电话，说她父亲快不行了。

谭妍闻讯，火速赶往乡下。当她看见躺在床上奄奄一息的父亲时，泪如泉涌。谭妍是个孝顺的女孩，即使家里再穷，她也不忍就这么眼睁睁看着亲人离世。她想，父亲这辈子做牛做马，为这个家节衣缩食，备受熬煎，如果带着痛苦去见阎王，那他将死不瞑目。于是，谭妍叫来邻居帮忙，将父亲送去了县医院。

经过抢救，父亲的生命算是保住了，但欠下的医疗费却使她坐卧不宁。就在谭妍一筹莫展之时，突然出现一个男人，专程跑来医院为谭妍雪中送炭。这名男子叫游一明，跟谭妍是一个村的，还是她的小学和初中同学。当年，他们一起上学放学。初中毕业后，游一明跟着他一个叔叔去外地做生意，据说发了财，在县城里买了房子和车子。游一明读初中时，就暗恋谭妍。谭妍

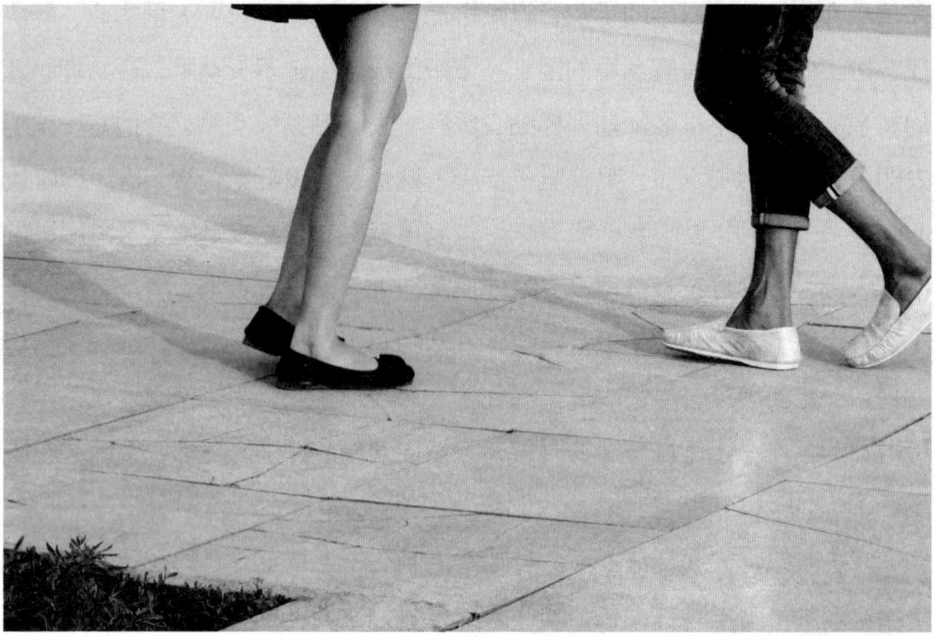

那时是他们的校花,很多男同学都对她垂涎三尺。可谭妍一门心思放在学习上,不谈儿女私情。游一明成绩一向很差,又调皮。在谭妍眼里,他就是小杂皮。游一明见谭妍不理睬他,自知配不上对方,也就不再痴心妄想。这么多年过去,他在外面经风见雨,跟不少的女孩子好过,但心里一直对谭妍念念不忘。

这次,游一明正好回乡接母亲到城里玩,打听到谭妍的父亲生病,便庚即跑去为她慷慨解囊。谭妍面对游一明,既感到诧异,又感到欣喜。毕竟,她的困难得到了解决。办理出院手续时,所有费用都是游一明付的。谭妍说:"谢谢你扶危济困,我打张欠条给你,等我有了钱,就还你。"游一明一听,笑着说:"哪里话,咱俩是老同学,又是乡里乡亲的,说什么还不还的。"

那天过后,游一明经常回乡去看谭妍的父母。每回去,都要提一大包补品。临走时,还不忘给几百块钱。渐渐地,谭妍的母亲便依赖上了游一明。家里遇到任何困难,她都通知游一明来处理。游一明自是乐于效劳,即使再忙,只要接到谭妍母亲的电话,他都义不容辞地赶紧跑去。

时间久了,乡亲们开始议论,说游一明是谭妍家的上门女婿。谭妍的母亲听大家如此说,也不反驳,任其说去。世间没有不透风的墙,舆论传来传去,终于传到了谭妍的耳朵里,这令她非常生气,她骂母亲荒唐。可谭妍的母亲哭着说:"如果不是游一明的资助,咱们家早就垮了。"继而,她母亲说:"我看一明这孩子不错,人品好,家境又好,跟你很般配,我已经答应将你嫁给他了。"谭妍与母亲发生了激烈的争吵。为不让事态进一步发展,谭妍主动约游一明谈话,说了自己的想法,并叫他以后不要再管自己家里的事。至于他给父亲垫付的医药费,谭妍表示会尽快还他。

事情到了这一步,游一明也不打算再装了,他挑明了跟谭妍说自己从小就喜欢她,请求谭妍给他一次机会。但谭妍对他没有感觉,无论后来游一明对她如何好,她也没动过心。可诸事皆有变数,几个月过去,谭妍的父亲去世了。这对于仍然没找到工作的谭妍来说,无异于雪上加霜。

人生四季
◎ 结婚季 ◎

安葬父亲要钱，谭妍的弟弟还在读高中，帮不上任何忙。谭妍跪在父亲的灵堂前，哭得声泪俱下。她不知道怎样才能使父亲入土为安，总不能老那么停放在门板上吧。当时正值盛夏，农村又没有冰棺，尸体停了三天之后，发出的恶臭让前来帮忙的人都不敢靠近。实在没有办法，谭妍想到了游一明。最终，在游一明的安排下，她才顺利将父亲安葬。

送走父亲后，谭妍觉得愧对游一明，人家为他们家付出这么多，而自己却无以为报。游一明也真正算得上是个聪明绝顶之人，他虽然想把谭妍娶到手，但他懂得心急吃不了热豆腐的道理。帮谭妍安葬完父亲后，他一直没提求婚的事，他怕谭妍说他趁人之危。说也奇怪，游一明不提了，谭妍却有了主动嫁人的意思。

经过一段时间以来对游一明的观察，她觉得自己虽然不爱他，但游一明倒也为人厚道。谭妍想，如今这个社会，钱不是万能，但没有钱的确是万万不能。自己今后就算找到个彼此相爱投缘的人，没有钱也未必能幸福。况且，自己现在连工作都找不到，又哪有条件去寻找如意郎君。这样想过之后，谭妍决定嫁给游一明。

结婚那天，游一明在县城最豪华的酒楼办了四十桌宴席，把社会各阶层能够请到的朋友都请来了，场面煞是风光，把谭妍感动得泪流满面。当婚礼司仪问道："无论富贵与贫穷，疾病与灾难，你们都能彼此相爱，不离不弃吗？"游一明和谭妍异口同声地回答："能！"二人当时的表现，把在场的所有人都感动得眼眶泛潮。

婚礼当晚，待亲戚朋友全部散去，游一明牵着谭妍的手，走进了属于他们的婚房。那个夜晚，他俩在温柔之乡里相爱到天亮，脸上的幸福像花儿一样绽放。但幸福总是转瞬即逝的，来得快，去得也快。第二天早晨，游一明早早地起了床，坐在房间里抽闷烟。谭妍被烟雾呛醒，揉着惺忪睡眼问他："你干啥，一副苦瓜脸？"游一明将烟蒂掐灭，没有绕弯子，单刀直入地问道："你把自己的初夜给了谁？"谭妍一下傻了。良久，她见游一明很认真，

第三章 黄

不得不坦诚相告："黄良斌。"游一明没再吱声，走出了卧室。

黄良斌这人，游一明是认识的，那是他跟谭妍共同的同学。游一明也知道，当年黄良斌跟谭妍好过。初中毕业后，游一明跑江湖去了，黄良斌跟谭妍一起考上了高中。这之后的事情，他就不知道了。

谭妍没想到，游一明会因为这事耿耿于怀。自从他早上跑出去后，晚上就再没回家，连续几个星期都不见踪迹，电话也打不通。后来，谭妍才知道游一明一直躲在他一个小情人那里，他们同居都几年了。谭妍说："游一明或许根本就不爱我，他之所以要跟我结婚，不过是来享受我的初夜的。"

三个月时间不到，谭妍便跟游一明离了婚。

只为钓个"金龟婿"

谭妍天生是个敏感、脆弱的人，游一明的态度和行为，让她认识到身为一个女人的悲哀。离婚后，她感觉自己就像一枝被人摧残的花朵，再也没有脸面见人。很长时间，她都不敢回乡。她怕看见左邻右舍冷嘲热讽的议论，怕听见一切关于她的闲言碎语。在谭妍的心里，她开始仇恨游一明，认为是游一明毁了她的青春，让她身败名裂。

从离婚那天起，谭妍就在心中默默发誓，今生一定要做人中龙凤，出人头地，做出一番成就给游一明看看。不能让他狗眼看人低，自觉有几个臭钱就可以为所欲为，想干啥就干啥，仿佛地球都是围绕他在转动。

痛定思痛之后，谭妍开始了新的生活。她依旧四处找工作，这回，她不再好高骛远，只要人家愿意要她，她都乐于效劳。不久，她便在一家公司谋到个文员的职位。

谭妍大学学的是旅游专业，文员对于她来说，虽不是很对口，但凭借自己的能力，她很快就适应了。有了工作，谭妍对未来充满了希望。每天，她都把自己打扮得漂漂亮亮的，精神饱满地去上班。公司经理很器重她，凡是重要的文案都交给她去做。一天下午，经理把谭妍叫到办公室，让她起草一份文案，说明天就要。谭妍接到任务后，非常认真，一直加班到晚上9点多钟还没完成。就在谭妍专心致志写作文案时，忽然听见背后发出"当"的一声。她回头一看，只见经理只穿件衬衫朝她扑过来。由于用力过猛，打碎了一个杯子。谭妍吓得惊叫起来，但此时其他同事都下班了，办公区间只剩她跟经理两人。谭妍奋力挣扎，反身抓起桌上的一把剪刀对着经理，才侥幸躲过一劫。第二天，她便被经理炒了鱿鱼。

这之后，经人介绍，谭妍又去了一家旅游公司做导游。这个工作，倒是很适合她所学的专业。因此，她一到公司就干得得心应手。做导游不比做文员，每天都待在办公室里，需要天天在外面跑。不论天晴下雨，只要游客有需求，她就得服从。

一年过后，谭妍挣了点儿钱，但人也瘦了一圈。她觉得做导游太累了，皮肤被太阳晒得黢黑，开始讨厌这份工作。有一次，在带领游客时，谭妍认识了一个男人。此人一看就有钱，脖子上戴一条粗粗的金项链，手指上戴着两个金戒指。花钱大手大脚，从不心疼。整个旅游过程中，那个男人一直找机会跟谭妍搭讪，故意问东问西。旅行结束后，男人时常邀约谭妍见面，给她买昂贵的衣服、首饰。谭妍也搞清楚了那个男人的身份，是个煤场老板，叫王复兴。

自从认识王复兴后，谭妍可谓是衣食无忧，要啥有啥。无论是吃的、用的，王复兴都会给她送来。尝到了甜头的谭妍再也不想上班了，于是，王复兴将她带到一处隐蔽的住宅养了起来。每个月，王复兴都会给她一万块钱。谭妍拿着这些钱到商场疯狂购物，买回的鞋子和衣服都可以用卡车拉了。常言道，福兮祸所伏。一天，谭妍化了妆，出门游玩。刚走出小区，就被几个陌生男子抓住一顿暴打。她趴在路边，鼻青脸肿，七窍流血。要不是救护车来得快，她怕是早就归西了。事后，谭妍知道这是王复兴的老婆干的。他老

第三章 黄

婆说,这次只是给她点儿教训,若再跟王复兴在一起,就要废了她,扔到江里面喂鱼。

谭妍怕了,只好主动离开了王复兴。

人若过惯了天堂般的生活,一旦从上面掉下来,那就等于是要了他的命。没了王复兴,谭妍变成了穷姑娘,顿顿吃面条。但她不甘心,她不相信自己的人生就这么倒霉。一个偶然的场合,谭妍听人说起有一个俱乐部,叫"钻石王老五"。到那里去玩的,都是些资产阶级。谭妍根据这一线索,偷偷地去考察过。她发现俱乐部里单身男人最多,不是公司老总,就是有权的名流。他们去俱乐部,不纯粹是喝酒、唱歌,主要是泡漂亮妞的。

搞清楚了这点,谭妍心生一计,她想深入进去,钓一个"金龟婿"回来。但这个俱乐部,不是你想进就能进的,需要交纳入会费三万元。谭妍为达成自己的愿望,四处找朋友借钱。她跟朋友们说:"你们放心,今天我借你们每人三千块,不久的将来,我还你们每人三万块。"谭妍果真有魅力,手段也高明,她入会才两个月,就钓到了一个副总裁。那个副总裁很疼她,出手比王复兴还慷慨。每周都领她进美容院,还带她去韩国整容,把全身该整的地方都整了。整容后的谭妍,丝毫不比影视明星差。她走在街上,自信心倍增,走路的姿势都变了,既婀娜多姿,又威风八面,连衣襟角都要扇人。

这便是金钱的魔力,仿佛一夜之间,谭妍又找到了山鸡变凤凰的感觉。但天有不测风云,人有旦夕祸福,短短四个月时间,谭妍的小资生活即宣告结束。那个副总裁因公司亏损,破产了,穷得连个乞丐都不如。

我不知道他会骗我

经过以上遭遇,谭妍已经年满二十六岁,只剩一个青春的尾巴了。她想,女人的金色年华就那么几年,错过了,就永远是明日黄花,不吃香了。当年

人生四季
◎ 结婚季 ◎

女孩流行找"暴发户",思来想去,谭妍灵机一动,专门把目光投在这类男人身上。可暴发户往往年龄都偏大,且大多有家室。王复兴的经历告诉她,一定不能重蹈覆辙。

谭妍脑瓜子倒也不傻,她找不到暴发户,索性朝暴发户的儿子下手。通过多种渠道,她终于找到一个房地产老板的儿子。这个老板以前是包工程的,买了十几辆大卡车,专门到工地上拉土石方。后见生意不好,转向搞起了地产业。

老板的儿子叫田小田,是个独子,没什么文化。初中毕业后,就跟随父亲辗转南北,在社会上混。或许是介入社会早,田小田一身的臭毛病,恶习很多。上床不脱袜,嗜好烟酒,说话处事草率、鲁莽,完全是混社会那一套,这让谭妍很不习惯。但为了钱,她也只好忍着。

田小田的父亲见儿媳妇长得漂亮,又是大学生,是家里文化程度最高的,所以从谭妍嫁给田小田没多久,就让她负责公司的财务。

为不引起田家的怀疑,她一直兢兢业业,把账目做得清清楚楚,一目了然。待时间长了之后,得到了田小田及其父亲的信任,她认为时机成熟,便开始偷偷地向自己的私人账号转款,每年都要转一到两百万。

田小田是个榆木脑袋,他见谭妍把公司业务打理得井井有条,红红火火,便放心地出去花天酒地,长期夜不归宿。谭妍也不管他,任其放水流舟。她想,只要田小田不发觉自己暗度陈仓,不坏自己的好事,就万事大吉了。

十几年下来,谭妍累计从田家转出资金达三千多万。有了足够的资本,谭妍觉得再这样耗下去,已无必要,她应该趁早抽身,去追寻真正属于自己的幸福。于是乎,她找了个恰当的时机,提出跟田小田离婚。田小田从小到大,已经眠花宿柳惯了,家庭对他来说,有或没有都是一样的。因此,当谭妍提出离婚时,他爽快地答应了。

田小田也真够爷们儿,离婚时,考虑到谭妍要孩子,他除了给谭妍换了两部新车外,还总共给了一千万分手费。田小田说,这一千万,其中有五百

第三章 黄

万是给孩子的。当然，田小田这样做，也不全是因为大方。若按现有资产平分，谭妍该得的，也就不止这点儿了。

离婚以后，谭妍带着孩子，跑到另外一个地方开了家餐厅，自己当起了老板。当了老板后的谭妍很有成就感，她觉得当年游一明对她造成的伤害如今总算得到了修复。

人有了钱之后，头顶上就有了光环，拍马屁的、浮上水的人自然就多了起来。尤其像谭妍这样离异的漂亮成功女人，仰慕、追求她的男人那是车载斗量。但不知道为啥，追求者越多，谭妍越对婚姻不感兴趣。她觉得男女之间，没有爱情，只有性。与其让男人把自己玩于股掌，不如也反过来玩玩男人。

前年，谭妍遇到一个小她七岁的男人。第一次见面，谭妍就相中他了。此人名叫阎白文，虽无正当职业，成天沉溺于赌场，但人长得标致俊朗。谭妍喜欢他，便一步一步将之引入家中，占为己有。每个月，谭妍按时发给他五千元生活费。阎白文一领到钱，准会急匆匆朝赌场跑，就像抽大烟的人忘不掉烟馆那样。

赌场素来鱼龙混杂，胜败乃是常事。可阎白文十赌九输，只要他欠了赌债，就跑回家叫谭妍去还。有时欠五千、六千，有时欠一万、两万。谭妍也不责骂他，照单还债便是。后来，阎白文一个哥们儿知道了他的情况，动了邪念，极力怂恿他合起来套谭妍的钱。那哥们儿让阎白文故意多报欠资，等谭妍还钱后，他们就将多余的钱分给阎白文。阎白文一想，这倒是个万全之策，便同意了。

一天，阎白文回到家，告诉谭妍自己欠了别人二十几万。谭妍感觉不对劲，他以前最多也就欠一两万，为何这次突然欠这么多？怀疑之下，谭妍展开暗中调查，很快，事情便水落石出。阎白文原本欠债两万，他说成二十万。别人抽走两万后，剩下的十八万全归他。

谭妍知道真相后，非常生气。但考虑到阎白文认错态度好，也就原谅了他。不过，谭妍自此多了个心眼。要是阎白文的欠债在五千元以下，她就给他还债，超过这个数，她将分文不给。阎白文见谭妍动了真格的，也就老实了。直到现在，他都巴心巴肠地跟着谭妍过日子。经商之余，谭妍最大的爱好，就是跑到香港去购物。每次去香港，她都要将阎白文带上。阎白文跟在谭妍身后，屁颠屁颠的，很像一个贴身保镖。

9. 张雯雯：妈妈，我的爱情丢了

人　　物：张雯雯

性　　别：女

出生年月：1982 年 5 月

职　　业：公务员

采访背景：

跟张雯雯见面那天晚上，天空下着蒙蒙细雨。不冷，但有一丝凉意。人们大都热爱春天的艳阳和暖风，殊不知，每年都有那么几天寒潮。这也好比人的青春年华，本来充满了朝气和斑斓色彩，却总有那么多的忧伤悄悄跑来敲门，搞得人心里极不痛快。

按照张雯雯自己的说法，她的青春恋情是在恐怖中度过的，至今想来，仍心有余悸。我们每谈上十来二十分钟的话，她就会停顿一会儿，陷入沉思。待她情绪平复，我们又接着聊。

张雯雯是那种性格比较内向的姑娘，穿着打扮也很得体，甚至还有几分羞赧。她说："我其实很不愿意回忆自己的过往。"我点了下头，表示理解。要不是支持我的工作，她没必要自己去揭伤疤。我说："谢谢你对我的信任！"她笑笑说："也没什么，毕竟我经历过，很多事情自己是没办法选择的，只能接受。"听她如此一说，我感到几分释然。

我们谈话的地点，在江北观音桥的两岸咖啡店。张雯雯说，她经常去那里喝咖啡，喜欢里面的氛围。最主要的是，这家咖啡店请了一位钢琴师来弹钢琴。每晚都弹，张雯雯喜欢他弹奏的音乐。

但遗憾的是，恰恰我们去的那晚，那位钢琴师没有出场。张雯雯说，她去了 N 次了，第一次遇到这种情况。我想，莫不是他知道我要来采访张雯雯，怕影响我们谈话，就故意躲了起来吧。

我成了"爱情通缉犯"

KTV 包厢里烟雾缭绕，桌子上摆放着果盘、点心，以及无数的啤酒瓶。有几个人酒喝高了，躺在沙发上呼呼大睡。另外两个人拿起麦克风，对着电子大屏幕，声嘶力竭地飙歌。神情十分陶醉，仿佛压抑很久之人，终于找到了发泄的渠道。张雯雯坐在旁边，嗑着瓜子，一边听同学唱歌，一边跟一个男生闲聊。

那天晚上，是她一个同学过生日，大家约在一起，开生日聚会。当时，张雯雯正读大二，性格内向的她还从来没到过这种场合。她父母都是区县单位的中层干部，素来家风甚严。尤其对她这个独女，更是看管得紧。生怕一不留神，就被人带坏了。

要不是过生日的同学是她的闺蜜，那晚，说什么她也不会去酒吧唱歌。任何东西，在对其缺乏认识之前，是感受不到它的好处的。而当你真正有机会接触之后，或许会很快爱上它。酒吧给了张雯雯这个"乖乖女"极大的精神刺激，她觉得在里面玩耍，很放松，没有任何压力，啥都不用去想。于是，借助兴头，她第一次喝了那么多酒。整张脸看上去，粉红粉红的，灿若桃花。

前来参加聚会的人，不全都是同班同学，还有外校的，那是张雯雯闺蜜的朋友。一直坐在张雯雯身边，没话找话说的那位男生，来自建院。他姓陶名方，北方人，一米七八的个头，一头披肩长发，看上去，像是学美术专业的。陶方一见到张雯雯，就按捺不住内心的冲动。整个包厢里，就他表现得最露骨。一会儿向张雯雯献歌，一会儿又向她敬酒，搞得张雯雯怪不好意思。

人就是这么怪，平时在生活中会遇到不同的异性，未必会使你内心产生涟漪。可偶尔的一次回眸，或一个眼神，你就会如遭电击般迷上一个人，不能自拔。那晚过后，陶方拼命追求张雯雯。他天天给张雯雯打电话、发短信，表达对她的思念。要是张雯雯放假回家了，陶方还会打电话到她家里去，让其无处藏身。

俗话说，美女怕绵夫。男孩子追求女孩的惯用方式，就是死皮赖脸加永不放弃。经过一段时间的穷追不舍，陶方终于把张雯雯搞到了手。但两人在一起没多久，陶方就面临毕业了，而张雯雯还是个大三的学生。陶方毕业后，去了厦门，在一家设计院工作。陶方的想法是，待张雯雯一毕业，也让她到厦门上班。这样，两人就可以长相厮守了。

陶方走后，张雯雯每天都要在网上跟他见面。只要一天不联系，双方都受不了。尤其是陶方，一天除了在网上会面外，还要打好几个电话。不这样做，心里就不踏实，憋得慌。半年之后，陶方借出差的机会，绕道来学校看张雯雯。两人一见面，便相拥而泣。但当天晚上，张雯雯便发现陶方有些不对劲。跟过去相比，他变得沉默寡言，板着一张脸，丝毫没有笑容，就那样静静地坐在张雯雯旁边。张雯雯问他话，他就回答，不问，就不做声。张雯雯想，也许是陶方刚刚走上工作岗位，压力太大。

又过了几个月，陶方说实在是太想念张雯雯了，想得每晚都睡不着觉。于是，他主动向单位领导申请，调他到重庆工作。没想到，陶方的请求获得了批准。陶方调回重庆的第一天，行李都没放，就迫不及待地跑去找张雯雯，把张雯雯感动得热泪盈眶。此时的张雯雯也已大学毕业，通过她父亲的关系，把她安排进了文广局上班。

两人在一起生活后，双方都觉得幸福来得太突然。但渐渐地，张雯雯就发现陶方有些怪异。他把张雯雯盯得很紧，只要对方一离开他的视线，他就受不了，赶紧打电话问人在何处。就连上厕所，他都要站在门外守着，像看守犯人一样。

每个人都有自己的自由，即使是夫妻和恋人之间，也需要自己独立的空间。久而久之，张雯雯受不了了。她让陶方不要这样，说："你如果再这样管控我，我就搬出去住。"陶方见张雯雯反感他，情绪更加激动。对方越说要搬出去，他就越是将之看管得紧。

有一天，张雯雯下班回屋，看见陶方气冲冲地坐在沙发上等她。刚放下包，陶方一把拉过张雯雯，从桌子底下拿出一张通话记录单给她看。上面有些电话号码，还用红笔勾画过。陶方指着单子说："你最近通过话的那几个男的是谁？"张雯雯见状，肺都气炸了。她吼道："姓陶的，你竟然去查我的通话记录！你如此不信任我，还要不要人活？"陶方见她生气，不但不安慰，反而起身跑进卧室，挨个打电话过去，问对方是张雯雯的什么人。此事搞得张雯雯焦头烂额。

从那时开始，张雯雯对陶方感到后怕，认为他精神不正常，有意躲着他。下班了，也迟迟不愿回家。一次，单位搞活动，结束时，已经是晚上9点多钟了。陶方见张雯雯这么晚了还没回家，就打电话质问她在干什么。此时，张雯雯正跟单位领导以及同事们坐在一辆车上返回。她告诉陶方正在回家的路上。陶方在电话里听到她旁边有男人谈话的声音，顿时生气了，不断打电话乱骂。张雯雯又不方便接听，只好将电话挂了。陶方不停地打，她就不停地挂，以至于领导都在问："是谁啊，这么不懂事？"

下车后，张雯雯径直朝出租屋赶。刚一进院，她发现突然从旁边冲出来一个黑影。张雯雯吓得魂飞魄散，以为遇到了抢劫，转身就跑。她一跑，那个黑影就跟着她追，还从后面扔矿泉水瓶子砸她。追了一会儿，张雯雯听见身后有人喊："你给老子站住，站住……"张雯雯听出是陶方的声音，怕他施暴，只好招了一辆出租车跑了。

坐在出租车上，张雯雯的眼泪一下子就流了出来。她觉得自己很狼狈，像只无处躲藏的老鼠。此后张雯雯再也不敢回去，只好到一个同学家里借宿。

张雯雯说："我当时就像个'爱情通缉犯'。"

母亲为我的尴尬之恋推波助澜

为摆脱陶方的控制，张雯雯唯一的办法，就是更换住处。她搬家次数最多的纪录，是一个月内连续搬了四次。每次搬家，都是张雯雯一个人扛着箱子以及大包大包的东西，从这条街搬到那条街。白天要上班，她通常选择在晚上搬家。当她孤零零地拖着锅碗瓢盆走在街头的时候，路过的行人都会扭过头去看她。那些人的眼里有同情，也有好奇；有讶异，更有邪恶。记得有一次，她正拖着编织袋汗流浃背地上天桥，当时已是夜里 10 点过了，街面上只走着稀稀落落的行人。突然，有两个嘴里叼着烟的中年男人跟上来，色眯眯地说："来，妹儿，我们哥俩帮你搬。"说完，两个人分别抓住张雯雯的左右胳膊，架着她朝天桥旁的一条巷道口搡。要不是张雯雯的尖叫声引来了路人解围，后果不堪设想。

陶方知道张雯雯在故意躲避他，四处打听她的下落。后来，陶方实在找不到张雯雯的踪迹，干脆直接跑到区县去面见张雯雯的父母。陶方称自己是张雯雯的男朋友，他们在一起已经很长时间了，只是近段时间他们闹了点儿小别扭，张雯雯就跑出去躲藏了。陶方深谙人情世故，他对张雯雯的父母很好，每回去，都要买很多东西。而且，他几乎隔一天就要跟张雯雯的母亲通电话，嘘寒问暖，这使张雯雯的母亲深受感动。

有一回，张雯雯的母亲生病，陶方硬是班都不去上，跑到医院照顾。在家中熬了稀饭端去，亲自用勺子喂她。只要张雯雯母亲想吃啥，陶方保证以最快的速度买回递到她手中。这样一来，张雯雯的母亲不知不觉就把陶方当

111

人生四季
◎ 结婚季 ◎

成了她的乘龙快婿。在母亲看来，像陶方这么忠厚、老实，有孝心的男孩子，如今就是打着灯笼火把都难找到了。因此，在对待陶方和张雯雯的问题上，她母亲理所当然地站在了陶方的立场上。

拿到了张雯雯母亲这把"尚方宝剑"，陶方再也不用担心找不到张雯雯了。陶方的判断是正确的，作为父母唯一的女儿，张雯雯即使再怎么躲，也不会不告诉父母自己的住处。有好几次，陶方找不到张雯雯，就带上她母亲一起来找。母亲跟她说："如果陶方不能成为我的女婿，那我就把他当成儿子来看待。"事实上也是如此，曾经一度，张雯雯的母亲还专门请假，跑到重庆来照顾陶方，给他洗衣服、做饭。尽管如此，张雯雯还是尽量躲着陶方。陶方见利用张雯雯的母亲都不能使其回到他身边，便天天给她母亲打电话，谎称张雯雯长期夜不归宿，而且，还爱上了一个开理发店的男人。

母亲听了陶方的话，急得团团转。无奈之下，她连夜跑来重庆找女儿兴师问罪。那天晚上，张雯雯直到凌晨两三点钟都还没睡觉。她母亲一直在那里寻死觅活，还要推开窗户跳楼。好不容易闭上眼睛了，她母亲又开始折腾。"雯雯，如果妈妈不在了，你以后一定要对你爸爸好……"张雯雯简直崩溃了，她尖叫一声，感觉大脑缺氧。稍后，她忍无可忍地说："既然这样，那从今天起，我们就断绝母女关系。"说完，张雯雯冲出门要走，她母亲奋力拖拽。在双方拉扯时，母亲晕了过去，这可把张雯雯吓坏了。她掐住母亲的人中，等母亲醒过来，两人都没有再说什么，那一晚也就过去了。

第二天一早，张雯雯给在区县家里的父亲打电话，说："爸爸，我考虑清楚了，我要跟陶方结婚。"她父亲反问："为什么，你不是很讨厌他吗？婚姻大事，开不得玩笑。"张雯雯流着泪说："老公不合适，可以找第二个，但妈妈只有一个。"父亲听到女儿的话，也哭了。

张雯雯的母亲回去后，雯雯的父亲非要将她送进精神病医院，但被张雯雯制止了。她说："我不想今后左邻右舍都嘲笑我妈是个精神病人。"

第三章 黄

"闪婚"救我出囚笼

人就是这样，有些事情，如果历经无数次抵抗都无法改变，那就只好认命。经过母亲的"大闹天宫"，张雯雯已经对自己的婚姻不抱任何希望，她决定跟陶方结婚。陶方得知这一消息，高兴坏了，像一个上紧了发条的玩具青蛙，蹦得老高。他觉得凡事宜早不宜迟，否则夜长梦多。就在他一心为婚礼做准备的时候，一件意外的事情发生了。

那天，张雯雯正在办公室起草文件，突然手机响了，一接听，是个陌生的女子。对方自称是陶方的女朋友，请求见张雯雯一面。那个女子还说，她是被陶方欺骗后，给扔掉的，叫张雯雯千万不要上陶方的当。张雯雯接到电话后，心里五味翻滚，再也没有心思写文件了。庚即，她按照陌生女子的指引，来到了见面地点。

那个女子胖胖的，戴着一副墨镜。谈话中，她始终没有将墨镜取下来。在张雯雯的再三请求下，她才摘掉了眼镜，露出庐山真面目。那个女子跟张雯雯说，她跟陶方是大学同学，大一时，他俩就在一起了。刚开始，他们之间的感情很好，后来，据说陶方家里发生了变故（究竟什么变故，她也不知道），他就整天东想西想，老幻想能发财，一夜之间变成个富翁。对她的态度也变了，爱理不理，时常逃课，神神秘秘的，谁都不知道他到底在干些什么。一天，陶方喝得醉醺醺地回到学校跟她坦白，说自己交了个新女朋友，姓张，想结束他们之间的恋情。女子以为他喝醉了，但没多久，陶方真的就不再理她了。女子想，既然陶方不珍惜她，那就算了。可几个星期过去，陶方又主动来邀约她，说要跟她破镜重圆。女子问他："那你跟那个姓张的分手了？"陶方点点头，斩钉截铁地说："没有任何关系了。"就这样，女子原谅了他。可一段时间过去，女子发现他仍跟张雯雯有来往，就质问他："陶

113

人生四季
◎结婚季◎

方,你想脚踏两只船?"陶方亲了她一口说:"宝贝,你别生气,听我跟你解释。"接着,陶方说:"张雯雯家里看起来很有钱,只要将她搞到手,就可以赚一笔。钱一到手,我们就远走高飞。"女子听完,又气又恨。

张雯雯听到这里,眼泪再也包不住了,掏出纸巾擦眼泪。那个女子见张雯雯情绪有些失控,停顿了一下,喝了口水,再接着讲。她告诉张雯雯:"其实,这事你妈也有责任。有段时间,你妈经常跑来看陶方。每次来,不是送水果,就是送衣服的。而且,你妈还说,只要陶方对你好,你们结婚的时候,她就送陶方一部车。"张雯雯问:"这些是陶方跟你说的?"女子回答:"不是,有好几次,你妈来找陶方,其实我都在屋里躲着。陶方听到门铃响,朝猫眼里一望,就赶紧对我说:'你进屋去藏藏,那个老女人又来了。'"张雯雯再也不愿听下去了,她揉着眼睛跑了出去。

这之后,张雯雯为揭穿陶方的阴谋,也让她母亲知道事情真相,再三请求那女子去见她母亲,当面将事情经过讲给她听。谁知,母亲不但对那女子的讲述丝毫没有引起警惕,反而大发雷霆,说那女子是张雯雯派来的"间谍",故意来使她上当的。

张雯雯见母亲执迷不悟,把自己关在家里绝食了三天。三天过后,张雯雯拖着虚弱的身子去上班。在公交车上,她无意中看到电视里有一档节目叫《麻辣新娘》,是一个婚恋节目。参赛的选手都是正在热恋中的青年男女。如果女方在活动比赛中胜出,将由栏目组负责为其举办一场盛大的结婚典礼。张雯雯想,要让母亲死了她跟陶方结婚的心,唯一的办法只有先斩后奏,表明自己已经有结婚对象了。但跟母亲明说是不行的,假如能通过电视平台告知所有亲朋好友,肯定是个不错的办法。想到这点,张雯雯心中窃喜。

可找谁陪自己去参加节目呢?思来想去,张雯雯想起了一个人。这人名叫孔云东,比她小一岁,是她在一次搬家时认识的。那晚,或许是太累的缘故,张雯雯竟然坐在街边放着的包堆上睡着了。就在她睡得正香的时候,突然有人在喊她:"美女,你这样睡不安全哟。"张雯雯睁开眼睛一看,是个小伙子。通过简短交流，小伙子说正好自己跟张雯雯同路，便主动帮她搬东西。这以后，他们偶有联系，孔云东也多少知道一点儿张雯雯的处境。

张雯雯找孔云东帮忙，心里完全没底。她不知道孔云东愿不愿意，毕竟这事非同小可。但当张雯雯将事情原委详详细细讲给孔云东听后，他竟然毫不犹豫就答应了。就这样，在孔云东的配合下，张雯雯去《麻辣新娘》节目组报了名。这档节目在当地的收视率很高，起初，认识张雯雯的人都不晓得她去参加了比赛。一直到节目播出两三期后，有熟人看到张雯雯在节目上声泪俱下地讲述她的故事，便将此事告诉了她的母亲。

说也奇怪，张雯雯原想她母亲知道自己参加节目后，一定会又哭又闹。但事实并非如此，她母亲不但没哭没闹，反而安静地坐在电视机前，看女儿在节目里的优秀表现。她每期都看，一期都没落下。

在这期间，陶方也看到了电视上的张雯雯，他像条疯狗般四处耍泼，要求张雯雯退出比赛。孔云东见陶方耍无赖，坚决支持张雯雯上节目，说如果陶方胆敢无理取闹，他将以其人之道还治其人之身。陶方见张雯雯背后有孔云东撑腰，也便没有造次。继而，他跟从前一样，采取迂回战术，想再次通过张雯雯的母亲来制服她。可这次他彻底失败了，张雯雯的母亲压根就没理他。

张雯雯跟孔云东并肩作战，一路过关斩将，在比赛中杀进了全国八强。但遗憾的是，在八进五淘汰赛时，张雯雯败下了阵。孔云东不得不牵着张雯雯的手，挥泪告别赛事。

结束比赛后，张雯雯重新面临一个严峻的考验，所有认识她的人，都知道她的男朋友叫孔云东。如果她跟孔云东最终没有结合，她将没脸面对亲人朋友，陶方肯定还会死缠烂打。而在参加节目之前，他们即已商量好，孔云东只是帮她完成这次"游戏"而已。

可事情发展到这个程度，就像过河的卒子，只能进不能退。两人商量来商量去，索性来个假戏真做。经过几个月时间的比赛，孔云东觉得张雯雯这人倒也不错，善良、贤惠，跟她结婚，也算缘分吧。

很快，在亲戚朋友的共同见证下，张雯雯跟孔云东走进了婚姻的殿堂。陶方知道张雯雯已经结婚，也就死心了，不再纠缠她。但真正幸福的婚姻，毕竟还是要以感情为基础的。张雯雯跟孔云东结婚以来，感觉两人性格差异很大，经常拌嘴。张雯雯心有不甘，她不愿意自己这一生就这么定型了。曾经，她想过跟孔云东离婚，但转念一想，觉得人家在自己最困难的时候挺身而出，不计个人名誉与得失，自己实在是不应该做出这么绝情的事情来。于是，张雯雯咬咬牙，也便跟孔云东凑合着过。

到目前为止，他俩结婚整整七个年头了，还没要孩子。张雯雯说："我准备今年生个'羊宝宝'。"说完，就呵呵地笑。笑声像春潮一样，很响，很亮。

第四章

绿

10. 蒋小丹：别把我的爱当传销

人　　物：蒋小丹
性　　别：女
出生年月：1989年6月
职　　业：置业顾问

采访背景：

　　一个慵倦的午后，我睡了个午觉醒来，发觉阳光已从窗台边上向西移动。抬头看了下手表，快到下午3点钟了。我匆匆起床，换了件衣服，朝街上走去。我边走边给蒋小丹打电话，问她在什么地方。她告诉我，自己也是刚刚才睡醒。我又问她，是否能找到宏声广场旁的两岸咖啡店。她说："我常年在外地，早就不熟悉了。"于是，我只好去她住的地方接她。

　　在街边站了大概一刻钟左右，一个身着黄色外套，容貌清秀的姑娘朝我迎面走来。我猜，这肯定就是蒋小丹了。果不其然，她一过来就问："你是佳骏？"我点点头。寒暄之后，我带她到两岸咖啡店落座。

　　店里开了空调，有些热。她脱去外套，要了一杯奶茶。我仔细打量了一下她，很精神，很漂亮，像个模特。蒋小丹说："还是北海的气温好，比这边暖和。"我说："开春就好了。"她笑笑。短暂的沉默之后，她问："你想怎样写我啊？"我也笑笑，说："如实地写就好。"她说："那就开始吧，你准

第四章 绿

备好了吗？"我赶紧掏出采访本和笔，记录下了她的故事。

蒋小丹不愧是置业顾问，她很健谈，有条有理。我们从下午5点，一直谈到晚上8点才去吃饭。吃饭时，她开玩笑说："讲个故事就能有饭吃，赶明儿我干脆专门给你讲故事得了。"我说："如果一顿饭就能收获一段情缘，那也不算贵。"言毕，我们都哈哈大笑，连说吃菜，吃菜。

那一夜，我没有拒绝你

蒋小丹有个特别的爱好——喜欢吃包子。无论在哪里，只要嗅到包子的味道，她的记忆就会沿着时间回溯，退到童年时代。她仿佛又看到幼时的自己，每晚在爷爷、奶奶的陪伴下，洗了脸脚，钻进被窝，两只小手紧紧握住一个包子。在包子散发出来的喷香中，她开始慢慢进入梦乡。只有这样，她才能跟爸爸见面。因为奶奶讲过，她的父亲在云南开包子铺。蒋小丹说："我那时想，只要握住包子，就等于拽住了我爸爸的胳膊。"

蒋小丹对母亲几乎没有什么印象。她两岁的时候，父母就离异了。法院将她判给了父亲，可父亲只陪她生活了两年，就去了云南，再也没回过家。直到蒋小丹长到十二岁那年，她父亲才回来过一次。不久，又匆匆地走了。从小到大，蒋小丹都是跟着爷爷、奶奶过的。他们负担不起蒋小丹的学费和生活费，便只好由她当时待字闺中的姑姑打工承担。直到现在，蒋小丹都把她姑姑叫妈妈。

记得读初中二年级的时候，蒋小丹的姑姑嫁人了。之后不久，她的奶奶又因病去世。这样一来，家中的顶梁柱全倒塌了，困难像大山般压在他多病的爷爷身上。蒋小丹见爷爷实在不堪重负，高考都没参加，便去云南找父亲去了。她觉得，自己是父亲的女儿，父亲应该有抚养自己的义务，不能将她推给爷爷。

119

人生四季
◎结婚季◎

　　到云南后，蒋小丹虽然找到了父亲，但她父亲已经重新组建了家庭，生活也不是很宽松。父亲是个只要自己吃饱，就不管别人死活的人。加之他基本没跟蒋小丹在一起生活过，不懂得怎么跟女儿相处。两人见了面，都不知道说什么，跟哑巴似的，蒋小丹觉得十分压抑。况且，她父亲找的新阿姨又是个很有心计的人，经常挑拨他们父女俩的关系。在朋友面前，阿姨把蒋小丹夸上了天。可背地里，她怂恿丈夫跟女儿闹，把一个家搞得乌烟瘴气。有一次，阿姨恶狠狠地跟蒋小丹说："你没来时，我跟你爸过得潇洒得很，自从你来了以后，这一切都没有了。"蒋小丹倍感委屈，她将阿姨的话转述给了父亲听，希望父亲能够安慰一下自己。哪知，她父亲却说："你阿姨说的没错啊！"一气之下，蒋小丹从父亲处逃跑了。后来，她父亲担心蒋小丹出事，又觉得这些年的确亏欠女儿太多，就将她找回来，送到一所职业学校去学计算机。

　　三年之后，蒋小丹毕业了。离开学校的她再也不想回到父亲身边去，于是，她决定自己找工作养活自己。蒋小丹找的第一份工作，是在一家健身房里搞接待，每个月六百元钱工资。干了三个月后，她觉得这份工作虽然轻松，但工资太低，只够房租和生活费，连给自己买件衣服或买双鞋的钱都没有。

　　一天，蒋小丹偶尔在报纸上看到一则启事，招聘收银员，月薪一千五百元。她心里窃喜，第二天一早，便跑去应聘。到应聘地点后，蒋小丹一看环境，挺不错的。那单位在闹市区一栋商务楼的三层，室内布置典雅、豪华。她还从来没有到过这么高档的地方，那种神秘的气场，一下子就将她征服了。面试主管见她是个小姑娘，人长得漂漂亮亮的，很淑女，看上去还不谙世事，上下打量了她一番后说："你知道这是啥地方吗？"蒋小丹摇摇头说："不知道。"主管说："这是夜总会。"蒋小丹愣了愣说："夜总会是什么地方？"主管笑了笑，说："我们这里每天至少要工作到晚上1点钟，你愿意吗？"蒋小丹想，只要工资高，晚就晚点儿吧，就答应说："愿意。"主管说："那好，你明天就来上班吧，以后就知道啥叫夜总会了。"就这样，蒋小丹糊里糊涂

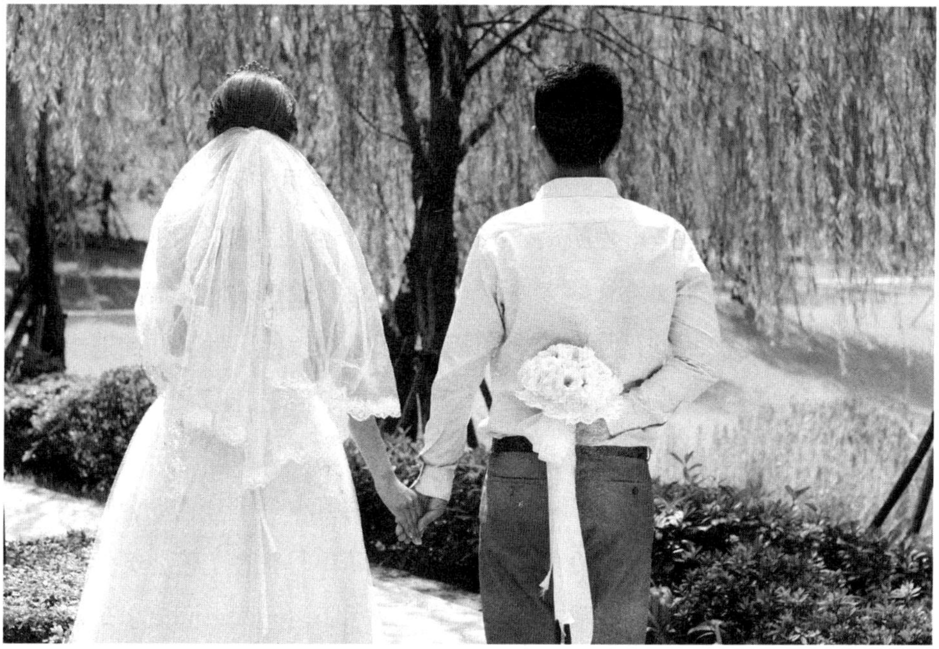

人生四季
◎ 结婚季 ◎

地就找到了新工作。

夜总会到底跟其他地方不一样，若想在里面站住脚，靠的不是知识和才学，而是脸蛋和身段。蒋小丹也没想到，她进去才一个星期，就成了里面的"红人"，知名度像遇热的水银柱一般上升。大家都在议论，说前台新来了个小妹，是场子里长得最乖巧的。渐渐地，主管见蒋小丹很受顾客青睐，便把她从前台调去做迎宾，工资涨至一千八百元。男人都喜欢漂亮的姑娘，这是人的本性。自从蒋小丹做了迎宾，来夜总会玩的客人都喜欢叫她去送酒、奉茶，给她小费。一段时间过去，主管觉得蒋小丹完全是夜总会的形象代言人，很撑门面的，干脆直接提拔她做了"厅面经理"。

人一得势，羡慕者就多。尤其是里面的男服务员，天天围着蒋小丹转，追求她，但蒋小丹丝毫不为所动。有一次，一个男服务员直接问她："你有男朋友吗？"蒋小丹故意说："有了。"于是，对方没再说话，转身就走了。但经过长时间观察，那个男服务员意识到蒋小丹在骗他，就又开始追求她。他每晚都会给蒋小丹煮碗面条送来，下班后，还亲自送她回家。蒋小丹听旁边的人说，这个服务员还从来没有对哪个女孩子这么好过。

男服务员的殷勤，让从小缺失父爱和母爱的蒋小丹十分感动，她第一次感受到被人关爱的温暖。2010年的一天深夜，蒋小丹正在上班，突然腹痛难忍，那个男服务员见状，赶紧将她送回出租屋后，自己又返回来上班。蒋小丹忍受着剧痛给父亲打电话（这也是她上班后第一次给父亲打电话），父亲立马叫妻子开车将她接到住地旁边一家私人诊所诊治。经过检查，医生说了一句让人吃惊的话："宫外孕。"蒋小丹想，自己没跟任何人发生过关系，怎么可能是宫外孕？后来，她阿姨又将她送到一家正规医院去做检查，诊断结果为急性阑尾炎，需要马上手术。蒋小丹很害怕，她从来没做过手术。而且，那段时间，她生活无规律，身体很弱，瘦得跟猴子似的。打麻药的时候，医生反复扎了几次针，才成功找到血管。

手术后的蒋小丹很虚弱，她第一次那么强烈地感到孤单。此时此刻，她很想有个信得过的人陪在自己身边。想来想去,她给那个男服务员打了电话。可男服务员安慰了她几句后,说:"我上了晚班,要回家休息。"蒋小丹一听这话,非常生气,心想,你不是对我好嘛,喜欢我嘛,怎么一到关键时刻,就拿话来搪塞我呢?对方知道蒋小丹生气了,问:"你在哪家医院啊?"蒋小丹说:"不知道。"就把电话挂了。可没想到的是,三个小时过去,蒋小丹躺在病床上都快睡着了,那个男服务员居然来了。他说:"我挨家在医院找,总算找到你了。"话音刚落,蒋小丹的眼泪瞬间就涌了出来。从那时起,蒋小丹正式将他认作了自己的男朋友。

接下来的几天,男服务员顿顿给她送饭。一天夜里,蒋小丹想吃米线,他跑出去给她找。但当时已到晚上 10 点,所有的米线店都打烊了。找得满头大汗,最终还是空手而归。第二天早上,男服务员做的第一件事,就是到米线店煮了一碗米线给蒋小丹送到病床前。出院后,蒋小丹行走不便,一直是他背着或抱着她上下楼,他还主动为蒋小丹洗衣服、做饭、拖地板。当年,男女之间都流行送脚链,他就专门去买了一条红色的脚链送给蒋小丹,这又让她感动得直掉泪。

蒋小丹康复后,心里时时惦记着他的好,觉得他重感情,有责任心,便主动提出,让他搬过来一起住。缘分就这样让两个原本素不相识的孩子走进了爱情的"伊甸园"。

没有钱,爱情就是个屁

那个男服务员名叫赵熙熙,东北人,比蒋小丹大五岁,曾经也是一个让人羡慕的富家公子。据他说,父亲是做建材生意的,他还有个干爹是部队里的将军。他还很小的时候,就发现他们家的床底下放满了箱子,箱子里装的全是钱。但人在家中坐,祸从天上来。赵熙熙不到十岁的时候,他父亲得了

人生四季
◎结婚季◎

重病，母亲把家里所有值钱的东西都拿去卖了，还是没能挽救父亲的生命。赵熙熙父亲离世后，他干爹本来是要找关系让他去当兵的，可不久，干爹也因病去世。这样一来，他不得不被迫离开家乡，靠自己的双手出来谋生。

赵熙熙在去夜总会做服务员之前，一直跟着他一个姑姑做药品生意，每个月能挣到几千上万元的钱。但人一进入社会，面对的就是一个大染缸。赵熙熙天天跟一帮哥们儿吃喝玩乐，挣再多的钱都不够他花。后来，由于姑姑生意经营得不好，他也跟着唇亡齿寒，变得一贫如洗了。不得已，经人介绍，他去了夜总会上班。

在外漂泊久了的人，都渴望家的温暖，希望找到一个避风的港湾。自从赵熙熙跟蒋小丹同居后，他俩彼此都感到幸福。赵熙熙认为蒋小丹是这个世界上最好的女人，蒋小丹也认为赵熙熙是这个世界上最好的男人。

可幸福就像春天的花朵，季节一过，也就凋零了。一年过后，他们的生活陷入了困境。导致困境的直接原因，是赵熙熙的辞职。他觉得夜总会不是人待的地方，里面莺歌燕舞，鱼龙混杂，什么人都有，干久了，会影响人的身心健康。于是，他主动辞了职，想重新找个事情做。

但工作哪有那么好找，赵熙熙找了一段时间后，看到没有单位肯要他，就天天瞒着蒋小丹，跑去网吧上网。他在网吧待到蒋小丹快下班了，就去夜总会接她。每次接到，都哄骗她说："又累了一天，工作还是没找到。"蒋小丹相信了他。那时，蒋小丹的月工资有两千多元，除了必要的生活开销，她都用得很节约。赵熙熙喜欢抽烟，蒋小丹就每天给他二十块钱。但一个人挣钱两个人花，没过多久，他们的生活就出现了困局。房租在涨，米价、油价也在涨，连小菜都在涨。每到月底，他们都你瞪我我看你，干着急。蒋小丹把平时储存的一角、五角的硬币都拿出来了，去买面条，熬稀饭就咸菜充饥。刚开始，赵熙熙觉得很内疚，对不起蒋小丹。但时间长了，他也就习惯了。蒋小丹也因此发现赵熙熙原来是个好吃懒做的家伙，而且，赵熙熙还经常说些大话、空话。他跟蒋小丹说，我以后一定要让你过好日子，让你成为世界

第四章 绿

上最幸福的女人等等。尽管如此，蒋小丹因为爱他，也就没跟他计较。在朋友面前，蒋小丹向来只说赵熙熙的好，把他的缺点统统隐藏起来。

有一次，蒋小丹偶然发现赵熙熙搬来跟她同居时，带来的一床裹得严严实实的棉絮里，藏着一个方盒子。蒋小丹好奇，问赵熙熙这是什么。赵熙熙沉默半响后说："我父亲的骨灰盒。"蒋小丹一惊，感到脊背发麻。她问："你带在身边干什么，为何不埋掉呢？"赵熙熙说："我没钱，买不起墓地。"蒋小丹感到辛酸，觉得赵熙熙出来打拼也不容易。同时，也觉得他很有孝心。蒋小丹安慰他，劝他去找工作，并说："我们俩都要共同努力挣钱，挣钱后做的第一件事，就是让你爸入土为安。然后，我们再考虑买房子结婚。"蒋小丹的一席话，让赵熙熙感动不已。

这事之后，蒋小丹工作更努力了，经常主动加班。夜总会的客人见她性格开朗，都点她的钟。每晚，蒋小丹都被灌得醉醺醺的。好多次，她呕吐得脸都变了色，想不干了。但她一想到赵熙熙，就又咬咬牙，把酒像水一样朝肚子里吞。

又过了一段时间，蒋小丹无意中发现了赵熙熙在欺骗她，自己躲在网吧上网，还说在找工作。蒋小丹想，自己每天在夜总会装疯卖傻挣钱，赵熙熙却在外面自得逍遥。要不努力大家都不努力，凭啥让我一个人在那儿卖命。一气之下，蒋小丹也辞了职。这无疑给他们的生活雪上加霜，连房租都交不起了。万般无奈，他们只好搬到赵熙熙的一个朋友家里暂避风雨。据说那个朋友家非常有钱，他整天啥事都不做，只晓得上网打游戏，由父亲每月按时给他三千元生活费。

朋友毕竟只是朋友，房子再大也是别人的。住久了，蒋小丹有一种寄人篱下的感觉，心里很不是滋味。她天天催赵熙熙出去找事做，可赵熙熙就是稀泥扶不上墙。一晃，年关临近了。赵熙熙被逼无奈，索性抛下蒋小丹，独自带着父亲的骨灰盒，去了他爷爷处过年。蒋小丹请求跟他一块儿去，赵熙熙没有同意。

人生四季
◎ 结婚季 ◎

赵熙熙走后,蒋小丹流着泪四处找工作。本来工作就难找,加之到了年底,哪里都不缺人手。没办法,蒋小丹只好重操旧业,跑到另一家娱乐会所去做了服务员。因为刚去,没地方住,她就跟同在里面上班的一个小妹拼床睡。那个小妹也是农村姑娘,舍不得钱,租了个偏僻之地居住。蒋小丹第一次跟她回出租屋,就被吓得毛骨悚然。那是一个像农民住房的厂区,骑自行车大概需要四十分钟。到了厂区,要经过一条黑灯瞎火的小巷。到了巷子尽头,推开一扇生锈的大铁门,再上两层楼,才能进屋。那是一间只有七八平方米的房子,里面啥都没有,连睡的床都是用几张木板拼的。墙壁上挂着水滴,霉味和湿腥味弥漫开来,给人的感觉像进了屠宰场。睡到床上,一直到天亮都能听到老鼠啃木头和屋外有人走路的声音。

除夕的晚上,蒋小丹下班回到住处,听到远处的爆竹声,想起在回家路上看见的那些在家里享受亲情的其乐融融的人,她的心格外凄凉。新年钟声敲响的时候,她掏出手机,跟赵熙熙打电话道祝福。她告诉赵熙熙,自己找到工作了,让他年后尽快回来找事做。赵熙熙在电话里支支吾吾半天,最后说了句"我现在很忙"就挂了。

春节过后,赵熙熙回到昆明,跑到住处去看蒋小丹。他一见环境如此简陋,立刻就哭了。蒋小丹拉着他的手说:"慢慢来,一切都会好的。"看过蒋小丹,赵熙熙要走,毕竟是合住,他一个大男人,留在这里不方便。蒋小丹掏出钱来,让他去住五十块钱一天的宾馆,先安顿下来再想办法。赵熙熙拒绝了,他说自己住朋友家就成。

事情就在这时发生了变化,蒋小丹以为赵熙熙还是住在从前那个朋友处,但后来,她发现不是。那是一天晚上,蒋小丹跟往常一样,下班回家后,习惯性地要跟赵熙熙打电话说会儿话。平常,只要一拨电话,赵熙熙就接了。可那晚,连续打了多次,对方都没接。她又打电话去问从前那个朋友,朋友回答赵熙熙根本就没住在他那里。此时已是夜里2点多钟了。蒋小丹想,赵熙熙到底在什么地方呢?她又接着打电话,赵熙熙接了,吞吞吐吐地回答:

第四章 绿

"在一个朋友家里看电视。"蒋小丹问:"男的还是女的?"赵熙熙说:"女的。"这下,蒋小丹生气了,在电话里大发雷霆。就在他们通话的时候,蒋小丹隐约听到赵熙熙旁边有个女声在说:"把电话挂了,你管她干啥?"

不多一会儿,赵熙熙打了辆出租车来见蒋小丹。蒋小丹赌气,收拾起衣服要走。赵熙熙见她情绪激动,只好将事情坦白了。赵熙熙说,过年期间,他其实并未回他爷爷处,而是一直跟那个女人住在一起。那女子也在一家夜总会上班,据说是里面的"妈妈"。蒋小丹得知真相后,气得吐血。她当即抢过赵熙熙的手机,给那个女的打电话。谁知,那个女子不是盏省油的灯,她在电话里对蒋小丹一通臭骂,还说蒋小丹把赵熙熙管得太严了,使其没有丁点儿自由。

蒋小丹边哭边跑,赵熙熙跟在后面追。追上后,他一直拉着蒋小丹的手,不停地忏悔、道歉,请求原谅。那天夜里,蒋小丹的眼泪就没干过。赵熙熙陪着蒋小丹,坐在地上,冷风刮着他们的脸,生疼生疼的。他们就这样在路边待了一夜。第二天早上,两人的腿都被冻麻木了。待双方情绪都冷静下来,蒋小丹心平气和地问赵熙熙:"你跟那女的到底是怎么回事?"赵熙熙说:"认识已经六七年了,但两人年龄差距太大,也就是搞着玩玩而已。"

后来,那个女人要求见蒋小丹。蒋小丹去后,那女人跟她说,自己一直是赵熙熙的女朋友,但现在有了蒋小丹的出现,她决定主动退出,不再跟赵熙熙有任何来往。可赵熙熙又是个多情种子,他两边都不想放下。当他的前女友不再理他时,他就天天跑去对方楼下等她;而此时的蒋小丹,又在出租屋里耐心地等待赵熙熙。

经过这一番周折,赵熙熙到底还是选择了跟蒋小丹在一起。蒋小丹见他回心转意,也就既往不咎,但自此她多了个心眼。她觉得赵熙熙以前完全是拿着自己挣的钱去玩女人,而她却丝毫没有察觉。这回,她变得聪明了,她不再让赵熙熙晓得自己每个月的收入。

再后来,经朋友介绍,蒋小丹和赵熙熙分别去了不同的商场卖电器。赵

人生四季
◎ 结婚季 ◎

熙熙销售的是海尔品牌，蒋小丹销售的是长虹品牌。推销产品后，他们的生活渐渐有了起色。2011年下半年，他们重新租了一间条件相对好些的房子，有厨房，有卫生间。下了班，两人可以共同做饭吃。那段时间，他们重又找到了内心想要的幸福感。

几个月过去，因工作拓展，赵熙熙被抽调到了一个新店去工作。店铺刚开张，需要招一批临时促销员。当时，店里招进来一个广州女孩。她第一次见到赵熙熙，就喜欢上了他。男女之事，素来是你情我愿。在女孩的疯狂进攻下，赵熙熙终于拜倒在了她的石榴裙下。起初，蒋小丹并不知情，但女人天生是敏感的动物。有一次，坐在沙发上看电视的蒋小丹发觉屁股旁边有啥东西在震动，她扭头一看，是赵熙熙的手机有来电显示。而此时的赵熙熙正在埋头做报表，根本没有发觉。蒋小丹也不知道，赵熙熙什么时候将他的手机变成了静音模式，而且，还设置了密码。她猜想这其中一定有鬼，抓起电话就接了。对方是个女生，要找赵熙熙。蒋小丹问她是谁，对方又反问蒋小丹是谁。蒋小丹说："我是他女朋友。"对方就将电话挂了。一会儿，电话又来了，还是那个女子。赵熙熙有些紧张，拿电话的手都有些颤抖。但当着蒋小丹的面，他只能跟那个女的说："你以后不要再打电话给我了。"

蒋小丹知道，赵熙熙一定又在外面有了别的女人。为把事情搞清楚，她偷偷记下了那个女孩的电话号码，想打过去问个究竟。可电话刚一接通，那个女孩就凶巴巴地吼道："别说你是他女朋友，就算你是他老婆，也照样可以离婚。"蒋小丹还没反应过来，对方又接着说："要不这样，只要你肯跪下来求我，我就将赵熙熙还给你。"蒋小丹怒了，反唇相讥，二人在电话里对骂起来。

接连不断的两次风波之后，蒋小丹本来对赵熙熙已经不抱希望了，她下了决心要跟赵熙熙一刀两断。但这个广州姑娘的跋扈、乖戾激怒了蒋小丹，使她改变了主意。她想，自己一定不能输给这个姑娘，否则，连尊严都没有了。于是，她决定继续把赵熙熙看管起来，要让赵熙熙成为一个人质，以此来报复那个广州姑娘。

此时的蒋小丹，已经对赵熙熙没有爱了。

传销背后的爱情

女人就是这样，为了爱，她们可以豁出去。就在蒋小丹跟广州女孩明争暗斗之时，另一件改变他们命运的事情发生了。赵熙熙的姑姑（也就是他曾经跟着一起做药品生意的那位）强烈要求他带着蒋小丹去广西搞传销。在这之前，赵熙熙的姑姑同他母亲已经在北海搞传销很长时间了。自赵熙熙的父亲去世后，他姑姑在他们家族中占有绝对权威，所有人都听她的。他母亲就是这样被他姑姑拉入传销团伙的。

谁都知道，传销要的是人脉，"吊井鬼"专迷熟人。他姑姑和母亲在搞传销期间，几乎把能够拉拢的亲人朋友都拉去了。眼看再也找不到下家，便开始在赵熙熙身上打主意。他姑姑整天给赵熙熙洗脑，鼓吹传销如何如何好，一年之内挣多少钱，两年之内又将挣多少钱，听得赵熙熙心花怒放，感觉自己马上就会摇身一变，成为一个富翁。

在姑姑的熏染下，赵熙熙很快便答应了去北海。但蒋小丹心里很清楚，她曾听人说起过传销之事，便劝赵熙熙三思而后行。赵熙熙见蒋小丹态度游离，反过来做她的思想工作，说他姑姑已经在北海为他们租了一套别墅，面朝大海，有蓝天白云。蒋小丹想，若果真如此，那倒也不是不可以去。从小到大，她还从来没看见过大海，想去体验一下。况且，在昆明待了多年，已经待烦了。她所有的遭遇，都是在昆明发生的，那是她的伤心之地。她也想趁机换个环境生活，给自己松松绑。于是，在赵熙熙姑姑的精心安排下，他们去了北海。

到北海后，那个广州女孩不死心，仍时不时给赵熙熙打电话。赵熙熙不敢接，她就打给蒋小丹，在电话里骂："我见过不要脸的，但没见过你这么不要脸的。"蒋小丹知道她如今与赵熙熙远隔千山万水，即使有那份心思，也做不出什么来，便任凭她骂，躲在一边偷偷地乐。久而久之，广州女孩见自己回天乏力，也就甘拜下风，不再联络了。

赵熙熙姑姑所说的别墅，不过是一座四合院，靠近海边而已。他们一大家人全部住在里面。赵熙熙的母亲找了一个七十多岁的老头，老爷子很疼她，每天靠自己在一个小区当保安来维持家庭开销。而赵熙熙的母亲成天啥事都不干，脑子里就盘算着怎么发展下线。赵熙熙的姑姑则找了个比她小十几岁的男人，将之养在家里。同时，她还养了条狗，时刻抱在怀里进进出出。他姑姑是他们家最有钱的人，在北海买有好几套房子。但她跟大家生活在一起，却不愿出一分钱的生活费。

刚到北海的时候，赵熙熙的姑姑和母亲对蒋小丹都很好，衣服不要她洗，饭不让她煮，将她当作自家人看待。但这个世界上，从来就没有无缘无故的恨，也没有无缘无故的爱。不多久，赵熙熙的母亲便直言不讳地跟蒋小丹说，让她动员自己的亲戚都来搞传销。蒋小丹知道传销水深，怕连累家人，没有同意。这下可把赵熙熙的母亲激怒了，她对蒋小丹的态度，来了个一百八十度大转弯。无论做什么事，她都处处刁难。蒋小丹洗衣服，她不准她用洗衣机，说用洗衣机浪费水电，只能用手搓。蒋小丹做饭，一会儿说她水掺多了，一会儿说她菜里盐放多了。而且，她还故意说些难听的话来刺激蒋小丹。比如，她说："我们家侄儿找了个媳妇还是个大学生，照样啥事都做，挣钱养家糊口，哪像你，这么不懂事。"蒋小丹想反驳，但自知人在屋檐下，不得不低头。有时，她实在受不了了，就把心中的委屈说给赵熙熙听。赵熙熙听后，不但不同情她，反而站在母亲的立场上说："她毕竟是我妈，即使再错，你也得忍着。"赵熙熙还说："我就搞不明白了，周围的人都说我妈人很好，唯独你跟她合不来……"赵熙熙的话，无疑是在朝蒋小丹的伤口上撒盐。

在金钱面前，有时亲情就是一张薄薄的纸，轻轻一撕，就碎了。几个月

第四章 绿

过去，赵熙熙的母亲见蒋小丹性格顽固，不但对自己毫无用处，反而添堵，就唆使赵熙熙跟蒋小丹分手，让他重新去找个媳妇。赵熙熙的母亲说得出做得出，很快，她便要求蒋小丹从四合院里搬出去住。蒋小丹面对这个绝情的家庭，心如刀绞，觉得自己连赵熙熙姑姑养的那条狗都不如。但转而一想，她是跟着赵熙熙过来的，要搬也应该跟赵熙熙一块儿搬出去。赵熙熙的母亲不同意，蒋小丹就哭闹。一个再怎么坚强的人，当她被逼到死角的时候，她唯一的想法，也许就是鱼死网破。赵熙熙还算有良心，他见蒋小丹孤苦无助，不顾母亲的坚决反对，跟着一块儿搬了出去。

搬出来租房子住的蒋小丹和赵熙熙，又回到了在昆明时的状态。租房子要钱，他们两人只得再找工作。一来二去，赵熙熙去了一家物业公司当保安，而蒋小丹则去了一家中介公司打工。与在昆明时不一样的是，此时的蒋小丹跟赵熙熙，虽然住在同一个屋檐下，却早已是分床而睡，井水不犯河水。

佛家说，十年修得同船渡，百年修得共枕眠。可赵熙熙和蒋小丹这对情侣，一路磕磕碰碰走过来，你不能说他们没有缘分。但世间万物，有始有终，缘分也有走到尽头的那一天。这便是因果，是"一切有为法，如梦幻泡影，如露亦如电。"

恋人分了手，便不再是恋人，彼此做什么，心里想什么，都跟对方没有关系了。在此期间，蒋小丹喜欢上了一个男孩，是她打工那家房屋中介公司的老板。那个男孩子很优秀，1985年生人，还在澳洲留过学。蒋小丹将此事告知了赵熙熙，赵熙熙很平静地说："你哪天将这人带来，我帮你参谋一下。"蒋小丹说："不用了吧！"但之后，蒋小丹发现这个男孩子有女朋友，也就主动辞职，去了另外一家中介公司。

做房屋中介没有底薪，卖掉一套房子才有提成。可那段时间，房地产市场普遍低迷，销售不好做，蒋小丹的生活非常艰难。赵熙熙知道后，差不多有半年时间，一直是他拿自己的工资给蒋小丹用。每个月，他除了留几百块钱给自己零花，剩余的全部给蒋小丹。最终，此事被赵熙熙的母亲知道了。

人生四季
◎ 结婚季 ◎

只要赵熙熙一发工资，他母亲就将工资悉数没收，一个子儿都不留下。

蒋小丹无奈，只好另换工作，找了个有底薪加提成的公司。再后来，赵熙熙的母亲因为传销，血本无归，日夜守护她的那个老头实在不堪重负，回老家去了。老头走后，赵熙熙的母亲也去了一个亲戚处。赵熙熙见亲人已走，觉得在这个世界上，除了自己，任何人都靠不住，遂只身重返昆明，重新开始闯荡去了。临走时，他告诉蒋小丹，说要凭自己的实力，打出一片天地来。

赵熙熙这一走，蒋小丹就再也没有他的音讯。

如今的蒋小丹也离开了北海，去了另外一个城市闯荡。蒋小丹说，她之所以去另外的城市，是她爱上了一个比她小七岁的男孩子。那个男孩子虽然年龄小，但很成熟，也很心疼她。那个男孩子对她说："亲爱的，你太累了，以后你就不用上班了，由我赚钱买房子，供你吃，供你穿，养你一辈子。"蒋小丹说："以前从来都是我为别人付出，当我听到这话，心里比蜜还甜。"

第四章 绿

11. 叶露：恋爱中的性自由

人　　物：叶露
性　　别：女
出生年月：1993 年 3 月
职　　业：高端商务代理

采访背景：

　　见面时间敲定后，我马上在网上预订到成都的动车票。我知道，虽然春节高峰已过，但车票仍不好买。果不其然，当天到成都的车票还剩最后一张。毫不犹豫，我抢先下了单。发车时间是晚上 9 点半，晚上 9 点钟我到了龙头寺火车北站。伫立在入站口前的广场上，有一种空旷的感觉。

　　坐在动车上，速度稀释了我的寂寞，看着车窗外不断后退的楼群和树影，如梦亦如幻。我想，假如我不是坐的动车，而是骑的一头毛驴，又将是什么样的一番感怀呢？列车行驶半个小时后，我掏出一本书来看，王安忆的《长恨歌》。这书我是第二次读，开篇的那种氛围瞬间就抓住了我。读着读着，我感到书里写的王琦瑶，是否就是我即将要去见的这个姑娘呢？

　　第二天上午，在春熙路的一家茶楼里，我见到了叶露。一身素装，温文尔雅，说话细声细气。我俩面对面坐着，谈人生，谈爱情，谈茶道，谈佛学……几个小时过去，我竟然没起身去一趟洗手间。我印象最深的，是叶露说的那句话：天下之事，大俗大雅；饮食男女，人之大欲存焉。我没有想到，她如此婉约的一个女子，内心却如此的激情奔放，似滔滔江水，滚滚东流，一路浩浩荡荡，流出了她情感地图上的长江与黄河。

出生证揭开身世之谜

  人都会犯错误。犯错误后，有的可以弥补，但有的却像泼到地上的水，收不回，也改变不了，唯有日后给你带来不可原宥的负罪感。如今回想起来，叶露做的最错误的事，是鼓动父母离了婚。尤其当她知道了自己的身世之谜后，由这种错误造成的负罪感，长久像蛇一样蚕食着她的心。

  此事得从多年前说起。那时，叶露还是个中学生，跟着父母在安徽农村老家生活。自打她有记忆始，就成天看见父母吵架，耳朵都听起茧子了。只要她从学校回家，她父母就没消停过，一个钉子一个眼。这场没有硝烟的战争，既让叶露感到压抑，又感到后怕。

  叶露的母亲是受过一定教育的人，而她父亲则完全是个文盲。两个人生活在一起，就像一个拉小提琴的人，跟一个拿锄头的人住在同一个屋檐下。文化和修养的差异，注定了他们不可能和谐相处。长久以来，叶露没想通的是，既然她的父母是来自两个不同世界里的人，怎么偏偏走到一起了呢？就像曹雪芹在《红楼梦》里写的那样，"若说没情缘，为何偏又遇着他？"可这个世界上的很多事，都是说不清道不明的。你越是想搞清楚，上帝就越不给你答案。于是，叶露索性不去想了，父辈的事情，自有他们的因果。但令叶露无法忍受的是，她不能像个出气筒似的被夹在父母中间。叶露的母亲对她期望很高，梦想她能出人头地，便让她拼命读书。但如此糟糕的家庭氛围，又怎么能让叶露安心读书呢？叶露实在不想看到父母都活得那么累，也想给自己一个清净的空间，便坚决鼓动他俩离婚。在叶露的游说下，她父母去办理了离婚手续。

　　父母离婚后，叶露的母亲对她的期望值更高了。她认为安徽的教育条件差，若继续将叶露留在身边读书，势必会影响她的前途。左思右想后，她决定将叶露送到在新疆的大舅那里去上学。叶露的大舅是新疆建设兵团的干部，可以将她安排在兵团的学校念书，这无疑比在安徽小县城上学好多了。

　　任何事，该发生的终究要发生，挡都挡不住。进兵团学校念书，需要查看学生的出生证明。就在叶露兴高采烈地带着出生证去学校注册那天，这个机灵鬼怪的小姑娘却发现了关于自己身世的一个天大秘密——身份证上的出生年月跟出生证上的不一致。身份证上写的是1992年，而出生证上却是写的1993年。因为叶露曾经听母亲说过，她父亲是在当年去新疆打工时认识她的。她父亲在打工期间，曾遭人诬陷盗窃，于1992年锒铛入狱，1993年才被释放。而她母亲和父亲则是在她父亲出狱后才认识并结的婚，照此推算，她不可能1993年就出生了。了解到这一点，叶露入学后的第二天就打电话问母亲缘由。她母亲欲盖弥彰，不愿意说。但叶露已经对自己的身世产生了强烈的好奇心，她想，东边不亮西边亮，只要精诚所至，事情就总有水落石出的一天。果不其然，在她的连哄带诈下，叶露的大舅妈终于说出了实情。

　　原来，叶露的外公是随王震进疆的军人，在部队里级别很高。她外公跟外婆结婚后，生下一对龙凤胎——也就是叶露的母亲和大舅。她外公思想守旧，重男轻女，待自己的两个孩子长大后，他只把儿子培养成了部队里的人，而对叶露的母亲一直没怎么上心。后来，叶露的大舅因犯事被人举报，关进了监狱。出狱后，他发现自己的妹妹已经怀孕，而孩子的父亲却在妹妹怀孕后就失踪了，下落不明。叶露外公一家十分气愤，怕事情败露，张扬出去丢人现眼。事情紧急，叶露的大舅想方设法要为妹妹找个新丈夫。可一个已经有身孕的女子，又有哪个男人愿娶呢？想来想去，叶露的大舅想到了跟他同时出狱的一个狱友，也就是叶露现在的父亲。他大舅觉得此人憨厚、老实，又是个农村人，应该不会嫌弃妹妹。况且，在狱中，他们已经建立了深厚的感情。她大舅将此事跟狱友一说，对方想都没想就同意了。就这样，叶露的父亲庚即带着她怀孕的母亲回到了安徽。

俗话说，滴水之恩当涌泉相报，尤其是养育之恩，那就更应该要有反哺之情了。当叶露知道身世真相后，她很后悔自己曾鼓动父母离婚。那一刻，她觉得自己很不孝。她父亲虽然没文化，但从来没嫌弃她，一直当亲生孩子对待。而且，因为她，父亲再也没有要小孩。想到这些，她的眼泪再也止不住了，她好想回到父亲身边去。正好那时候，叶露的大舅妈不是很喜欢她，对她相当冷淡，且时不时怂恿大舅将她送走。叶露想，与其寄人篱下，遭人白眼，不如回到安徽，与父母共同生活。父母再不好，毕竟是自己的父母。狗不嫌家贫，儿不嫌母丑。没过多久，叶露就离开新疆，重新回到了安徽读书。令她高兴的是，她父母虽然扯了离婚证，但仍然住在一起。她也不再厌烦父母之间的吵架、斗气，对他们俩都是百依百顺，和颜悦色，尽量让他们生活得开心、幸福。

可回安徽才几个月时间，另一件事又让他们家陷入了绝境——叶露的奶奶生重病住院。住院需要高昂的医疗费，他们一家想尽各种办法，挨家挨户借钱给奶奶治病，欠下了巨额债务。叶露看到父母急得焦头烂额，心里也不好受。她第一次感受到没有钱的作难。叶露说："我当时去抢银行的心都有了。"为了给父母减轻负担，叶露还利用暑假，专程跑到南京去打工，在餐馆里当传菜员，挣了近两千块钱。

暑假快结束的时候，叶露正准备返回学校上课，突然接到家里的电话，说她奶奶去世了。叶露赶快叫老板结了工钱，赶回安徽老家。当她看到奶奶的灵堂时，她心里像有无数只虫子在咬。想哭，却哭不出来。她跪在奶奶的遗像前，低头不语。也是在那一刻，叶露的思想发生了变化。她觉得如今的家里已是负债累累，如果再让父母供她上高中和大学，那无异于将父母往火坑里推。再加上奶奶的病逝，让她认识到生命的短暂和脆弱。她很怕哪一天父母也会像奶奶一样老去，子欲养而亲不待。于是，她边给奶奶烧纸、磕头，边在心里发誓不再上学，要出去打工挣钱。她相信那句老话，是金子总会发光的。

叶露的母亲知道她的想法后，坚决反对。但女大不由娘，叶露还是固执己见地离开了安徽，只身来到了成都闯荡。到成都后，她也是进了一家酒楼做服务员。叶露拼命干活，天天加班，每天只睡三四个小时。老板见她为人踏实、勤奋，一段时间后，便提拔她做了人事部经理。这下，叶露总算是衣食无虞了。但繁重的工作使她年纪轻轻便患了肩周炎，为缓解病痛，叶露利用工作之余，去练习瑜伽。后来，叶露闲得无聊，觉得自己在成都举目无亲，挺寂寞，便申请了一个QQ群，将所有热爱瑜伽的朋友拉来群里互相交流。很快，就多达数百人。

但叶露想不到的是，她组建的这个群就像一个"微型社会"，里面充斥着各种功利与欲望，诱惑与喧闹……使她再也没有找回自己，在爱情与性欲的道路上一路狂奔。

陷入"三角恋"

身为群主的叶露无疑是群里的"当家花旦"，她的活泼与清新脱俗的形象，宛如一朵艳丽的花朵，迅速招来了成群的蜜蜂。献殷勤的，示爱的，表白的，排着长队等待敲开叶露的心扉。这时候，女孩子的虚荣心开始作祟了。在众多求爱者的围堵下，叶露感到十分满足，觉得自己虽然在其他方面不如别人，但到底还有几分姿色，可以让男人们如痴如醉。

经过好一番大浪淘沙、披沙拣金后，叶露选择了一个名叫万飞的男人做了自己的男朋友。万飞长得人高马大，是一名警察，比叶露大十岁。叶露说："万飞给我的第一印象很好，穿件白衬衫，看上去很爷们。"的确，当警察的人，身体素质似乎都很硬朗。两人确定关系后，万飞经常带叶露去攀岩健身。

人生四季
◎结婚季◎

一次，在攀岩墙下，万飞当着众多人的面，亲了叶露一口，把叶露感动得都快哭了。万飞虽然身材魁梧，但胆大心细，他经常到叶露的出租屋来照顾她，煮饭给她吃，这让长期过惯了单身生活的叶露一下子有了家的感觉。

但经过一段时间的交往，叶露发觉万飞有些神神秘秘的。他从来不跟叶露提他的家庭情况，且每晚12点前必须回家，雷都打不动。叶露的一个朋友当时劝她多个心眼，说搞不好万飞是有家室的人，可叶露相信万飞不会骗她。又过了一些时日，叶露在群中跟另一个女友聊天，女友说自己最近交了个男朋友不错。叶露叫她把男朋友的照片传来看看，不料此人正是万飞。叶露开始对万飞起了疑心，为进一步证实万飞的为人，她的一个闺蜜申请了一个陌陌，有意将万飞邀请进来，并在网上下载了一张美女图片勾引万飞。可万飞到底是老江湖，警惕性很高，他一眼就识破了照片是假的，不是叶露闺蜜本人。万飞要求见真人，并问叶露的闺蜜："你住哪里，是一个人住吗？"闺蜜没有明确回答，故意吊他的胃口。

几天之后，叶露的闺蜜陪她去一个钟表店修理手表，路途中，闺蜜接到万飞的短信，约她见面。叶露见此，急中生智，她立马给万飞打电话，说自己刚修理好手表，叫万飞来接她。万飞此刻正琢磨着跟叶露闺蜜见面的事，哪有心情去接她啊，便推脱说："我现在有事，不能来。"事情到此，叶露觉得是该拆穿把戏的时候了。她的闺蜜直接跟万飞说："其实，我是叶露的朋友，她现在很生气，你若在乎她，就去哄哄她吧。"闺蜜的话给了万飞当头一棒，也使他的本性暴露无遗，万飞气愤地说："不必了。"

可没隔几天，万飞又主动找到叶露，给她道歉。叶露见他态度诚恳，就再次给了他机会，冰释前嫌，和好如初了。

叶露不但人长得清秀，还是个懂得生活情趣的女孩子。跟万飞住在一起后，她弄了份食谱，每天按照食谱做饭给万飞吃。还每天晚上给他做面膜，给他用热水泡脚，搓死皮，带他去商场买衣服。而且，还从网上购回"情趣内衣"，充分享受二人世界里的冰火激情。叶露做的这一切，虽然令万飞感

第四章 绿

到新鲜、刺激，但似乎并没有真正让他死心塌地想娶叶露为妻。因为，有天晚上，他俩尽兴之后，叶露问万飞："我想跟你好好处，你对我是什么态度？"万飞顿了顿说："你年龄太小，况且，我还不知道你现在在做什么工作呢。"说完，就开门走了。

万飞的不冷不热，让叶露揣摩不透他的心。人在犹豫不决之时，往往是心理防线最薄弱的时候。此时，另一个比叶露大二十几岁的男人对她展开了疯狂的进攻。这个男人叫钟金华，是个包工头，离异，家底殷实。他进攻的主要方式，是用钱做炮弹。钟金华通过与叶露聊天了解到，叶露目前的生活状况并不好。在此之前，叶露还瞒着万飞，做了一件傻事。她听在安徽老家的母亲说，政府正在搞拆迁，对所占民宅可按现有户头给予赔偿。为了得到更多的赔偿款，叶露回去便与同村一个落魄的富二代商量，去民政局领了一个结婚证。这样，他们家就可以多占一个户头了。赔偿所得的钱，由两人平分。待目的达到后，他们又去办理离婚手续。

钟金华出手很大方，他知道舍不得孩子套不住狼。第一次，他就向叶露的银行卡上打了一万块钱，算是见面礼。只要叶露喜欢什么，他都给予满足。叶露想吃水果，他就专门从新疆托运水果到成都"献贡"。紧接着，每个月的 2 号，钟金华都向叶露的卡上打五万块钱，还承诺要给叶露在成都买套房子。当时叶露住的地方，就是钟金华出钱重新给她租的，很豪华。钟金华十分信任叶露，平时的现金都放在她身上，由她保管。但在叶露心里，她其实是看不起钟金华的，认为他土里土气的。况且，钟金华也是只偷腥的猫。在跟叶露相处的时间里，他家里不断有人给他介绍对象。每介绍一个，钟金华都要跑去见面，这让叶露很不爽。叶露曾提出跟钟金华了断关系，但钟金华死不放手，每天给叶露打十几个电话，发几十条短信，还守在门口不走。而这一切，万飞毫不知情，叶露也没打算告诉她。

尽管万飞对叶露表现出冷淡，但若跟钟金华相比，她还是宁愿选择万飞。就在叶露跟万飞若即若离的时候，经一个朋友的鼓吹和介绍，她从酒楼辞职，

人生四季
◎结婚季◎

干起了直销。做直销需要有资金垫底，当时还是钟金华拿出四万块钱，让叶露去做的。其实，万飞人倒也不坏。当他知道叶露在做直销，凭借一个警察的职业敏感，他力劝叶露悬崖勒马，不要去蹚那浑水，否则，会上当受骗。

也是在这时，不知为什么，万飞想到了要带叶露去见他的家人。去了家里后，叶露也才多少知道了点儿万飞的情况。万飞的家境也算不错，有三套住房。父亲是个军人，参加过自卫反击战，但已经过世。他母亲是一名公务员。叶露记得很清楚，去万飞家那天，他的母亲不是很喜欢她，觉得无论是叶露的身高、学历，还是职业、家庭背景都跟万飞不般配。但渐渐地，通过叶露的努力，万飞的母亲改变了对她的最初印象，觉得她勤奋、有上进心，也就默许了她跟万飞的交往。

万飞原本是为了帮助叶露，不想让她掉进泥潭。没想到的是，经过一段时间的深入了解，他居然也被直销迷上了，还投入资金跟叶露并肩作战。俗话说，感情是需要培养的。他们两人在一起风雨同舟的时间长了，感情自然就会升温。有一次，叶露跟万飞正在杭州出差，突然接到小区物业的电话，说她租住的房屋失窃了。两人赶紧返回成都，发现屋内值钱的东西均被洗劫一空。万飞当即拿出钱来，给叶露买了一台平板电脑。这事，叶露至今想来，还倍觉欣慰。

由于做直销收效慢，加之叶露经常出差，在各大城市飞来飞去，开销很大，每个月又没有固定收入，不久，就囊中羞涩了。万飞想，反正自己家里有三套住房，不如去做母亲的思想工作，拿出一套来让叶露住，也好减轻些她的压力。可万飞的母亲说："让她住可以，但必须交房租。"后在万飞的百般劝说下，她母亲才同意了叶露入住。

运气真是个不可捉摸的东西，你希望它阳光明媚的时候，它偏偏给你送来疾风骤雨。感情也同样如此，你希望它来的时候，它偏不来；而你不希望它来的时候，它硬像野狗一样追着你，给你节外生枝。在做直销期间，叶露结识了一个荷兰男人，会五国语言。两人见面不久，便走到了一起。叶露说：

"我喜欢被人宠的感觉。只要有男人向我献殷勤,我一般都不会拒绝。"

据叶露讲,她其实对这个荷兰老外谈不上爱。而自己之所以迷恋他,全在于他懂得生活情趣。尤其是在性生活方面,很有激情。不像跟万飞在一起,老是那么直奔主题,搞得大家都很难受。叶露说:"我也不忌讳谈这个话题,其实,我跟万飞早就没有那种感觉了。每次都是我需要时,他不需要。摸了半天,连敏感部位都找不到。"后来,叶露觉得万飞不能满足她的需求,干脆上网找色情片看。

但自从与荷兰男人相处后,她感到从来未有的滋润。平时,叶露仍跟万飞住在一起,只是在她有需求时,才约荷兰男人见一见。叶露说:"我当时很矛盾,一直在万飞和荷兰男人之间徘徊。这两个男人我都不想放弃。"

还是后来一个搞直销的同事,站在旁观者的立场上劝她,让她选择万飞,果断地跟荷兰男人划清界限。同事的分析是,做直销需要关系和人脉,万飞这方面资源多,可以充分利用,对发展有帮助;而那个荷兰男人,一个老外,无依无靠,可以说是一点儿忙都帮不上。

听了同事的分析后,叶露才依依不舍地跟荷兰男人保持了距离。叶露说:"作为一个女孩,我无法忘怀能带给自己兴奋的男人。"

跟男人有缘

性历来是两性关系中最重要的因素之一,自从跟荷兰男人相处后,叶露对这方面的要求变得更加强烈了。她不明白,自己的荷尔蒙为什么会那么发达,只要看到形象气质俱佳的男士,她就有种隐隐的冲动。

叶露还记得,她从出租屋搬到万飞家去住的那天,来了一个新房客要接着租她住过的房子。那是个男生,叶露一见到他,就产生了好感。于是,她想办法从房东那里要到了新房客的联系方式,加了微信。通过交流,她知道

人生四季
◎结婚季◎

对方喜欢健身，便以此为由，约他出来吃饭，说可以给他介绍健身的好去处。吃完饭，在新房客开车送她回去的途中，叶露主动亲了对方，还故意挑逗他。新房客说："我有老婆，还有一对双胞胎儿子。"叶露说："怕什么，要快乐就别压抑自己。"那晚过后没隔多久，他俩就发生了关系。

后来，在一场酒会上，叶露又看上了一个英国男人，那人肌肉发达得像个动漫人物。叶露说："我当时一看到他，就想起了之前的荷兰人。"在活动现场，叶露一直不停跟他搭讪。尽管双方语言交流尚有障碍，但彼此心里都清楚。酒会结束后，她便跟英国男人回了他的住地。叶露说："那晚我和他都喝了点儿酒，我们在一起沐浴，他从后面抱着我的那种感觉，超级好。"可正在他们忘情之时，万飞突然打来电话，问她在哪里，要来接她。叶露吓得够呛，赶紧找理由撒了谎。从此，叶露在跟男人幽会时，变得小心谨慎。

对自己喜欢的男人，叶露都很上心。为此，她还专门花了两千多块钱，去买了一件性感的衣服。叶露说："说也奇怪，我幻想跟男人在不同的场合做爱，比如厨房、楼道、车内、角落等等。只要有男人被我制服了，我就觉得很有成就感。"

在英国男人之后，叶露还认识了一个陕西男人，那人高尔夫球打得好，他们就是通过打球结识的。在发生关系之后，那人对叶露非常依恋，叶露生病，他还专门去医院看她。富有戏剧性的是，他前脚一走，万飞紧跟着就来了。幸好他们彼此都不认识，要不然，不知会产生什么后果。

叶露说："只要有男人搂着我的腰照张照片，我都有感觉。"叶露最感遗憾的是，她曾看中了一个男孩子，想跟他好，但未能如愿。那是她做直销的时候，公司一个高管的儿子。因为没有机会靠近，也就放弃了。叶露工作之余，最喜欢干的事情，就是在网上跟人聊天。据她讲，每天都有一百多人找她聊，但她只选择跟自己有眼缘的人说话。叶露说："我知道这样不好，所以，我一直在控制自己的情欲。"

前不久，叶露皈依了佛门。皈依后，她几乎将自己封闭了起来。没事的时候，就在家里打打坐，念念经。但叶露坦言，她虽然入了佛门，有时内心还是会有念头产生。她尽力克制，不去妄想，终究还是按捺不住。

她曾顶礼问佛，求解救之法，但佛未给她任何答案。

人生四季
◎结婚季◎

12. 谢建涛：好男人的多舛姻缘

人　　物：谢建涛
性　　别：男
出生年月：1982年2月
职　　业：中学教师

采访背景：

　　当我提出要采访谢建涛时，他毫不犹豫就答应了。第二天傍晚，他坐轻轨来与我相见。我站在大礼堂广场的一棵黄葛树下等他，正是吃晚饭的时候，广场上几乎没有闲人，只有两个外地女人领着孩子在拍照。那天气温有些低，冷风吹在脸上，像是有人强行用剃须刀在给你刮胡须，怪难受的。

　　大概二十分钟过去，谢建涛来了，穿一件蓝色羽绒服，两只手插在裤袋里，很休闲。他给人的感觉，是那种比较踏实的男人，稳重、低调、不事张扬，甚至有几分内敛。宽宽的脸庞上，写满了正气，以及正气背后的善良。

　　打过照面后，我想先带他去吃饭，便在附近找了家吃鱼的餐馆。刚到门口，谢建涛一看，连连摇头，说："算了，算了，找家路边小店吃还舒服些。"根据他的建议，我们最终找了家小餐馆，点了两样小菜，一瓶啤酒。我说："再上两瓶，多喝点儿？"他说："一瓶可以了，我正在戒酒。"这时，我才想起他前几天刚结婚。我问："准备养身体植树造林了？"他嘿嘿一笑，说：

"随意，随意。"

餐馆里有人在划拳喝酒，无比喧闹，以至于我跟谢建涛要提高说话分贝，才能听清对方说的话。谢建涛说："赶快吃，我们另外找地方聊。"饭毕，我们在餐馆对面的一家茶楼里坐定，开始了谈话，一直谈到夜里零点老板来催促打烊了，才相互道别离开。

是爱情还是同情

爱情分很多种，有的是用来享受的，有的是用来消费的，有的是用来折磨你的，有的是用来结婚的，但还有一种，是专门用来回忆的。谢建涛至今回想起自己的恋爱经历，完全可以用刻骨铭心来形容。那段往事，就像是长在他情感上的"骨质增生"，不会造成大的伤害，却又总是在他快淡忘这段恋情时，跳出来提醒他疼痛的存在。

谢建涛从小到大，都被人说成是"老实巴交"的孩子，是看到女孩子脸都要红的那种。因此，在他读小学至大学期间，基本没谈过恋爱。只是在青春期萌动的那几年，他暗恋过一个初中英语教师。后来，又在大学里暗恋过一个女生。但暗恋大家都明白，那不过是瞎子点灯白费蜡的事情。

或许是一直处于暗恋的"地下工作状态"，丘比特见他可怜，便在谢建涛大学毕业后，急急地要送给他一段浮在水面上的恋情。谢建涛学的是汉语言文学专业，由于才学兼备，刚刚毕业，他便进了广安一所中学教书。去上班之前，他需要办理户口迁移，便回到户籍地派出所完善手续。

那是一个天清气朗的上午，阳光亮堂堂的，没有一丝杂质。谢建涛很早就跑到派出所去了，可在中国任何一个地方，如果你要到某个机构办理个事，那都必须得排在蚂蚁一样的队伍里等待。派出所户籍室就一个窗口，谢建涛赶到时，已经排起了长龙。他站在队伍后面，心里毛焦火辣。一会儿，他还

人生四季
◎ 结婚季 ◎

得赶时间去办理另外的事情。一个小时过去，排在他前面的人还有一长串。谢建涛想，今天真是霉起冬瓜灰了。正在他憋了一肚子怨气时，晃眼一看，他的目光便像带了胶水，粘在了窗口里正在办公的户籍警察身上。那是一个容貌映丽的姑娘，年龄感觉比他还小。那一刻，谢建涛心室里像在打鼓，节奏铿锵，热血直往脑门上蹿。一种从未有过的感觉包围着他，仿佛有一股力量，在将他朝户籍室里推。

人就是这样，有时一个看似胆子小的人，做起事来，反而把胆大的人吓住了。谢建涛已经忘记了自己是来派出所干什么的，他迅速从队伍里撤出来，两步跨上前去，一把将户籍室的门推开，朝那个姑娘问道："妹妹，可以留个你的手机号吗？"那个户籍警惊愕地回过头来，看了他一眼说："干啥？"谢建涛迟疑了片刻回答："我赶时间，排队的人多，想回头打电话咨询相关事宜。"没想到，那个户籍警真是个为人民服务的好同志，竟然将自己的联系方式给了谢建涛。谢建涛拿到电话号码，转身就走了。直到离开很远，他都还在不断回头朝派出所看。

那天过后，谢建涛去广安上班了，可心里却一直装着那个户籍警。没事的时候，谢建涛就借故发短信，问东问西。有些问题，他自己都觉得莫名其妙。但户籍警态度超好，有问必答。一段时间过去，两人便熟悉了。那个户籍警名叫欧阳雪，只有十九岁，是所里临时招聘的工作人员。了解了基本情况后，谢建涛就像是一个垂钓者，看清楚了水底下鱼儿的动态。渐渐地，他有事无事老爱跟欧阳雪在网上聊天，话题已经从过去的户籍问题，扩展到了诸如人生、爱情、事业等等上面。

一般而言，女孩子对自己信任的男人，大都会敞开心扉，把自己真实的生活状态毫不保留地讲给对方听。谢建涛就是在听了欧阳雪的倾诉后，才真正爱上她的。之前的心理冲动不过是异性相吸罢了。

欧阳雪的不幸经历，让谢建涛深表同情。欧阳雪中专毕业后，通过关系，被当地派出所招聘进了户籍科上班。她母亲早逝，父亲患有精神分裂症，还

第四章 绿

有一个尚未成年的妹妹，以及捡来的弟弟。作为长女的她，一直承担着全家人的生活费用。欧阳雪不但人长得漂亮，还本分、踏实。都说穷人的孩子早当家，她无疑是这方面的代表。

但这个社会，总是暗藏着一些邪恶的力量，让人痛恨。几年前的一天，一个社会无赖看上了欧阳雪，便唆使其另一个朋友，将欧阳雪邀约出来玩耍。对于涉世未深的欧阳雪来说，对外部世界的一切都没有防范之心。欧阳雪出来后，那个无赖用酒将其灌醉，把她强暴了。之后，欧阳雪发现自己怀孕了，不得已，只好嫁给了那个无赖。谢建涛认识欧阳雪的时候，她的孩子都已经三岁了。欧阳雪跟了无赖后，长期遭受家庭暴力。那无赖动不动就打她，而自己却天天在外面花天酒地。时间一长，欧阳雪身心备受折磨，死的心都有了。但考虑到孩子，她不得不得过且过，行尸走肉一般地活着。

谢建涛是个非常有正义感的人，他想拯救欧阳雪，将她从无赖的魔爪下解放出来，便一直鼓励她离婚。谢建涛承诺，只要欧阳雪一离婚，他立马娶她。谢建涛的挺身而出，让久已对生活无望的欧阳雪重又看到了人生的希望。于是，欧阳雪将谢建涛视为了人生的唯一依靠。两人发誓，此生将不离不弃，有福同享，有难同当。

纯洁的三次见面

人世间最痛苦的事情，莫过于相思之苦。大半年以来，谢建涛虽然跟欧阳雪在网上聊得亲同一家，但自从他那次到派出所办户口迁移后，就再也没见过面。欧阳雪的遭遇，全是她在网上跟谢建涛说的。凡事到了瓜熟蒂落、水到渠成之时，都是令人欣喜的。谢建涛早就想见欧阳雪了。2005年的国庆节，利用放假的时间，他们两人谋划着第一次正式见面。为了表示对欧阳雪的诚意，谢建涛还专门买了条项链，准备送给她。

人生四季
◎ 结婚季 ◎

　　他们约定的见面地点在重庆主城，谢建涛从广安坐车来，欧阳雪从县城坐车来。国庆节的气氛是浓厚的，到处张灯结彩，旗帜飘扬。走在大街上，有一种胜利的喜悦。谢建涛先到车站，下车后，他一直待在候车室里，坐立不安。他按捺不住内心的激动，感觉心里就像路边的鲜花一样，开了一大片，红彤彤的。大约等了一个小时，欧阳雪终于到了。谢建涛看到她的第一眼，真想扑上去拥抱她。但欧阳雪是跟一个朋友一起来的，他没好意思做出如此举动。由于他们碰面时，夜幕已经降临了，谢建涛只好将欧阳雪和她朋友带去酒店入住。可刚开了房间，欧阳雪却提出不住酒店，要跟谢建涛一起走。欧阳雪的朋友见机行事，让他俩去玩，自己一个人住酒店。谢建涛带着欧阳雪在街上并肩走着，或许是紧张，又或者是想说的话太多，不知道从何说起，两人都沉默不语。走了一阵后，谢建涛为避免尴尬，便将欧阳雪带到他还在大学读书的一个师妹宿舍住了一宿，而自己则去了另一个同学处借宿。

　　第二天，谢建涛因要去办一件事，只好先叫欧阳雪跟她那朋友逛逛街。等他办完事，再来接她们。殊不知，当谢建涛办完事时，已经是下午6点多钟了。欧阳雪见谢建涛还没来，又不好催促，只好跟朋友在朝天门一家宾馆开了间房，歇歇脚。谢建涛见到她们时，连连道歉。见欧阳雪并未生气，他心里的石头才算落了地。谢建涛是个性格耿直的男人，说话从来不转弯抹角，他问欧阳雪："你今晚是跟朋友在这里住，还是跟我走？"欧阳雪没有犹豫就回答："跟你走。"

　　谢建涛心想，白天没有陪欧阳雪，这会儿应该弥补一下，便打车带她去南山上玩。南山的夜晚静悄悄的，少了城里的喧嚣和嘈杂。斯情斯景，正适合情侣幽会。他们沿着公路边走边聊，昨晚的尴尬早已烟消云散。聊着聊着，谢建涛见时机成熟，拿出项链替她戴上。这个意外的惊喜让欧阳雪煞是感动，她说："这是我第一次收到礼物。"谢建涛听她这么说，心里也是暖暖的，觉得自己做了件最正确的事情。

　　那天晚上，欧阳雪很开心，有一种重生的感觉。她小鸟依人地跟着谢建

第四章 绿

涛走,谢建涛心里同样涌动着幸福的浪花。他还带欧阳雪去邮电大学的校园里逛,他俩坐在草坪旁的一张椅子上,看见身边不断有手挽手的恋人走过,不免春心荡漾。但谢建涛不知为什么,他那会儿成了个弱智,就那样木木地陪欧阳雪傻坐着,连手都没碰对方一下。后来,谢建涛见时间不早了,就在邮电大学宾馆开了间房。上电梯时,欧阳雪脸上挂着几分羞涩,一直低着头。但令她没想到的是,谢建涛刚把她送进房间,自己转身又跑去他同学处住了。

翌日上午,欧阳雪很生气,嚷着要回老家。谢建涛无奈,只好将她送到车站,自己也坐车返回广安上班去了。在车上的时候,谢建涛收到一条欧阳雪发来的短信:"你是根木头,昨晚坐在椅子上的时候,我好想你抱抱我。"谢建涛没有回复,静静地望着窗外。阳光照在公路两边的树叶上,晶莹而明亮。

转眼之间,到了寒假。谢建涛要求回老家跟欧阳雪见面,欧阳雪欣喜若狂。谢建涛回去那天,正好是情人节的头一天。他约欧阳雪出来玩,提前庆祝节日,但欧阳雪说自己当天要去一亲戚家吃酒。谢建涛不想放过任何机会,灵机一动,他主动请缨,骑摩托车送欧阳雪去。人似乎都是要经历一些事情后,才会变得聪明的。有了上次见面的教训,这回,谢建涛脑子开窍了。当摩托车在乡村公路上颠簸时,他故意踩刹车,惯性使欧阳雪坐不稳,只好从后面死死抱住谢建涛。那一刻,谢建涛有了触电的感觉,反而连摩托车都有些抓不住了。

下午,从亲戚家吃酒回来,路过一个山坳时,谢建涛将摩托车停下来,让欧阳雪陪他到山坳下的河边走走。那是一条没有被污染的河流,河面平如镜。岸上的柏树倒映在水中,仿佛天然的油画,有种朦胧美。谢建涛拉着欧阳雪的手,在堆满鹅卵石的河滩上走着。不多一会儿,他们便抱在了一起。正当他俩接吻的时候,忽然从山坡上冲下来几个小孩子,好好的一桩美事,就这样被搅黄了。

情人节那天上午,谢建涛又约欧阳雪出来玩。他们去了县城的一个风景点。进了风景区后,谢建涛才想起忘了买玫瑰花,便偷偷打电话给一个朋友,

149

让其帮忙买了送来。那个朋友估计也是没谈过恋爱，拿着一大束花在大街上招摇过市。待他一路小跑将花送到风景区门口时，背心都湿透了。欧阳雪收到这束花后，在鼻子上嗅了又嗅。那甜蜜的模样，谢建涛一辈子都忘不了。

爬山时，谢建涛始终背着欧阳雪，一直到山顶。山顶上很开阔，山风浩荡，他们背靠背，静静地坐了三个小时。令谢建涛深感意外的是，欧阳雪竟然当着他的面给她老公打电话，说要跟他离婚，说完就挂了电话。谢建涛当即表态，愿意等欧阳雪两年。两年之内，他绝对不会结婚。

情人节过后，谢建涛又回到广安，忍受着相思的熬煎。直到下一个假期到来，他们才又有了见面的机会。谢建涛回忆起第三次见面的情景，至今都有些心酸。那次，谢建涛车票都买好了，要回老家去看欧阳雪。可欧阳雪突然打电话给他，说自己马上要去邻县开会。谢建涛赶紧将车票退了，重新买了张去邻县的票。欧阳雪知道谢建涛要来，趁开会的间隙，跑去宾馆开了间钟点房，这样，他们中午就可以在此休息。

谢建涛到达邻县后，按照欧阳雪提供的地址，先去宾馆等她。待欧阳雪开完会来到房间时，他已经等候多时了。两人聊了会儿天，即躺在床上互相抚摸。可令谢建涛悲催的是，欧阳雪的皮带扣就像上了锁，无论如何解不开。他手忙脚乱弄了半天，仍是无济于事。欧阳雪见下午开会的时间快到了，慌忙爬起床，整理好头发，冲出了门。因为下午开完会后，欧阳雪必须跟单位领导一起返回，谢建涛只得灰溜溜地自个儿坐车走了。

再后来，谢建涛工作变动，从广安回到了重庆一所学校教书。在此期间，欧阳雪跟她丈夫之间的关系越闹越僵，已经到了鱼死网破的地步。谢建涛一直暗中支持欧阳雪，说只要她一离开老公，自己马上就去接她。有一次，欧阳雪收拾起行李要离家出走，都走到车站了，最终还是被她老公派人给捉了回去，挨了一顿暴打。

时间又过去了几个星期，一天，谢建涛正在上课，欧阳雪打来电话。谢建涛不方便接，挂了。欧阳雪再打，谢建涛再挂。下课后，谢建涛赶紧回过

第四章 绿

去，欧阳雪说她去成都办了事回来，正在重庆火车站，叫谢建涛去接她。如果谢建涛没空，她就回县城了。谢建涛当即赶了过去，将欧阳雪接到学校来。到校后，向同事介绍说是他女朋友，欧阳雪也没否认。

晚上入睡前，欧阳雪洗了澡，早早地上了床，衣服裤子都脱了。谢建涛想，这回总算如愿以偿了。可关灯后，任凭谢建涛如何暗示、请求，欧阳雪就是不肯就范。青年男女，火气都旺，谢建涛欲罢不能，想强行行事，两人你翻我滚，搞得一张小床风雨飘摇，欧阳雪还是不从。她哭着警告谢建涛："如果你再这样，我就立马跳楼。"

第二天早起，欧阳雪走后，睡在隔壁的同事笑嘻嘻地调侃谢建涛："昨晚你们动静搞得那么大，房顶都快震塌了，你娃真行！"谢建涛没有做声，内心像有刀子在剜。

这之后，他俩就断了联系。深受伤害的谢建涛，一直为这事耿耿于怀，直到他后来遇到一个名叫罗甜的姑娘，内心的伤痛才稍微得以平复。然而，就在谢建涛快把欧阳雪忘记了的时候，一天夜里，他突然接到欧阳雪的电话，她说："我已经跟老公彻底离了，现在无家可归，准备去外地打工，你现在还愿意收留我吗？"此时，谢建涛已经跟罗甜走在了一起。沉默了至少一刻钟之后，谢建涛说："愿意。"欧阳雪说："那行，等我到外地安顿好后，再联系你。"挂了电话后，谢建涛心里忐忑不安。他不知道自己做得到底对不对。尽管宿舍事件发生后，他有些恨欧阳雪，但当欧阳雪重新联系他时，他实在没有拒绝的勇气。

做人不能言而无信，既然答应了欧阳雪，就要等她的消息。但一个月过去，谢建涛彻底失望了，欧阳雪又打电话跟他说："我跟老公已经和好了。"谢建涛肺都气炸了，发誓不再跟欧阳雪有任何关联，一心只跟罗甜好。话虽这么说，可只要欧阳雪有事找他，他仍是有求必应。

2012年底，欧阳雪真正跟她老公分开了。分手后，她曾跟谢建涛通了次话，说她已经嫁给了一个比自己大很多岁的农民。谢建涛问她为何要这么选

151

择，欧阳雪说："我只想要个再也没有家庭暴力的婚姻。"

遇上一对姐妹花

欧阳雪嫁人后，谢建涛将全部心思都放在了罗甜身上。当时罗甜只有十八岁，还在读大学。他俩的认识极富戏剧性。本来，谢建涛是跟罗甜的表姐在谈恋爱，可谈着谈着，就像汽车开岔了道，跑到另一个终点站去了。

那时，谢建涛还在广安教书，他的一个已婚同事喜欢泡妹妹。此人手段高明，两绕三绕，就将罗甜的表姐绕到了手。到手后，又迅即将之抛弃了。罗甜的表姐痛心疾首，谢建涛路见不平，跑去安慰该女子。谁知，这一安慰，对方竟爱上了他。而且，她还来了个先斩后奏，四处宣扬谢建涛是她的男朋友，欲将其逼上梁山。

一次，谢建涛在跟罗甜的表姐视频聊天时，罗甜就站在表姐的身后。她一看到电脑上的谢建涛，也偷偷地喜欢上了他。随即，罗甜跟表姐要了谢建涛的QQ号，也开始找谢建涛聊天。罗甜是个性格开朗的姑娘，她第一次跟谢建涛聊天，就单刀直入地说："我喜欢你，要跟你谈恋爱。"谢建涛说："别乱说，你知道我跟你表姐的关系。"罗甜说："没什么，公平竞争。"

过了没多久，罗甜趁放假，大胆跑到谢建涛的住处去玩，这让谢建涛深感诧异。谢建涛原本并不喜欢罗甜的表姐，要不是她耍心计，弄假成真，谢建涛是绝对不会喜欢上她的。他当初之所以去安慰她，完全是出于正义和同情。故罗甜的出现，虽然令他诧异，却也让他多少有几分新鲜感。可碰巧的是，正当谢建涛跟罗甜坐在沙发上聊天时，罗甜的表姐突然来了。她一进门，看见妹妹在，脸色发白，但并未说什么，直接就去厨房做饭了。罗甜是那种逮着机会就上的姑娘，她知道表姐在厨房偷偷朝外看，故意跟谢建涛表现得很亲热，还主动亲了谢建涛。这下可把她表姐这颗炸弹点燃了，她表姐又哭

第四章 绿

又闹，非要谢建涛表态。而且，当即从厨房抓起菜刀要割腕。谢建涛将刀夺下后，她又要冲出去跳河。

事后，谢建涛想，如此刚烈的女子，哪个男人敢娶啊！自己惹不起，躲得起。于是，他有意回避罗甜的表姐，而且正式跟罗甜确定了恋爱关系。罗甜性子急，确定关系没多久，她便火急火燎带谢建涛去见自己的父母。见面那天，或许是因为紧张，罗甜居然在向父母介绍谢建涛时说："这是我姐夫。"此言一出，谢建涛冷汗直冒。也正是因为这句话，使得罗甜的父母后来坚决反对他俩在一起。她父母说："你抢你姐姐的男人，成何体统？你不要脸，我们还要脸。"无论谢建涛如何解释，她父母就是不听，态度强硬地说："除非我死，否则，你们别痴心妄想。"那天，谢建涛是哑巴吃黄连，有苦说不出，只好转身走了。罗甜见状，哭着对母亲说："我们已经住在一起了。"

伦理道德向来在传统的农村人身上表现得最为突出，像罗甜这样的事情，那无疑就是伤风败俗。罗甜的母亲一气之下，将她反锁在家中。罗甜的父亲还因此一病不起。罗甜的母亲是聪明的，她知道锁住了女儿的身，却锁不住女儿的心。那些天，她四处找媒人张罗着给罗甜提亲。其中，有一个百万富翁的儿子看上了罗甜，愿意娶她。可罗甜对他丝毫不感兴趣，她的心已经被谢建涛俘获了。

眼看年关临近，除夕的晚上，罗甜趁父母不备，吊了根绳子，翻窗户逃跑了。她一心想去找谢建涛，跟他私奔。可当时县城车站早已收班，没有到谢建涛老家的车。罗甜穿着单薄的衣服，一个人在城里闲逛。实在找不到去处，她只好在县城的河边坐了整整一夜。第二天一早，周身湿漉漉的罗甜，直接坐车到了谢建涛家里。

谢建涛的父母见罗甜对儿子如此心诚，加之她已大学毕业，就同意了他俩的婚事。年后，谢建涛回学校上班，罗甜也跟着他住在学校，再没回过自己的家。一段时间过去，罗甜的表姐知道他俩准备结婚，像只母老虎般跑出来阻挡。她扬言只要谢建涛胆敢跟罗甜结婚，她将死在他们的婚礼现场。谢

153

建涛见状，只好来个缓兵之计，推迟结婚日期。

罗甜虽然性格急躁，但心地却也善良。她觉得自己没有工作，长期跟着谢建涛白吃白住，感觉对不起他。于是，她背着谢建涛，偷偷地出去找工作。哪承想，她这一去，竟被人骗进了传销团伙，被困在湖南。谢建涛通过各种方式，了解到控制罗甜的传销团伙的具体藏身地点后，心中的侠义之心油然而生。当即，他向单位请了假，在腰间插了一把砍刀，准备孤身犯险，前往湖南救罗甜。临行前，罗甜的母亲知道了此事，心急如焚，要求跟谢建涛同行。他们到达湖南后，费了九牛二虎之力，才跟罗甜见上面。传销组织是最能控制人思想的，见面后，罗甜无论如何不愿跟谢建涛和母亲回去，说自己即将挣到大钱，不能半途而废，功亏一篑。见面现场，一直有两名传销组织的人监视。谢建涛见此情状，觉得不硬来不行，强行要将罗甜拖走。两名监视人员出面干涉，谢建涛挥刀相向。一阵对峙之后，谢建涛果敢地将罗甜拉走，上了火车。火车上，三人都没说话。忽然，谢建涛从座位上站起来，当着罗甜母亲的面，一耳光扇向罗甜。这一耳光，虽然扇在罗甜脸上，却让罗甜的母亲从此改变了对谢建涛的态度。她觉得谢建涛是真正对女儿好，冒着生命危险解救女儿。而且，到湖南去的所有花销，都是谢建涛一人出的。下火车后，罗甜的母亲故意测试谢建涛，带女儿离开时，非要给他一千块钱，说是路费补偿，谢建涛坚决不收。如此一来，罗甜的母亲再也没有反对他俩的婚事。

双方父母同意后，谢建涛跟罗甜的婚事也就基本上铁板钉钉了。罗甜的表姐见木已成舟，也死了心，不再出来威逼。她跟罗甜两家人也自此绝交。

罗甜想，凡事宜早不宜迟，天天催着谢建涛结婚。但谢建涛是个工作狂，那段时间，他刚到一个新学校，又接任班主任，根基还不稳，就未答应罗甜的请求。为此，罗甜快快不乐。一次偶然的谈话，罗甜告诉谢建涛，自己做过一次人流。谢建涛也没往心里去，仍忙他的工作。

2011年秋，谢建涛觉得工作基本稳定，条件也成熟了，主动发信息给罗甜，说可以登记结婚了。罗甜接到信息，非常高兴，她等这一天已经等得太久了。然而，令谢建涛想不明白的是，两个月之后，罗甜提出要跟他分手。谢建涛难以接受，问她何故，罗甜却说了个不是理由的理由："我觉得自己对不起表姐。"谢建涛不甘心，试图挽回局面，他连夜驱车赶往罗甜在广安的老家。那天，天降暴雨，一路上，如豆雨滴砸在挡风玻璃上，看不清前方的路。但谢建涛却将车开得飞快，在雨中风驰电掣。他恨不得车能飞起来，一眨眼，就能停在罗甜面前。他的心里也在下雨，比天上的雨还要大得多。当谢建涛终于到达罗甜家门口时，已经是凌晨2点多钟，罗甜一家早就入睡了。他站在门外喊话，罗甜装着没听见，愣是不开门。谢建涛就那样站在雨中，呆若木鸡。瓢泼大雨兜头而下，冻得他全身发抖。但他咬牙坚持，发誓若罗甜不开门，他就绝不返身。直到天都快亮了，罗甜的母亲实在于心不忍，才起来开门让谢建涛进屋。并单独铺了张床，让谢建涛睡觉。她说："作为父母，对你们的事情，我们没有意见。可罗甜脾气倔，你再争取争取吧。"可第二天早起，罗甜却连句话都不愿跟他说。谢建涛摇摇头，失望地走了。

自此，一段曾经轰轰烈烈、荡气回肠的恋情，就这样在不明不白中夭折了。跟罗甜分手后，谢建涛还去广安看过她父母两次。当然，这都是后话了。

一年过后，谢建涛偶尔还会想起罗甜。有一次，他去罗甜的 QQ 空间浏览，无意中看到一则日记。罗甜写道，她曾到重庆出差，站在火车站广场上，感觉一切都那么熟悉，往事历历在目……谢建涛看到这段文字，眼泪瞬间滚落下来，止都止不住。他到目前都不明白罗甜跟他分手的真正原因。

谢建涛说，在他的生命历程中，欧阳雪是他最深的伤，而罗甜则是他最深的痛。在经历过这痛彻心扉的伤痛之后，他已经心力交瘁。因此，跟罗甜分手后的两年多时间里，他都不敢轻易触碰爱情。尽管，因为各种原因，他曾相过无数次亲。在这些相亲对象中，有打工妹、知识分子、富二代、离异女……但最终都没能牵手成功。

直到今年春节，他才跟一个同龄姑娘喜结良缘。谢建涛说："谈不上有多深的爱，但我们的确是彼此生命旅程中都在苦苦寻找的那个人。"

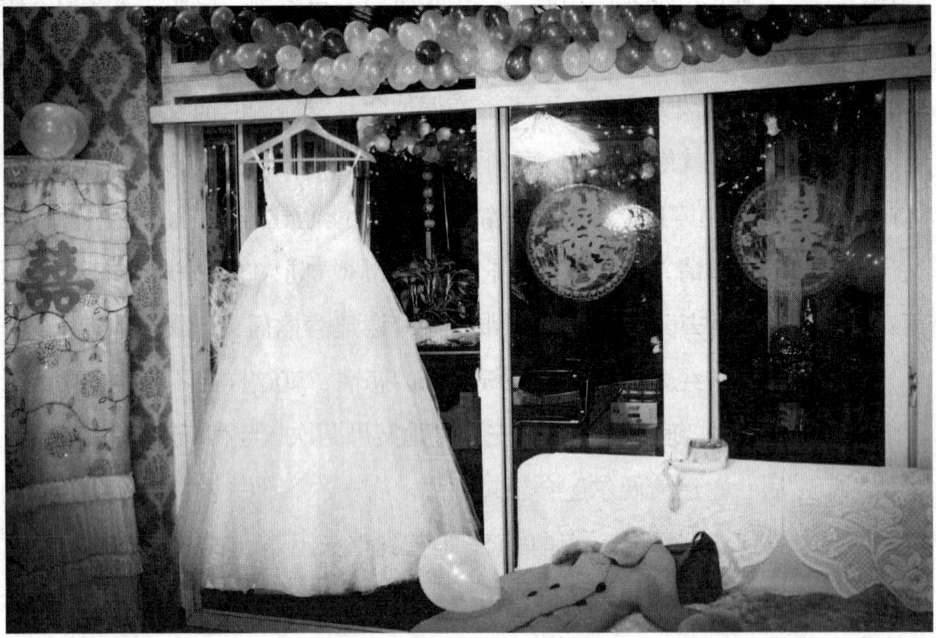
囍

第五章

青

13. 袁芳芳：舞蹈教练的双面爱情

人　　物：袁芳芳
性　　别：女
出生年月：1981 年 7 月
职　　业：舞蹈教练

采访背景：

女人的美的确是可以醉人的，这是我见到袁芳芳后的感受。在成都文殊院里的一间茶楼上，我第一次见到她。一件水红色的上衣，配上一条类似哈达的丝巾，有一种圣洁的气质。高挑的身材亭亭玉立，纤细的手指白嫩如脂，一看，就是个舞蹈的精灵。

之前，听朋友说，袁芳芳一直有病，叫我谈话时尽量小心一些。可当我见到她后，觉得她一点儿都不像生过病的人。而且，她性格豁达，从不隐瞒自己的内心情感。在近三个小时的谈话时间里，她几乎向我讲述了她全部真实的情感经历。我一边聆听，一边记录，茶楼对面的寺院里梵音阵阵，青烟袅袅，像是在做法会。但袁芳芳神情专注，生怕遗漏任何一个细节。

袁芳芳还喜欢借助肢体语言来表达自己的情感。凡是讲到动情处，她就会左右手互动，仿佛水袖婉转，柔媚牵肠。我静静地看着她，既像在欣赏舞蹈，又似在体察舞蹈背后藏着的那个人。

第五章

差点被包养

袁芳芳对爱情，向来是忌讳的。就像一个病人，忌讳谈生死一样。这倒不是因为她曾被爱情伤害过，盖在于不自信。不自信的理由，是她在读初中二年级时，被医生诊断出患有"狂躁症"，一直在服药。那个年代，社会对"狂躁症"认识还不够全面，多数人都抱有偏见，把患者说成是精神上出了问题。在学校里，同学们都不跟她一块儿玩，一见面就躲，甚至在背后指指点点，议论纷纷。袁芳芳因此备感孤独，也很自卑，觉得自己跟那些正常的孩子不大一样。故在高考填志愿时，她填了一所中医学院。她想今后通过对医学知识的了解，来解脱自己的痛苦。

几年光阴过去，袁芳芳从中医学院毕业后，被分配到一个社区医院工作。此单位虽然不大，福利待遇却相当好，一般的人想去还不一定能去成。袁芳芳是靠她一个叔叔的关系，才分到那里去的。由于袁芳芳天生丽质，她一到单位，就像乡村小路上突然出现一个穿高跟鞋的人，分外引人注目，成了同事间谈论的焦点。尤其是那些尚未成家的男医生，个个都像蜜蜂见了花朵，争先恐后地围着她转，轮番献媚，试图获取其芳心。但袁芳芳对所有的追求者都心生排斥，她觉得这些垂涎她的人，不外乎是被她的外表给迷住了。倘若他们哪天知道自己有病后，就会愤而转身，老死不相往来。在袁芳芳心里，对婚姻始终有一种不安全感。因此，到单位很长一段时间，她都拒绝跟任何一个异性深入接触。

但饮食男女，终究难逃一个情字。尽管袁芳芳对婚姻持有偏见，但生理需求却不会受她的大脑控制。渐渐地，她发现自己对异性还是颇有兴趣的，只是不想结婚而已。一年之后，经朋友介绍，袁芳芳认识了一个在广州做生意的男人。此人比她大六岁，家境殷实。他见到袁芳芳的第一眼，就被其俘

人生四季
◎结婚季◎

获了。两人经过一段时间的联系后，对方知道袁芳芳有不想结婚的想法，可又实在爱她爱得彻骨。万般无奈之下，对方告诉袁芳芳："你既然不想结婚，那不如由我包养你。三年，买断价，六十万。"袁芳芳还从来没有遇到过这种事，心里拿不定主意。有几个星期，她都在为这事犹豫、徘徊。袁芳芳问她身边最好的朋友，此事能不能做。她的朋友让她不用考虑，赶紧拒绝。当时，给人当"小三"的现象，在内地还没如今这么普遍、流行。可人一旦受意念支配，哪怕再好的朋友去苦苦相劝，结果也是无济于事的。在广州男子的催促和诱惑下，袁芳芳到底还是答应了。

没多久，袁芳芳写好了辞职报告，准备离开成都，前往广州。可就在她拟递交辞呈的前一周，一个朋友邀请她去出席一个专为外国人举办的聚会。那个朋友的初衷，是去傍大款、钓金龟婿的。而袁芳芳是朋友圈出了名的美女，一张名片，朋友想借助她的形象来做诱饵，以此引起老外的注意。

去之前，袁芳芳并不知道朋友的用意。出于对友情的尊重，她义不容辞地到了酒店。当天的场面煞是气派，红地毯、鸡尾酒、萨克斯……热闹的气氛仿佛是在为一个国王庆祝生日。袁芳芳其实并不喜欢这种场合，看到朋友穿着晚礼服，在跟不同的外国人眉来眼去，搂搂抱抱，她甚至有几分反感。不多一会儿，那个朋友渐入佳境，在霓虹灯的照射下，如痴如醉，飞来舞去，把袁芳芳晾在了一边。她坐在一个角落里，神情落寞。她正要起身去洗手间，这时，一个高大英俊、风度翩翩的男士端着一杯酒，向她走了过来。袁芳芳一看到他，内心像被电流击中，重又坐了下来。待男士也落座后，他们二人便聊开了。男士还请她跳了一支舞。这个男人，可以说颠覆了袁芳芳以往对男人的认识。他睿智、幽默、体贴、俊朗，给人一种极大的安全感。跟他在一起，袁芳芳感到从来没有过的舒心。那天晚上，她再也没去过洗手间，舍不得离开哪怕一小会儿。直到聚会结束，袁芳芳才知道这个男人叫刘岩，1975年出生，是酒店的大堂经理。

这之后，袁芳芳心里，每天多了一份牵挂。她时刻都想见到刘岩，而刘

第五章 青

岩也时刻想见到她。在与刘岩相处的过程中,袁芳芳已经将广州男人要包养她的事,抛到了九霄云外。常言道,好女人可以塑造男人的价值观;反之,好男人也同样可以塑造女人的价值观。三个月不到,刘岩便使袁芳芳这个曾经决心不结婚的女人一改初衷,共同步入了婚姻的殿堂。

结婚当天,袁芳芳把自己打扮得分外漂亮,发誓要与刘岩白头偕老。这一点,从她之前花六千块钱拍的一套婚纱照也可以看出来,她对刘岩是忠心的。刘岩也发誓跟她一辈子不离不弃,举案齐眉。

可结婚才一年左右,刘岩工作的饭店改制,他被迫下岗了。但袁芳芳并未嫌弃他,依然风雨同舟,双宿双飞。每天,刘岩骑着摩托车来医院接她上下班。同事见了,都羡慕得很,说小两口般配、恩爱。袁芳芳坐在刘岩的摩托车上,将他抱得紧紧的,一路狂奔,心花怒放。这样过了一段时间,刘岩觉得应该尽快找个事做,挣点儿钱,让袁芳芳过好日子。于是,他回到区县老家,开了一家纺织厂。

如此一来,袁芳芳跟刘岩只能两地分居。刘岩每个月回主城看她一次。起初还好,小别胜新婚。但时间一长,袁芳芳有点儿受不了了。而且,她觉得刘岩每天只晓得忙厂里的事,没有以前那样关心她。见了面,也不冷不热,两人的话也一次比一次少。突然有一天,袁芳芳受到了刺激,拿刀片将他们的婚纱照划得残破不堪。

刘岩的母亲被袁芳芳的举动吓怕了,她自此才知道袁芳芳有病。加之他们结婚以来,一直不生小孩,刘岩的母亲坚决反对他们再在一起生活。

结婚三年后,袁芳芳跟刘岩离了婚。

摆脱不掉的感情债

离婚后的袁芳芳很茫然,她感觉自己就像一个迷路的人,在感情的丛林

人生四季
◎结婚季◎

里兜了一圈后,又回到了原点。她站在起点上,重新回忆自己所走过的路,再一次感到曾经不结婚的决定的正确性。为不再重蹈覆辙,迷失方向,她再一次发誓今后不跟任何男人结婚。

但爱情往往是难以捉摸的,从来不是哪一个人说了算。跟刘岩离婚半年时间不到,她就被一个记者给盯上了。那个记者是在一个饭局上认识她的,第一次见面,就对袁芳芳产生了好感。记者似乎都有很强的敏锐性,还在饭桌上的时候,他就从袁芳芳身上,迅速捕捉到了自己想要的东西。紧接着,他更是以跟踪新闻事件般的热情和敬业精神,对袁芳芳采取了疯狂式的求爱,使其无处藏身。

由于有了刘岩的教训,袁芳芳一直对记者的追求百般闪躲。然而,记者都是些不达目的不罢休的人。袁芳芳越是不同意,他就越是重拳出击。不是送贵重礼物,就是邀请出去吃饭,搞得袁芳芳很不自在。

后来,不知是记者的坚持感动了袁芳芳,还是袁芳芳剑走偏锋,她竟然主动要求记者包养她两年,自己分文不取。还说两年期满,就自动离开,互不干涉。记者想,只要能得到她的人,怎么做都行,也就满口答应了。

当时,记者的母亲在金牛区给他买了一套小房子,他们两人就住在那里。这种没有责任的契约关系,让双方都觉得洒脱。下了班,他们在一起同吃同住;上班后,又各自忙各自的,没有任何压力。那段时间,袁芳芳生活得很滋润,把自己养得白白嫩嫩的。以至于有一次,记者的母亲偶尔来住处见到如此乖巧、水灵的袁芳芳,以为是自己的准儿媳妇,欢喜得不行。

两年时间一晃就到了,按照事先约定,袁芳芳想了断跟记者的关系,再开始新的人生旅程。可记者却要毁约了,两年以来,他已经深深地爱上了袁芳芳,完全将她当作了自己的妻子。他苦苦挽留袁芳芳不要离开他,继续在一起好好生活。但袁芳芳是一个讲信用、讲原则的人,坚决要求按协议办事。她果断地从记者家里搬了出来。记者不肯放手,袁芳芳搬到哪里,他跟到哪里,像是在其身上安装了电子跟踪器。

第五章 青

　　袁芳芳极力想摆脱记者，就让朋友给她介绍了一个离异的大学老师。大学老师对她很好，像对待自己的女儿一样对待她。相识不到一个月，就要求跟袁芳芳结婚。但袁芳芳并不喜欢他，只是为甩掉记者的跟踪才出此下策。一次，袁芳芳生病住院，大学老师一直守护在她身边，精心照顾。尽管这样，袁芳芳仍是对他没有感觉。不但没有感觉，反而越来越讨厌。

　　但大学老师相信精诚所致，金石为开。尤其是当他知道袁芳芳有病之后，他更是下定了要跟她结婚的决心。他对袁芳芳说："我知道你有病，我们结婚后，可以不要小孩。"没想到，大学老师的这番话，却激怒了袁芳芳。她觉得自己的隐私被人揭穿了，很没面子。从此，她毅然不再跟大学老师见面。可大学老师跟那个记者一样，都是痴情种子，对袁芳芳一往情深，采取各种方式寻找她的住址。

　　哪承想，袁芳芳在躲避大学老师期间，结识了一个女人。此人叫尤兰，常年跟老公分居，且有同性恋倾向。尤兰非常喜欢袁芳芳，她们初次见面聊天，就觉得十分投缘，像两个寂寞已久之人，终于碰到了一起。此时，袁芳芳已经从单位办了病退手续。

　　尤兰为了跟袁芳芳见面方便，专门在外面租了一套房子，两人成天待在一起，难舍难分。即使在大街上走着，也是手挽手的，亲密无间。袁芳芳说，她跟尤兰在一起，比跟男人在一起还要幸福。

　　几个月过去，尤兰见袁芳芳没个事情做，怕她憋出病来，就问她："芳芳，你对什么东西感兴趣？"袁芳芳想了想说："我喜欢跳舞。"尤兰当即表态，要送她去北京舞蹈学院学舞蹈。在尤兰的安排下，袁芳芳不久就去了北京。从北京回来后，尤兰还送她去埃及学习了半年的肚皮舞。尤兰说，她要重新打造袁芳芳，将她从精神的桎梏中解救出来。

　　袁芳芳从埃及回到成都，尤兰见她技艺精进，又投资办了个舞蹈培训班，聘请她当舞蹈教练。自从教授舞蹈以来，袁芳芳的确比过去更加神采奕奕了。人也开朗了许多，对很多事都不再那么悲观。她用舞姿给自己绘出了另一片蓝天。

尤兰只要看到袁芳芳高兴，自己就特别开心。她还经常带袁芳芳到外地去度假，给她买衣服，把袁芳芳包装得跟个仙女似的。但从去年下半年开始，她们之间的感情开始出现了微妙的变化。变化的起因，是因为尤兰在外地做生意的老公，发现了她们的不正常关系。尤兰为避嫌，就主动跟袁芳芳保持了距离。

袁芳芳见尤兰对她若即若离，感觉很失落，也就把这段感情看淡了。

让暗恋的感觉复活

一般而言，无论是男人还是女人，如果她所经历的感情异常复杂的话，到最后不外乎两种结果——要么，永不结婚，对感情麻木了；要么，找一个人，凑合着过。但对袁芳芳来说，她在经历了如此波诡云谲的感情之后，似乎和这两种结局都不沾边。

在跟尤兰分手之后，袁芳芳还认识了一个警察。这个警察是她初中时的校友。据说，还在当年读书时，警察就暗恋过她。没想到，时隔多年之后，他们还会相见，并重新燃起爱情的火花。

这个警察姓傅，叫傅一山。那天，傅一山去参加同学会，饭桌上，他一眼就认出了袁芳芳。在他心中，袁芳芳从来就没变过。但袁芳芳已经对傅一山一点儿印象都没有了，故当傅一山主动上前搭讪时，袁芳芳根本没想起来他到底是谁。

尽管如此，多年前的情景依然在傅一山脑海里清晰浮现。那时候，他们读书的学校在一条街道后面，街道两边种满了梧桐树。夏天，人从树下走过，绿荫如盖。傅一山跟袁芳芳不是一个班，每天放学时，他都是第一个冲出校门，然后，站在街道边的一棵梧桐树下，等着袁芳芳背着书包从教室走出来。

第五章 青

只要看到袁芳芳的身影，傅一山的心里就怦怦怦跳得厉害，一张小脸，红扑扑的。直到袁芳芳都走远了，他还站在那里，目送着她远去。这种美妙的感觉，一直伴随着傅一山成长。有时，他还经常在梦中见到斯情斯景。醒来后，心里酸酸的，又甜甜的。

但袁芳芳当年并不知道，有个名叫傅一山的男同学，每天就这样站在一棵梧桐树下，等待着她上学或放学。要不是这次在同学会上，傅一山吐露了隐藏心底多年的心声，袁芳芳或许这辈子都不会知道此事。

傅一山的讲述，让袁芳芳很感动。她也似乎想起来了，当年的确有一个胖乎乎的男生，在放学时默默地注视着她。而且，她还因此勾起了自己对青春岁月的回忆，不禁喟叹。这一晃，竟是匆匆数年，真是时光如梭啊！

同学会后，傅一山便时常约袁芳芳出来玩。也许曾是校友的关系，他们之间也就比跟别人相处时，多了一些共同的记忆。自然而然，他俩也就走到了一起。但此时的傅一山，已经是有老婆、孩子的人。他明确跟袁芳芳说过："我不愿意离婚。"袁芳芳一听，就乐了，她说："即使你想离，我也不要你离呢。"他们彼此心里都明白，他俩在一起，不过是想找回当年的记忆和感觉而已。

但无论是以什么原因走在一起，两人相处久了，就难免生情。傅一山觉得，他俩都在成都，世上没有不透风的墙，总有一天，这风是会吹到他老婆耳朵里去的。思来想去，他们想到个万全之策——傅一山向单位申请援藏。

2014年10月份，傅一山去了西藏。他们早就商量好了，只要傅一山在西藏安顿好后，袁芳芳立马就过去。他们共同的宣言是：让暗恋的感觉复活。

14. 筱月：请放爱一条生路

人　　物：	筱月
性　　别：	女
出生年月：	1990 年 6 月
职　　业：	公司财务

采访背景：

　　2015 年元宵夜，尽管街上仍是火树银花，但年的味道却分明越来越淡了。加之当晚降温，即使商场里，也并不比平常热闹多少。按照约定的时间，我早早地来到了南坪时代天街购物广场。刚在西西弗书店兜了一圈，就接到筱月的电话，说她到了，叫我直接到四楼波妞森林咖啡店。

　　我一进去，就看见她坐在靠窗的位置。一头齐耳短发，戴副眼镜，斯文、阳光，还有点儿羞涩和腼腆。我递过名片，甫一落座，她便笑笑说："我不知道怎么跟你讲。"但当她真正讲起来，却又是那么条理清楚，这大概是 90 后女生的处事方式和智慧哲学。

　　筱月的家庭背景很好，属于温室里长大的花朵，却少有富裕家庭里"资产阶级小姐"的臭毛病。她心态平和，没有显摆和娇嗔的一面，谈吐也懂得分寸。唯一可气的是，我们刚谈到一半，服务员就来催促打烊了。筱月只好亲自驾车，将谈话地点转移到江北大融城附近的两岸咖啡店。

第五章 青

在那里，我们一直谈到凌晨1点。四周静悄悄的，偌大一个咖啡店，只坐着我们两个人。伴着淡黄色的灯光，我聆听到了一个女孩内心隐蔽河流春汛时节的声音。

在丽江的浪漫三天

丽江历来被青年男女视为爱情的天堂，是情侣们休闲、度假的首选之地。试想，当你跟心爱的人手牵手，走在有着纳西族风格的厦子里；或者，并肩坐在古城的墙根下晒太阳，听纳西古乐，那将是一件多么惬意的事情。但是，丽江更像是月老的后花园。在这座充满迷幻色彩的花园里，不知有多少痴情男女一见钟情，最终修成正果，喜结良缘；又不知有多少痴男怨女有缘相识，到头来，却不得不各分东西……就拿筱月来说，丽江既是她刻骨铭心之处，又是她伤心垂泪之地。因为，四年前，她就是在那里跟她如今最惦记，也是最纠结的男人产生感情的。

这个人名叫孙东，1987年出生，是一位小学体育教师。他们的相识，同样充满了浪漫色彩。当时，筱月还在昆明上班。她同事的一个朋友，要给她介绍男朋友，约在重庆见面。见面当天，介绍人还带来了自己的一个同学共进晚餐。餐桌上，大家你一言我一语，气氛十分融洽。筱月本来见的是一个军人，但军人大都很严肃，他坐在旁边寡言少语，有点儿拘谨和刻板。倒是介绍人的那个同学，也就是孙东，却与军人形成了鲜明的对比。他阳光、活跃，侃侃而谈，机智而又风趣。很快，筱月对他有了好感。而孙东对筱月，似乎也流露出了那么点儿意思。

晚餐后，前来相亲的军人怏怏而归，跑来凑热闹的孙东却意外添喜，这不能不说是缘分。就像俗话说的那样，是你的跑不掉，不是你的强求不来。第二天，筱月满载愉悦回到了昆明上班。

167

人生四季
◎结婚季◎

不久,孙东的同学,也即他跟筱月的介绍人,召集大家去丽江度假。筱月接到邀请后,心里犹豫不决。她觉得大家彼此还不太熟悉,不想去。可当她知道孙东要去时,又按捺不住内心的冲动。几番琢磨之后,她还是决定去。事情敲定,大家都在为去丽江做准备。按照商量的办法,孙东跟他同学及其男朋友三人从重庆直飞丽江。筱月单独从昆明到丽江后,与他们会合。

年轻人就是这样,一旦有了心仪之人,就迫不及待地想要见到。当孙东他们订好机票的当晚,筱月也急急火火地跑去车站买火车票。由于走得急,她连身份证都忘了带。在火车站盘桓一阵之后,有一个人要转让一张票给她,但筱月觉得火车发车时间太晚,不安全,就打道回府了。回到家后,已经晚上9点多钟了。筱月不想休息,马上上网,买了张第二天一早飞香格里拉的机票,再转往丽江。

出发那天,筱月5点多钟就起床了,清晨的薄雾打湿了她的头发。坐在开往机场的出租车内,她虽然睡意还浓,却连眼皮都没眨一下。她的大脑里,幻跳出的全是跟孙东碰面时的情景。人们常说,恋爱中的人都是弱智的。这一点,筱月深有体会。买火车票时忘带身份证已经让她犯了一次糊涂,可没想到的是,这种糊涂居然还有惯性,让她接着犯。到达丽江后,筱月才想起没带厚衣服,只穿了件针织衫。冷风刮在她脸上,像是调皮的小孩用鞭子在抽,周身起了鸡皮疙瘩。但爱情就是冒险,没有刺激,那还叫爱情吗?不过,没过多久,筱月身上的寒冷就被孙东给予的温暖融化了。

四人碰面后,孙东对筱月非常照顾。他见筱月冷得浑身哆嗦,赶紧叫同学脱下自己的外套,给筱月披上。同学骂他重色轻友,他也只是笑笑,而把全部心思用在筱月身上。孙东很体贴人,他发现筱月脚上只穿了双凉鞋,就跑去商店买了一双袜子让筱月穿上。这一切,让筱月感到很温暖。

爱情的火苗一旦燃烧起来,就会越燃越旺,像谁在棉花上浇了油。尤其是刚刚点燃的时候,更是没日没夜地燃烧,恨不得把整个天空都烧成桃心的形状。有了孙东的关怀,筱月在丽江玩得很是舒心。头天晚上,他们去了一

第五章 青

家酒吧喝酒。在酒精的催化下，他俩变得越来越亲密。加之另外两个朋友的插科打诨，推波助澜，筱月跟孙东第一次牵手了。从酒吧出来，或许是孙东为了表达对爱情的忠贞，还专门去买了一套情侣装。

翌日，很自然地，筱月就跟孙东穿着情侣服，单线出游了。刚开始，他们还觉得有点儿羞涩和尴尬，但半天过去，就俨然成了一家人。他们还请人拍了许多照片，记录和见证下了他俩在丽江的爱情踪迹。

因是沿线旅游，当晚，他们四人需乘车至昆明。丽江到昆明的车，大多是双层大巴。说也凑巧，他们买到的位置都是最后一排。最后一排是通铺，可以躺下来睡觉。孙东跟筱月睡一起，孙东的同学跟她男朋友睡一起。车上的时光原本是寂寞难熬的，但对筱月和孙东来说，却充满了兴奋。他们在夜色的掩盖下，脸挨脸地靠着，彼此都能感受到对方的体温和呼吸。车开到半路的时候，孙东亲了筱月一口。筱月顿时有触电的感觉，让她浑身发烫。她感觉自己不是躺在车上，而是跟心爱的人漂流在大海上，耳边全是浪涛拍岸的声音。八个小时的行程，在他们的无声胜有声中过去了。客车抵达昆明时，已是凌晨。昆明的夜晚是安静的，适合做点儿什么。离天亮还早，他们需要休息。四人便拖着行李，开了家私人公寓式的旅馆。此时的筱月跟孙东，已经不再感到羞涩了。他们心照不宣地进了同一间屋子，像度蜜月的夫妻般默契。但那天晚上，他们其实并未做什么。

第二日上午，孙东跟筱月去一个民族村游玩。游玩的过程中，与其说他们是在看风景，不如说他们是在彼此看对方，揣摩对方的心。游玩归来，四个人买来一箱啤酒，在房间里边喝边打扑克。直到酒喝光，孙东的同学才跟她男朋友回自己房间。

朋友走后，筱月躺在孙东的怀里，仿佛整个世界只有他们两个人。一阵缠绵和耳语之后，他们发生了关系。那一刻，筱月醉了，孙东也醉了。整个夜晚都在他俩的甜蜜中下坠，直到清晨的阳光重新照进旅馆的房间，他们才慵倦地爬起床，伸伸懒腰，走出房门，脸上的幸福像春天的花儿一样耀眼。

甜蜜过后的疼痛

  采集到花粉的蜜蜂永远都是恋花的，孙东就像那只恋花的蜜蜂。他自从昆明返回重庆后，睁眼闭眼都是筱月的影子。而筱月这朵花也仿佛是专门为他而开放的，孙东走后，她的心就被偷走了。路途的遥远使他们只能通过电话或微信联系，互通款曲。孙东说的每一句话，都带有兴奋剂，能令筱月激动不已。他们虽然才刚刚认识，却感觉已相识逾十年。那会儿，筱月在公司做工程预算，住在工地的临时板房里。夏日繁星满天的夜晚，她站在板房外跟孙东通电话。站得两腿都麻木了，也不愿挂断电话进房睡觉。蚊子像无数爱情杀手围着她叮咬，不多一会儿，她周身便起了疙瘩，奇痒难受，但她坚持住，为的是能跟孙东多说一会儿话。他们最长的通话时间，可达凌晨三四点钟。爱情就是这么充满了魔力，尽管他们每晚说的都是那些话，没什么新鲜，但彼此就是听不够。一句话翻来覆去地说，也不觉得啰唆。

  不知道是不是话说得太多了，以至于当他们见了面，却反而没了话说。这一状况是在两个月之后出现的。那天，筱月回重庆玩，孙东赶去机场接她。可当两人四目相对时，眼神里似乎都多了一丝冷漠，在丽江、昆明时的新鲜感已经不再。他们没有去任何地方，只在一起吃了顿饭，看了场电影，连手都没有牵。这一尴尬的见面，让筱月心里多少有些不快，就像春花遇到了倒春寒。

  四天后，筱月返回昆明。孙东在电话里跟她说："我们是不是分开一段时间，感情的事，不能强求。"孙东的话，使筱月心生凉意。她搞不明白，孙东的态度为何转变这么快！她问自己：喜新厌旧难道真是男人的本性吗？大概有两个多月时间，他们互相都没再联系。但在筱月心中，却一直没有忘记孙东。她的记忆还停留在跟孙东在一起的时间节点上。这期间，筱月还独自

第五章 青

去了趟丽江，寻找失落的感觉。她循着曾跟孙东走过的街道漫步，住曾跟孙东住过的旅店。睡在房间里，仿佛还能嗅到孙东身上散发出来的气味。可当她从美梦中醒过来，枕边却是冰凉的泪痕。天亮离开时，筱月在旅店的风铃吊牌上写了一句话作为纪念：喜不喜欢，适不适合，能不能在一起，是三件不同的事情。

2012年底，筱月工作变动，回到了重庆上班。距离的缩短，使她跟孙东之间重又保持了时断时续的联系。尽管如此，他们已经不再像丽江时那样亲密了。他俩的关系，是比纯粹的朋友关系略近，又比恋人关系稍远的那种不明不白的关系。

俗话说，男大当婚，女大当嫁。筱月的父亲自从跟她母亲离婚后，一直经商，生意发展得很好，挣了不少钱。如今，唯一令他挂怀的，就是女儿的婚事。筱月回重庆不久，她父亲就托人给她物色了一个医生做男朋友。从小到大，筱月对父亲是既尊敬，又害怕。由于她心里有孙东，对那个医生有种抵触情绪。但迫于父亲的施压，她还是勉强答应试着跟医生相处。决定跟医生见面之前，筱月曾给孙东打过电话，告诉他父亲要让自己相亲。没想到，孙东听完筱月的话，竟然毫无反应，好像这事压根就跟他没有关系。

真心喜欢一个人就是这样，即使对方态度再冷淡，自己也不会计较，依然对其炙热如火。在跟医生相处的半年时间里，筱月心里一直想的是孙东。加之她的确不喜欢那个医生，也就对其冷若冰霜。2013年4月，筱月主动跟孙东说，不管咱们能不能在一起，希望能再约出去玩一次。孙东答应了，他们仍然去的丽江。这次，他们总共在丽江待了两天。目睹斯情斯景，曾经的记忆，瞬间被激活了。他们就像两只南归的大雁，重又找到了恋爱的感觉。于是，两人再次体验了激情四溢的夜晚。临走时，孙东也在旅店的吊牌上写了一句话：筱月是一个值得爱的女人。

游玩归来，筱月已经没有了再跟医生交往的兴趣。她问孙东："你愿意跟我结婚吗？"孙东沉吟片刻后回答："我现在不想结婚。"筱月没有再继续

171

人生四季
◎结婚季◎

追问。这之后,她冒着挨父亲骂的后果,还是鼓起勇气跟医生分了手。筱月说,不管她跟孙东有没有结果,她都不会跟那个医生结婚。

大概做父母的都如此,只要自己的子女一天没有成家立业,他们的心里就一天不踏实。筱月很体谅父亲,她觉得父亲抚养自己成人,实属不易,应该照顾一下他的情绪。2013年7月,经筱月当时在驾校学车的教练介绍,她认识了一个警察的儿子。这人名叫程季杰,跟孙东一年出生,人憨厚、老实,刚刚大学毕业考到海关工作。程季杰家境殷实,算是个富二代。他母亲以前开过加油站,后又搞社会融资、放信贷,在当地赫赫有名。与之前那个医生相亲不同的是,筱月在跟程季杰初次见面后,很快,双方的父母也见了面,把这婚事提到了桌面上来。常言道,物以类聚,人以群分。由于筱月的父亲和程季杰的母亲均是生意场上的人,彼此一见面,犹如老友重逢,惺惺相惜,推杯换盏,大有相见恨晚之意。整个饭局,仿佛成了他们之间歃血为盟的"结拜宴",而作为主角的筱月和程季杰反而成了这场戏的配角。宴席上,两个孩子的婚事,就这么在双方家长的生意交流中铁板钉钉了。

紧接着,筱月的父亲跟程季杰的母亲便有了生意上的往来。筱月的父亲总共投入了几百万在程季杰母亲的名下,他们想强强联合,共同把生意做大做强。双方家长之间关系的迅速升温,给了筱月很大的压力。打心眼里说,她对程季杰还谈不上喜欢,只是不反感罢了。但眼看父亲跟程季杰母亲一日亲似一日,她感觉自己像掉进了沼泽地里,越挣扎越往下陷。她怀疑究竟是自己在谈恋爱,还是父亲在谈恋爱。

直到2013年底,筱月跟程季杰之间的关系都还只是吃过两顿饭、看过几次电影,互相手都没碰一下。还是2014年春节期间,在程季杰一个姑姑的撮合、打趣下,他们才勉为其难地拉了一下手,但瞬间就松开了。筱月说,当程季杰拉起她手的那一刻,她心里很不是滋味,相当反感。或许是程季杰的母亲故意要促进他们之间的关系,借春节之机,她大大方方送给筱月一万块钱以及好几样金银首饰。搞得筱月收也不是,不收也不是,真正是骑虎难下。中国有句古话，叫来而无往非礼也。筱月的父母见程季杰的母亲出手阔绰，随后也买了条LV的皮带送给程季杰作为答谢。再后来，程季杰的母亲去香港或者韩国旅行，都不忘给筱月带礼物回来，有时是一瓶香水，有时是一件外套。每样礼物都很名贵，价格不菲。

可真正的爱情，终归不是金钱可以衡量和收买的。虽然双方父母用黄金打造了一条绳子，试图将筱月和程季杰捆绑在一起，但筱月仍对程季杰找不到感觉。程季杰对筱月呢，同样是不冷不热。他全看自己母亲的脸色行事，从小到大，他都是在父母的安排下过日子，啥事都不用愁，对父母逆来顺受惯了。在他心中，抑或根本就不知道什么是爱，该怎样去爱。一个人假如得到的爱太多，到最后，自己反而丧失了爱的能力。

面对这一切，筱月对自己的未来一片迷茫，她看不到自己的出路在哪里。实在无助的时候，她觉得这辈子只能认命了。大不了跟程季杰结婚后，再离婚。

艰难的抉择

当一个人找到了自己的真爱之后，他的心中是很难再容下另一个人的。筱月虽然身陷恋爱的泥潭，但她渴望能来拯救自己的，仍然是孙东。孙东已经成了她精神上的支撑。可遗憾的是，当筱月在默默承受命运所带给她的一切时，孙东并未跟她并肩站在一起，共同承担。直到筱月都快委身于人之时，他才突然冒出来，要求做一个爱情的勇士和捍卫者。

2014年农历正月初六，筱月要去参加一个朋友的婚礼，这个朋友也是她跟孙东共同的朋友。去之前，她给孙东打电话，说自己将带程季杰一块儿来参加婚礼。放下电话，孙东心里隐隐有一丝不爽。当他在朋友的婚礼上，亲眼看到筱月和程季杰后，他有种吃醋的感觉，好似原本属于自己的心爱之物，

人生四季
◎ 结婚季 ◎

转眼间却被别人给抢了去。那一刻，他才真正意识到，自己心中其实一直是装着筱月的。当天，眼见朋友在台上山盟海誓，泪流满面，孙东与筱月却坐在台下暗自伤怀。他们重新有了在一起的冲动，并幻想着有朝一日，也能站在结婚的舞台上宣誓，感动全场。

弥补的机会来了。2014年情人节，孙东买了一束白玫瑰和一盒巧克力，跑到筱月的单位楼下。筱月收到礼物后，感觉内心被这爱的骄阳烤化了。瞬间，她觉得孙东的确就是自己今生要找的人。她很珍惜这段缘分，以至于一段时间过去，孙东送她的玫瑰花都干枯了，她还用剪刀将花瓣一片片剪下，放到巧克力盒子里，作为他们爱的"标本"给藏起来。

一个人找到了爱之后，她即便想掩饰，也是掩饰不住的，脸上都写得明明白白，清清楚楚。自从筱月跟孙东重归于好后，她越来越反感程季杰。并且，她和孙东还商量，准备近期结婚。筱月想，事情都到了这一步，必须跟父亲正式提出来了。2014年6月份，筱月单独找了个机会，坐下来跟父亲心平气和地说："爸，我不想再跟程季杰好了。"筱月的父亲问："你在外面有人了？"筱月毫不隐瞒："我有喜欢的人，准备跟他结婚。"这下，筱月的父亲发火了。他觉得女儿的决定太草率，根本没把他这个父亲放在眼里。如果筱月真的跟程季杰一刀两断，那他投入到程季杰母亲名下的资金就可能打水漂。几百万啊，不是个小数目。因此，筱月的父亲怒气冲冲地跟她说："你可以去追求自己的幸福，但你结婚时，我是不会来的，所有亲戚也不会来。"

人人都知道，血浓于水。加上筱月从小到大，全靠父亲养育成人。此时此刻，她站在爱情与亲情的天平上左右为难，无论这架天平朝哪边倾斜，都会使她受伤。正在筱月举棋不定之时，大概是程季杰的母亲也听到了筱月不想再跟儿子好的消息，便极力怂恿程季杰对筱月发起猛攻，让其坚决不同意跟筱月分手。程季杰也像变了个人，由过去的木讷变得开窍了。他经常约筱月出去玩，筱月是能躲就躲。实在躲不过，才偶尔去见次面。一次，程季杰邀约筱月去厦门玩，一路上，筱月闷闷不乐，心不在焉。无论程季杰说什么

第五章 青

试图逗她开心，她也提不起兴致。筱月心里想的，全都是孙东。在厦门的几天时间，他们连手都没碰。就连晚上休息，也是开的一间有两张床的房间，各睡各的。

筱月是个聪明的姑娘，从厦门回来，她想先发制人，便借机向程季杰的母亲坦言："阿姨，我觉得程季杰根本就不喜欢我，我们出去玩这两天，他连我的手都不牵。如果他真的不喜欢我，那就跟我说呗，我们分手嘛。"但程季杰的母亲毕竟是过来人，知道筱月耍的把戏，说："我们家季杰人老实，不越轨，你多体谅一下他。男人嘛，本分些好。"筱月听程季杰母亲如此说，便也知趣，不再强词夺理，给对方也给自己一个台阶下。

私底里，筱月仍跟孙东如胶似漆，难舍难分。2014年7月，他俩还去了趟日本，玩了五天。身处异国他乡，逃避了周围的烦心事，筱月跟孙东感觉像是走进了爱情的伊甸园，陶醉在东京如诗如画的美景里流连忘返。但也是这期间，孙东心中多了几分顾虑，他亲口对筱月说，不想因为自己而影响到她跟父亲之间的感情。其实，孙东的忧虑，也是筱月正犯愁的事情。她每天上班、下班都为此事纠结，搞得神思恍惚。短短一个月时间，筱月像生了重病似的，体重减轻了十斤，且不断掉发。她父亲看到女儿如此情状，终于心疼了，之前的强硬态度也有所缓和。父亲跟她说："你若真不愿跟程季杰好，那就去向她母亲表明态度吧。"筱月听到这话，眼泪都下来了，她觉得父亲总算理解了自己。得到父亲的支持，事情原本可以顺理成章，没想到，筱月却不敢贸然行事。她担心父亲投入的资金过多，万一收不回来，那就亏大了。

这样一来，事情重又陷入了僵局。

可爱情素来伤不起，也等不起。尤其是孙东，在家里排行老四，是个老幺儿。他父母均已年过古稀，成天催他结婚。孙东虽然喜欢筱月，但不知道她何时才能全身而退。无奈之下，他只好对筱月说："如果家里有人给我介绍女朋友，我是会去见面的。"筱月考虑到孙东的处境，不想耽误他，也就

人生四季
◎结婚季◎

同意了。

没过多久，经人介绍，孙东认识了一个还在读大三的女学生。他之所以愿意跟这个在校学生见面，是因为他觉得，如果双方满意，即使要结婚的话，那也得等到对方毕业。而在这期间，筱月或许已经处理好了自己的感情。到那时，假如自己心中还放不下筱月的话，两人就可以终成眷属。他这是在给自己留后路，既不让父母操心，又不当即忍痛割爱。

筱月从来没有放弃过跟程季杰断绝关系的努力，她父亲告诉她："即使你确定跟程季杰分手，也要讲究策略，要让程季杰的母亲觉得是程季杰对不住你。不然，会让别人说闲话的。"而程季杰的母亲也是个精明之人，她一直希望儿子跟筱月早日完婚。每当提及此事，筱月都顾左右而言他，且常常以程季杰对自己不冷不热为由，推辞掉。程季杰见筱月分手态度坚定，要求再给自己三个月时间。说三个月内，他一定让筱月喜欢上自己。程季杰的母亲义不容辞地担任他的"幕后军师"，为其出谋划策，布阵排兵。

2014年除夕，程季杰请筱月到他家过年，筱月拒绝了。但出于礼貌，除夕当天，她还是给程季杰的母亲发了条祝福短信。正月初一，筱月特意去换了个发型，她觉得新年新气象，应该跟过去的生活告别。做完头发，她鼓起勇气跑到程季杰家登门拜访，跟他母亲推心置腹地说："自从我跟程季杰相处以来，过得很累，很压抑，我不想再这么煎熬下去了。"程季杰的母亲听后，哭得稀里哗啦。她见筱月态度已决，只好顺水推舟地说："既然你们俩觉得不合适，那我也不强求，顺其自然吧。"正月初六，筱月趁热打铁，将程季杰母亲送她的珠宝一件不少地提去归还，但程季杰的母亲不愿意收。

这之后，筱月便再也没跟程季杰有过联系。

长久的压抑排出了，筱月长长地松了一口气，她仿佛再次获得了新生。她想，这下到底可以名正言顺地跟孙东联系了。前不久，筱月试着给孙东打电话，告诉他自己已经跟程季杰了断。谁知，孙东在电话里沉默半晌后回答："我现在已经有女朋友了。"筱月说："你真的能放下我，跟那个女学生结婚？"

第五章 青

孙东说:"凡事都充满了未知,我也不知道。"

筱月挂上电话,眼前一片漆黑。她的世界坍塌了。

人生四季
◎结婚季◎

15. 陶梦佳：爱是拿来折腾的

| 人 物：陶梦佳
| 性 别：女
| 出生年月：1982 年 9 月
| 职 业：公司经理

采访背景：

成都是一座休闲的城市，是上帝修建在人间的一处"后花园"。你只要随处到街边走走，入眼皆是坐在靠背椅上喝茶、打麻将的人。他们神情投入而又散淡，仿佛永远不会关心除自己以外的任何事情，更不会为油盐酱醋发愁，不会为工作的压力苦恼……他们把享受生活看得跟生命本身同等重要。

我坐在宽窄巷子的一家茶馆里，泡上一壶碧螺春，等待一个名叫陶梦佳的姑娘。那天上午阳光不错，光线从仿古建筑的飞檐上照下来，像给镶满青砖的地面铺了一张金色的纱巾。10 点 28 分，陶梦佳来了，上身穿一件黑色的毛衣，下身穿一条靛蓝色牛仔裤。一头色泽光亮的披肩长发，把她那张瓜子脸衬托得熠熠生辉。看样子，她身体恢复得很好，一点儿不像刚刚生过孩子的人。

短暂的交流之后，我们进入了正题。她温文尔雅、不疾不徐地倾诉她的情感遭遇，像在讲述一个别人的故事。我静静地听着，不知不觉，阳光偷偷地移到了对面的院墙上。

你到底是招员工，还是招情人

  好事多磨，这是句安慰人的话。但对陶梦佳这个河南姑娘来说，却是人生的真实写照。几年前，她只身来到重庆读研究生。由于自幼家境贫寒，她学习十分刻苦，成天都窝在寝室里看书，从来不到外面去东游西逛。即使有同学硬要拉她去看场电影，或到郊外踏青，她也坚决不去。同学们见她是个死脑筋，书呆子，渐渐地，也就没人理会她了。陶梦佳不但不觉得寂寞、孤独，反而认为没有人打扰，心境变得更加平和，能一门心思钻研专业知识。

  2009年上半年，陶梦佳顺利毕业。拿到研究生文凭那天，她独自跑到嘉陵江边，待了足足三个小时。她觉得自己终于熬出头了，过去所经受的一切负累和委屈，都将烟消云散，永不再来。她要以崭新的姿态，迎接人生未来的曙光。

  那天过后，陶梦佳四处投递简历，她当时最大的心愿，就是找一份称心如意的工作，自己挣钱养活自己，不让父母操心。每投出一份简历，都是一次希望的放飞。但这希望无比渺茫，一个月过去，陶梦佳没接到任何一家公司的回函。就在她心灰意冷之时，成都一家科研机构到陶梦佳就读的学校来招人。陶梦佳闻讯，兴致勃勃地跑去面试。她学的是化工专业，学历也够，正好符合招聘单位的要求。但当用人单位看了她的简历和经过简短交流后，她还是被无情地淘汰了。这个结局让陶梦佳深受挫伤。她感到自己几年的研究生都白上了，难道真像大家说的那样毕业即失业吗？回到住处，陶梦佳越想越辛酸，饭也没心思吃，躺到床上一言不发。

  鲁迅先生说："这个世上本没有路，走的人多了，也便成了路。"陶梦佳倒也坚强，在挫折面前，她不愿服输。她想到鲁迅先生的这句话，又顿时信

人生四季
◎ 结婚季 ◎

心满满,继续对外投递简历,她想,自己投递一百份,总有一份有回音吧?可当陶梦佳还没有投递到一百份简历时,机会就自己找上门来了,这令她喜出望外。一天上午,陶梦佳刚刚起床,突然接到一个陌生电话。对方称是成都某科研机构,正在重庆招人,通知她去面试。陶梦佳一听,感觉这家单位的名称好熟悉。俄顷,她想起来了,这个单位就是她前次去应聘时被淘汰出局的那家。陶梦佳心里纳闷,问:"你们上次不是已经将我淘汰了吗?"对方是个中年男人的声音,笑笑说:"叫你来就来嘛。"就这样,陶梦佳带着满腹狐疑去了招聘现场。

面试官四十岁出头的样子,陶梦佳一出现,他便盯着她看,目光像针般锋利,搞得陶梦佳浑身不自在。她还未开口,面试官先问道:"你就是陶梦佳?"她点点头说:"对,我就是。"面试官再次打量了她一番,说:"我看过你的简历,挺适合我们的招聘条件,你被正式录取了,下周一到单位报到。"这突如其来的幸福,让陶梦佳一时没回过神来。她呆立在那里,直到面试官示意她回去做准备,她才如梦初醒。一路上,陶梦佳都像在做梦,走起路来深一脚浅一脚的,还差点儿撞到马路边的一棵树上。

到成都上班的第一天,陶梦佳心里非常紧张,做事情总是小心翼翼,怕出岔子。她想尽量把工作干好,给领导一个好印象。可一段时间过去,陶梦佳有些怏怏不快了。她本来应聘的是一个科研岗位,但单位并未安排她上岗,每天除打扫办公室,就是给领导们泡茶。起初,她以为是领导在考验她,直到半年过去,她都仍然在干端茶送水的事情。陶梦佳几次鼓足勇气想问,又担心惹怒领导,只好忍气吞声,等待时机。好在领导待她不薄,尤其是那位面试官——陶梦佳如今的垂直领导颜家宽,凡事都很照顾她。虽然她干的是基础性工作,福利待遇却跟其他科研人员相当。

自打陶梦佳来单位后,颜家宽对她可谓百般呵护。除嘘寒问暖,还偶尔请她到外面吃饭、聊天。颜家宽经常叫陶梦佳去他办公室换茶水,每天都要换好几次。有一回,他亲口对陶梦佳说:"你知道我当初为什么决定聘用你

第五章 青

吗？就因为我看到你简历上的照片后，觉得你除了人长得漂亮，学业优秀，重要的是你从农村来。农村姑娘一般都朴实、勤奋，我们单位就需要这样的人。"说到这里，颜家宽端起桌上的杯子呷了口茶，接着说："所以，我才从淘汰人员中，点名要求录用你。你知道的，要不是我，你也不可能有机会到科研单位来工作。"颜家宽说这话时，故意加重了语气，像是在暗示什么。陶梦佳虽涉世未深，但也通晓人情世故。她听出颜家宽话中有话，便露出笑脸说："谢谢颜所长恩典，以后还望多多栽培！"。

陶梦佳的确才貌双全，不但人长得如花似玉，关键是能歌善舞，口才一流。每次单位搞活动，都是她担任主持。只要她一站在台上，所有人的目光都聚集在她身上。2010年春节，单位搞迎新活动，陶梦佳穿一身旗袍，细长的腰身配上一双高跟鞋，看上去气质优雅。尤其是她唱完两首歌后，那更是征服全场，博得掌声阵阵。那天，陶梦佳是整个活动的主角，出尽了风头。

任何事，只要成为了亮点，就会招惹是非，带来麻烦。春节后上班不久，一天，陶梦佳像往常一样给领导泡好茶，回到办公室刚打开电脑，桌上的电话突然响起。一接，是颜家宽打来的，叫她去一下。陶梦佳走到他办公室，颜家宽正埋头看文件。他没有看陶梦佳，边看文件边说："你下班后回去准备一下，明天跟我去北京参加课题论证会。"陶梦佳愣了，她来单位这么久，还从来没出过差。况且，课题论证是一件非常严肃的事情，这直接关系到是否能向上级部门要到专项科研经费，一般只有科研专业人士才有资格参加。陶梦佳想，既然领导安排她去，那自然有领导的考虑。不便多问，她就退出了所长办公室。

论证会当天，陶梦佳坐在会场旁边，像是个多余的人。为避免尴尬，她只好主动去给领导倒水，这倒是她的分内之事。那一刻，一种强大的悲伤再次潮水般撞击着陶梦佳的心。她怎么也没想到，自己堂堂一个化工专业的高材生，竟沦落到只配给人端茶倒水的地步。但很快，她的悲伤就被颜家宽的个人魅力给化解掉了。在论证会上，颜家宽简直就是一个优秀的演说家。面对众多的专家、领导，他沉着、冷静，处变不惊，靠自己深厚的知识储备、业务功底和三寸不烂之舌，硬是把在座诸君说得心服口服。很显然，当天的论证会非常成功。也是从那天开始，陶梦佳对颜家宽刮目相看。她每天跟在这个男人身边端茶倒水这么久，都没发现他的这一优点。说实话，那一刻，陶梦佳有点儿喜欢上了颜家宽，对他佩服得五体投地。

  论证会结束后的当晚，陶梦佳躺在宾馆的房间看了会儿电视，正准备洗了澡睡觉，房间里的电话突然响了。不用猜，是颜家宽打来的。他说："我头疼得厉害，你能否来替我按摩一下？"陶梦佳几乎没有多想，就去了。伺候领导，是她的责任。刚进房间，陶梦佳看到颜家宽额头上搭着块热毛巾，焦眉愁眼，一副痛苦不堪的样子。她坐在床沿，便开始按摩起来。大概按摩了一刻钟后，颜家宽仿佛头不疼了，他一把将额头上的毛巾扯掉，翻身紧紧抱住陶梦佳。陶梦佳来不及反抗，就被按在了床上。陶梦佳见颜家宽已失去理智，软弱无力地说了声："你不能这么对我。"没想到，这句话却像一片安定，瞬间让颜家宽冷静了下来。他松开手，喘了口气，然后，对着陶梦佳发表了一通热情洋溢的告白："从见到你的照片那天起，我就喜欢上了你。跟你接触后，我更是不能自已，白天想，夜里想，就是梦想着能跟你在一起……"颜家宽的表白，令陶梦佳不知如何是好。她既感到忐忑，又感到温暖，从小到大，还没有哪个男人这么用情地向她示过爱。

  那天夜里，陶梦佳没有回自己的房间，而是跟颜家宽睡在了同一张床上。但直到天亮，他俩都没发生肉体关系。陶梦佳的守身如玉，让颜家宽意识到，既然鱼已入塘，那就不能操之过急。

就这样被你征服

  "欲速则不达"，颜家宽是深深懂得这个道理的。只有放长线，才能钓到

第五章

大鱼。况且，陶梦佳这条鱼，已经游到了自己的塘子里，早晚都是自己的。

从北京回成都后，他们之间的关系变得非常微妙。这一点，单位上的同事们都心知肚明。但碍于领导情面，都不敢挑明，只能佯装视而不见，或在背地里议论议论，当作茶余饭后的谈资。这年头，谁愿意捡些虱子在自己头上来爬呢。

只要有饭局，无论大小，颜家宽必定叫上陶梦佳作陪。陶梦佳也不拒绝，反正闲着也是闲着。加之北京之行后，她已经对颜家宽产生了爱慕之情。在陶梦佳眼里，颜家宽除了个子稍微矮点儿，身体稍有发福，其余的都堪称完美。通过频繁的接触，她发现颜家宽不但学识渊博，出口成章，而且琴棋书画无一不通，吹拉弹唱无一不晓。重要的是，他还精通两个国家的语言，这让陶梦佳觉得，颜家宽简直就是她心中的"男神"。既是饭局，就难免喝酒。或许是有陶梦佳在场，让颜家宽深感荣耀，给自己脸上贴了金，每次他都喝醉。醉酒后，就让陶梦佳开车送他回家。

但在这期间，他们仍是以上下级关系相处，没有超出同事关系。直到有一次，颜家宽邀请陶梦佳前去参加一个朋友的婚礼。也许是受到婚礼现场气氛的烘托，那种两情相悦的场景，令陶梦佳十分感动。饭桌上，他们都喝了点儿酒。借助酒精的作用，当天夜里，颜家宽终于跟陶梦佳有了鱼水之欢。

女人就是这样，一旦委身于人，就会变得特别缠绵。如果她真的爱这个男人的话，更是巴心巴肠，跟着他勇闯天涯，哪怕粉身碎骨，也在所不辞。颜家宽还算仗义，不是那类得鱼忘筌、忘恩负义之人。他自从得到陶梦佳的人和心后，一直对其厚待有加。最真诚的表现，是他利用自己的领导地位和掌握的特权，让陶梦佳转了正。并且，还将她从一个端茶倒水的小职员，直接提升到办公室副主任的位置。如此一来，陶梦佳那是春风得意。用句诗来形容，那叫"忽如一夜春风来，千树万树梨花开。"身份的变化，让陶梦佳终于找到了自己做人的尊严和价值感。她觉得，自己过去寒窗苦读，忍辱负重，现在总算出人头地了。从此，她不再担心会被别人瞧不起，也不会再遭受他人的呵斥和攻讦。身份的转变，还有一个好处，就是待遇的增加。他们单位本来工资高，但之前由于陶梦佳不在编制内，即使有颜家宽的照顾，也还是要比正式员工低很多。这下好了，一切福利待遇，她不但跟其他同事平起平坐，因了副主任的职务，还可以另有补贴。

2013年，陶梦佳在颜家宽的帮助下，在成都买了一套八十平米的房子，结束了长期租房度日的艰苦生活。房子虽小，但毕竟有了属于自己的家，可以每天下班后，自己做饭吃，没有干扰，想怎样就怎样，自己是自己的王。

隔三岔五，颜家宽都朝陶梦佳家里钻。每次去，不是给她买好吃的，就是买化妆品、买衣服，这让陶梦佳深感温馨。一个女人只身在外，是需要有人照顾的。她想起自己读书那些年，太苦了，别人有人陪，吃香喝辣，自己只能躲在寝室里，与孤灯为伴。那种日子，她想想都后怕。有时，同学请她出去玩，她死活不肯去，这倒不是她真的怕影响学习，而是担心出去玩要花钱。她没那个消费能力。所以，颜家宽给她带来的这一切，让她倍觉珍惜。

《诗经》上说："投我以桃，报之以李。"颜家宽每回去，陶梦佳都要亲自做饭款待他，还替他揉肩、捶背、按摩太阳穴，把颜家宽服侍得面色红润，忘乎所以。他曾对陶梦佳说："你让我永葆青春。"颜家宽越这么说，陶梦佳越开心。她觉得颜家宽已经离不开自己了。

转眼到了2014年春节，为庆祝新一年的到来，颜家宽特意带陶梦佳去成都最豪华的酒楼吃了顿西餐。那是陶梦佳第一次去那么高档的酒楼，在餐厅金碧辉煌的背景下，陶梦佳有种想哭的感觉。她知道，那是幸福的感觉。用餐时，颜家宽拉着她的手，说了一番情意绵绵的话后，从包里掏出几个红包递给她。颜家宽说："这里共有四个红包，一个是给你爸的，一个是给你妈的，一个是给你弟弟的，剩下一个，是给你的。"这意外的惊喜，让陶梦佳感动得热泪盈眶。她感觉此生能嫁给这样一个心细、有情怀、有品位的男人，也算不枉活。但陶梦佳到底还有几分理智，那天，她没有收颜家宽给的红包。她知道，那四个红包都鼓鼓的，一定装了不少钱。她不想让颜家宽觉得，自己是因为钱才跟他在一起的。颜家宽见陶梦佳推辞不收，也没强塞，不过，用餐结束，他趁陶梦佳去洗手间时，偷偷放入了她的手提包里。陶梦佳回家后，发现了那四个红包，又被感动得哭了一场。那四个红包，她一直没舍得用，至今保存在柜子里。

在陶梦佳心里，她早已将颜家宽视为了自己的"丈夫"。尽管，她一开始就知道颜家宽是有家庭的人，而且，还有个孩子。她也明知道，自己跟颜家宽之间，不会有任何结果，但她就是彻底被颜家宽给征服了。在此期间，很多不明究竟之人，给陶梦佳介绍对象，她都一律婉拒。有时实在推脱不过的，她也会跑去见个面。但见面后，她都看不上对方。因为，在对男人的评判上，她老是喜欢拿颜家宽来做参考标准。在她见过的男士中，她认为没有一个可以跟颜家宽媲美。

要不是后来他们东窗事发，颜家宽的老婆跑到单位上来找陶梦佳，他们连短暂的分开都不会有。

抱着你的孩子入眠

不管任何事，女人大概天生比男人敏感。其实，颜家宽的妻子早就发现了他跟陶梦佳之间的不正当关系。要不是她见颜家宽一天一天深陷得不能自拔，她也不会跑到单位上去将事情挑明。那不是她做事的风格。

颜家宽的妻子叫钟芳菲，是个博士，还是国务院特殊津贴享受者，在另一个科研机构工作。此人无论能力、胆识，还是才貌、气质都没得说。跟颜家宽相比，颜家宽反而有点儿配不上她。据说，她跟颜家宽是大学同学，两人都属于品学兼优的角色，堪称学校的骄傲。不同的是，钟芳菲家庭背景很好，父母都是高干。而颜家宽则是个普通工人家庭的孩子，他当年之所以选择跟钟芳菲结婚，一个重要因素，就是看上了她的家境。事实证明，颜家宽是有远见的。若不是依靠钟芳菲，他如今不可能做到单位副所长的职位。

钟芳菲的确是个人物，她一不哭，二不闹，而是和颜悦色地将陶梦佳请到外面去吃了顿饭。整个吃饭过程中，钟芳菲连重话都没说一句，更没有指责陶梦佳。她完全站到陶梦佳的立场上，帮她分析跟颜家宽在一起的利弊。钟芳菲说："你们领导非常优秀，不然，我也不会跟他结婚。我也知道，有很多女孩子喜欢他，这很正常。有魅力的男人嘛，谁见了不动心呢？但我劝你想清楚，你跟他不可能有结果的。你还年轻，不要耽误了自己的青春。"

那顿饭后，陶梦佳才知道什么叫水平，什么叫境界，什么叫天外有天、人外有人。听钟芳菲的一席话，她好似受到了洗礼。回到家里，陶梦佳陷入了沉思。她将钟芳菲找她谈话的事告诉了颜家宽，颜家宽叫她冷静对待，他们暂时分开一段时间，不要硬碰硬，以免两败俱伤。陶梦佳也想通了，她不是钟芳菲的对手，决定跟颜家宽断绝来往。有两个多月时间，陶梦佳都深居简出，每天下班后就宅在家里，哪儿都不去。她有意将自己封闭起来。甚至，为避免再跟颜家宽产生瓜葛，她还准备辞职，离开单位，另谋生路。

陶梦佳的躲避，让颜家宽倍受折磨。他只要有空，就给陶梦佳发短信，约她见面。见陶梦佳不予理睬，他索性跑到她家去敲门，这让陶梦佳无处藏身。无奈之下，只好开门让他进屋。可颜家宽进屋后，就不愿意走，无论陶梦佳采取何种措施，他就是岿然不动。陶梦佳觉得长此以往，也不是办法，试探着问他："既然你不肯放弃我，那我和你老婆两人，你选择谁？"颜家宽沉默好一阵后回答："我两个都不想放弃。"陶梦佳没想到，他会这么说。继而，颜家宽说："我老婆对我的事业帮助太大，我不能跟她离婚。至于你，如果非要我给你一个名分，那是做不到的。但请你相信我，我是爱你的。"陶梦佳听后，眼泪唰地下来了。其实，在她心里，又何尝不爱颜家宽呢？

这次谈话之后，陶梦佳又跟颜家宽走到了一起。

颜家宽还是像以往那样疼爱她。有一次，她父母来成都玩，颜家宽主动跑去车站迎接。而且，他还提前将陶梦佳父母在成都期间的游玩计划，做了

第五章

合理而周密的安排。那几天，陶梦佳的父母玩得非常开心，对他们这个"准女婿"评价很高，连夸自己的女儿有眼光。

钟芳菲到底是个有智谋的女人，城府很深，她见颜家宽重又跟陶梦佳卿卿我我，藕断丝连，内心虽极为不爽，但从不明火执仗地爆发出来，而是采取以柔克刚的招数，用包容化解怨恨。这不能不说是棋高一着，只有那些高修养的女人方才做得出。最能体现钟芳菲睿智和宽容的，是有一回陶梦佳遇到一件麻烦事，她购买的房子与开发商发生了产权上的纠纷。钟芳菲知道后，二话没说，赶紧找人帮忙将此事给解决了。不但如此，事后，她还请陶梦佳吃了顿饭。饭桌上，钟芳菲只字未提她跟颜家宽的事，仿佛他们之间原本什么都没发生。

这件事让陶梦佳再次领教到了钟芳菲的厉害。但女人都是好斗的，不愿服输，谁都想在对手面前不战而屈人之兵。陶梦佳人虽年轻，心气却很高。她想，你钟芳菲既然道高一尺，那我陶梦佳就要魔高一丈，看最后到底谁输谁赢。于是乎，她下决心要跟钟芳菲较量较量。

女人耍起狠来，连鬼都怕。陶梦佳的斗智策略是"避重就轻"，她根本不跟钟芳菲直接发生冲突，而是攻颜家宽的心。她盘算，只要牢牢拴住颜家宽，钟芳菲哪怕再厉害，也只能溃不成军，自甘认栽。每天下班后，陶梦佳亲自去菜市场买菜做饭，蒸包子、包饺子给颜家宽吃。还给他捏腿，说一些女人最擅长的暖心话。做完这一切，又按时送他回家。只要颜家宽在自己家里，陶梦佳一般不会给他打电话。果不其然，陶梦佳的"攻心战"成效显著，很快，她便把颜家宽俘获了。面对陶梦佳这个柔情似水，怀有"菩萨心肠"的女人，颜家宽毅然决定跟钟芳菲离婚。

但这个世上的诸多事，不是你的，即使再努力，也是枉然，这就叫命。就在陶梦佳怀着胜利者的心情等待婚姻的盛宴时，她突然接到颜家宽的电话，跟她说："钟芳菲生了怪病，住院了。她现在需要我，我暂时不能跟她离婚。"钟芳菲这一病，不知何时才能康复。陶梦佳从一个胜利者，重又变成了失败者。

人生四季
◎ 结婚季 ◎

俗话说，笑到最后，才是真正的胜利。经过这一番折腾，陶梦佳已经无心恋战了，她决定放弃颜家宽，过自己的生活。但不知是上帝故意要惩罚她，还是有意要成全她，陶梦佳做出决定没多久，竟发现自己怀孕了。她将此事告诉了颜家宽，颜家宽当机立断，让她去医院做人流。可陶梦佳犹豫了，她担心自己年龄大了，即使以后重新找男人结婚，生孩子会不易。几番激烈的思想斗争之后，她决定生下孩子。

怀孕六个月时，陶梦佳怕单位的人发现隐情，果断地辞去了工作，躲在家里保胎。一个新生命的成长，宛如一颗种子的胚芽，见天都不一样。转眼间，到了陶梦佳临盆的日子。她清楚地记得那天的时间：2014年6月15日。她一个人躺在医院的手术台上，望着头顶惨白的灯光，听着医生手拿器械的叮当声，内心感到万分害怕。去医院之前，她曾想过通知颜家宽，但终于还是放弃了。她不想打扰他照顾钟芳菲，只好请了一个月嫂陪她去了医院。当听到孩子啼哭的那一刹那，她没有喜悦，而是想起了曾经看过的一本小说的名字《孽债》。此时，她觉得自己所承受的，也是一笔"孽债"。

颜家宽是在陶梦佳出院后，才知道自己新添了一个儿子。面对这一不可否认的事实，他只好承担起他应当承担的责任。为解决陶梦佳及儿子的后顾之忧，颜家宽出资成立了一家小公司，法人代表注册的是陶梦佳的名字。

目前，陶梦佳将孩子交给月嫂照管，自己全身心都投入到公司的发展上。她每天都忙得不亦乐乎，只有晚上回到家，才能抱着孩子睡睡觉。也只有在那一刻，作为一个女人的她，才感到什么是真正的幸福。颜家宽也比过去忙多了，他工作之余，除了照顾钟芳菲，最重要的任务，就是帮陶梦佳的公司拉业务。陶梦佳说："我现在唯一的想法，是把孩子抚养成人。至于颜家宽，只要他的心在我这里就行了。别的，我也管不了那么多。"

陶梦佳说这话时，很平静，透出一个历经沧桑的女人才有的稳重和成熟。

第六章

蓝

16. 黄思怡：我站在灵与肉的灰色地带

人　　物：黄思怡

性　　别：女

出生年月：1980年3月

职　　业：自由职业者

采访背景：

坐在观音桥步行街的两岸咖啡店里，透过落地玻璃窗，可以看到广场上健身的人们。大多是些中年妇女，震耳的音乐跟她们的年龄很不协调。人到了一定的岁数，大概关心健康会比关心其他任何事都重要。

我要了一壶普洱茶，养胃，我得向注重养生的人学习。很多事情，早明白比晚明白要好得多。但似乎也不一定，比如爱情，你只有经历了，才明白它的甘苦。没经历过情爱的人去谈情爱，那就是"为赋新词强说愁"。

大概半个小时后，黄思怡来了。穿一条白色的裙子，让人瞬间想起那"白衣飘飘的年代。"加之她上身披一件坎肩，坎肩右侧缀着一红一白两朵玫瑰，就越是有了那么点儿爱情的味道。可当她一落座，我嗅到的并不是玫瑰的芳香，而是一股子酒味。我问："喝了？"她说："喝了。"我问："几瓶？"她说："十瓶，啤酒。"我问："喝这么多？"她说："不然，没勇气跟你聊。"

我静静地坐在黄思怡对面，听她声情并茂地讲述她的故事，直到酒精在

第六章

她体内挥发散尽，直到故事层层展开，我们才起身离开。

处女的羞耻

曾经一度，"处女"这个词，像石头一样压在黄思怡的脑门上，让她不堪重负。她那时唯一的想法，是如何才能使自己尽快不是"处女"，以洗刷掉附着在身上的耻辱。

这事得从头说起。黄思怡最早谈恋爱，是在读高二的下半学期。她迷上了班上一个会打篮球的男生。那人长得一表人才，身材也非常标致。尤其是他在足球场上踢球的那股帅劲，彻底把黄思怡给迷住了。遗憾的是，他们的恋爱才刚刚开始，黄思怡就离开了学校，顶替她父亲，到当地公路养护段做了线道收费工。那时，黄思怡才十七岁，正值青春花季。黄思怡参加工作后不久，那个篮球男考上了大学。由于距离和通信条件的限制，他们只能通过书信往来。黄思怡几乎天天给她心中的"白马王子"写信，篮球男也是每信必回。虽然两人的信都很简短，不过是诸如"我想你"等问候性话语，但却给了正处于青春期的他们莫大的精神慰藉。就这样，他们通了整整三年的信。信件堆积在一起，可以装一个箱子。其间，他们只见过一次面。后来，篮球男大学毕业，去了一个电脑城上班。可不知道为什么，突然之间，他们就失去了联系。仿佛一阵风，就把他们维持了三年的充满幻想色彩的恋爱给吹散了。

一下子没了挂牵，黄思怡心中空落落的。收费站的工作相当枯燥，她每天除了上班，唯一的乐趣，是下班后跑到收费站旁边的一条小河里捉鱼虾。她像个假小子一般，挽着裤管，在河里东瞅西摸。皮肤被太阳晒得黑黑的，也不晓得防护、打扮。她没有朋友，只能自己跟自己玩。那些日子，她也分不清白天和黑夜，浑浑噩噩地就到了二十三岁的年龄。要不是她一个同事见她成天孤零零的，主动跟她成了朋友，黄思怡都不知道该怎么打发那重复、乏味的生活。

这个朋友比她大八岁，是个老单身。性格大大咧咧，跟个男人婆似的。黄思怡自从跟她结交后，一直很黏糊她，连平时走路都是手牵手。特别是晚上睡觉，她必须要将其抱住，才能入眠。而她这个朋友对黄思怡更是照顾有加，完全像母亲对自己女儿似的。每个月，黄思怡痛经时，她都要给她做热敷，还熬红糖水给她喝。

久而久之，周围的人都误以为她俩是同性恋。黄思怡不知道什么叫"同性恋"，她工作后，既没接触过男性，也没接触过其他的女性。她之所以跟朋友关系亲密，纯粹是一种精神上的依恋。但人言可畏，很快，关于她们的谣言就传到了黄思怡父母的耳朵里。她父母担心她思想抛锚，铸成大错，四处托人为她介绍男朋友。

在父母的苦心安排下，黄思怡有了第一次相亲。对方是一个法医。去相亲之前，黄思怡深感恐惧，对法医这一职业存有害怕心理。特别是她那朋友跟她说："你千万别去，要是你以后真的嫁给他，说不定等你睡到半夜，他爬起来把你给解剖了。"但出于对父母的尊重，黄思怡还是咬牙去了。

见面地点在一个街心花园。那是一个下午，天灰蒙蒙的，游人不多。黄思怡手拿一瓶矿泉水，坐在法医对面。不知是因为紧张，需要找话说，还是那个法医真的对自己所从事的职业有一种自豪感，总之，他特别健谈。整个见面过程，法医都在讲他解剖尸体的案例。黄思怡听得毛骨悚然，脊背发麻，板着一张苍白的脸，傻愣着，一言不发。那法医见黄思怡毫无反应，也不再自讨没趣，匆匆地溜了。事后，法医问媒人："姓黄那个妹儿是不是精神有问题哟？"

相亲的失败，让黄思怡十分郁闷。一次，她下班后，正好有辆警车驶来。像往常一样，她招手拦下，想搭个顺风车回县城。开车的是一个三十多岁的男子，长得眉清目秀。加之他穿着警服，更有一种威严感。黄思怡忍不住芳心萌动。对于基本没接触过男性的她，这个警察的仪表，无疑对她有着强大

第六章 蓝

的诱惑力。短暂的交谈后，黄思怡知道这位男子是一个交警支队的队长，叫高庆。

警察也是人，当高庆见到身边这个纯情少女时，内心更是蠢蠢欲动。他直截了当地问黄思怡："你耍男朋友了吗？"黄思怡说："没有。"高庆问："未必你还是个处女？"黄思怡羞红着脸回答："是的。"高庆说："可悲啊！"黄思怡问："为啥？"高庆说："你都二十三岁了，还没被人爱过，难道不可悲吗？"黄思怡再也没吭声，一路上，她都在琢磨高庆说的话。

一周之后，高庆跑来收费站约黄思怡玩。等黄思怡下了班，高庆开车将她载到一个山区发电站旁边。那里翠柏森森，四周人影都没一个。天色已经黄昏，有种阴森森的感觉。他们没有下车，坐了一会儿后，高庆开始抚摸她，从胸部顺着往下，直到她的敏感部位。黄思怡非常紧张，双腿夹得紧紧的。高庆见她浑身发抖，相信她的确是处女，便停止了抚摸，变成了亲吻。当他们舌尖相触的那一瞬间，黄思怡有种触电的感觉，全身软得像棉花。她第一次感觉到，接吻是一件多么美妙的事情。那天，他们在车上足足待了三个小时。在这三个小时里，他们一直在做同一件事，那就是"接吻"。

黄思怡无比崇拜高庆。她站着坐着，脑海里都是高庆的影子，尽管她知道高庆已经成家。可高庆也是个十足的怪人，自热吻之后很长一段时间，他再也没来找过她。黄思怡每天都盼望马路对面能驶来高庆的车子，凡是有警车通过，她都察看得特别仔细，瞅了又瞅。确定车里坐的不是高庆，她才失望地回过神儿来。黄思怡想，高庆怎么能这么对她呢？刚刚勾起了她爱的火焰，就撒手不管了。这到底算哪门子事，难道男人都这么不负责任吗？

一天，黄思怡再也熬不住了，她给高庆打传呼机，问他在哪里。高庆说正在值班。黄思怡没来得及多想，租了辆摩托车，直接跑到高庆值班的地方去找他。见到高庆，她迅速从身后将他死死抱住，说："我好想你。"由于指挥室里没有床，他们只能站着接吻。而且，高庆还第一次吻了黄思怡的胸部。瞬间，黄思怡感到天旋地转，灵魂出窍。扫兴的是，正在她快接近兴奋点时，高庆却一把将她推开,说:"我从来不跟处女做爱,你给我滚。"黄思怡傻望着他,眼泪都差点儿下来了。

从指挥室里出来,黄思怡像遭受了奇耻大辱。一路上,她都在想,要是自己不是处女,高庆是不是就会跟她做呢?从那刻起,她开始痛恨自己。她也因此觉得,处女是一种羞辱。回去后,至少有三个月时间,黄思怡都像被霜打过的茄子,情绪低落,意志消沉,不想见任何人。

终于不是处女了

"处女"问题一直困扰着黄思怡,令她寝食难安。黄思怡的父母见她忧心忡忡,怕憋出病来,又张罗着到处给她介绍对象。经媒人介绍,黄思怡认识了一个小伙子,叫邵飞,在一个街道办事处上班。邵飞给黄思怡的第一印象并不好,不但人长得一般般,而且不太注重个人形象。穿一件褪了色的西服,肩膀一边高一边低。以至于见面时,黄思怡连他的名字都没问,就走了。直到一个星期后,黄思怡的母亲问她见面的情况,她才想起自己上周去相过亲。

这次相亲是在年底进行的,大概又过了两周,邵飞打电话给黄思怡说:"我父母在催我结婚。"黄思怡也说:"我父母也在催我结婚。"邵飞停顿片刻,说:"那不如我们俩去登记吧。"黄思怡问:"啥时候?"邵飞回答:"明天。"

挂了电话,黄思怡当即就把邵飞的话忘得一干二净,她脑子里想的,仍是高庆和处女的问题。第二天,恰逢黄思怡休假,故她躲在被窝里睡懒觉。当她从床上爬起,已是日上三竿。开门一看,竟发现邵飞蹲在她家门口,寒气将脸都冻红了。黄思怡问:"你在这里干啥?"邵飞牙齿发抖地说:"不是说好了今天去登记结婚吗?"黄思怡这才想起他们昨天的约定。于是,她转身进屋,拿起户口本,就跟邵飞走了,连衣服都没来得及换。

到了民政局,他们先去指定照相馆照了张结婚照。照相的同志见他们表

第六章

情冷漠，故意逗他们开心。可无论怎么逗，他们就是板着脸，有仇似的。照相的人只好摇摇头，按下了相机快门。办理结婚证时，需要交纳工本费八元钱，他们才发现双方身上都没带钱。情急之下，邵飞跑到一个同事处借了十块钱。借钱时，同事问他："你借钱去干啥？"邵飞说："办结婚证。"同事愣了愣，说了句："你是不是脑壳被门板夹了哟？"

当工作人员手拿他们的结婚证，伸到钢印机下，重重一按的时候，黄思怡忽然像瞌睡睡醒般清醒了。那一刻，她真是百感交集。她想，难道自己就这么不明不白地被嫁出去了吗？几个小时前，她还躺在自家的床上做梦，这会儿，就成了别人家里的人了，连脸都没顾上洗。

从民政局出来，天空下起了零星小雨。黄思怡和邵飞，一人拿着一个结婚证，站在马路边，面面相觑。良久，邵飞说："那我回去了哟？"黄思怡说："好，我也回去了。"说完，这对新婚夫妇，便像什么事都没发生似的，平静地朝各自家的方向走去。那天，是2003年12月3日。

领到结婚证后的一个多月时间里，邵飞跟黄思怡都没联系过。他们好似互相都觉得，只要领到证，余下的事情，跟他们就没啥关系了。要不是有一天，他们在街上偶然碰到，恐怕都忘记了彼此是一家人。他们偶遇那天，双方都很淡定，只是相互打了个招呼，又擦肩而过。当时，黄思怡是跟她那个曾被人误以为是同性恋的朋友一起逛街，朋友问她这个人是谁，黄思怡如实回答："一个月前，跟我去登记结婚的人。"她朋友一听，觉得黄思怡太草率了，对自己一点儿都不负责，狠狠地批评了她一顿。随后，朋友将此事告诉了黄思怡的父母，她父母坚决不信，可当母亲看到他们的结婚证时，抬起手就给了黄思怡一耳光。那是母亲第一次打她，打完，就独自躲进屋里，伤心落泪去了。而她父亲，则拿着结婚证反复问："这是真的吗？是真的吗？"黄思怡回答："真的。"一气之下，她父亲跑去质问邵飞："你们结婚了？"邵飞不慌不忙地答道："是的，我们扯证已经很久了，就是不晓得你们同不同意，所以一直没敢问。"邵飞的话，让黄思怡的父亲哭笑不得。

但事已至此，也只能顺水推舟了。他们找了个黄道吉日，将两边的父母召集在一起吃了顿饭，商量婚礼之事。日子敲定，双方都在为婚礼忙碌。黄思怡的父母生怕亏待女儿，跑去商店买了很多嫁妆，堆了半边屋。他们跟邵飞的父母商量，至少要二十八根扁担，才能挑完这些嫁妆。不但如此，他们还给黄思怡买了台电脑。在当时来说，能买电脑做嫁妆的人家，在当地还不多见，这多少让黄思怡感到几分幸福。

或许是人逢喜事精神爽的缘故，婚礼前几周，邵飞对黄思怡不再像之前那么冷漠，他只要有空，就会陪护黄思怡。一天，邵飞送黄思怡去上夜班，趁此机会，他们去看县城里新布置的婚房。在浪漫情调的烘托下，他俩躺在床上，四目相对。两个人都像小学生一样，全身发抖。黄思怡鼓起勇气说："我还是个处女，你愿不愿意跟我睡？"邵飞不假思索地回答："我根本不在乎这个。"于是乎，在那个充满羞涩的夜晚，黄思怡和邵飞体验了爱的芳香。当邵飞看到床上的血迹时，他害怕地抓起卫生纸，边擦边问："你怎么了，你怎么了？"然而，黄思怡并未回答他，而是在心里升起一股窃喜，她在想，自己终于不是处女了。

一周后，黄思怡和邵飞带着甜蜜的幸福感，正式步入了婚姻的殿堂。

婚后的尴尬

"性"不是婚姻的全部，但却是维持婚姻生活相当重要的因素之一。从某种意义上讲，性生活是否和谐，直接决定婚姻是否美满。这一点，黄思怡深有感触。与邵飞结婚不久，她就发现一个问题。每次跟邵飞做爱，时间都很短。尽管，在数量上，邵飞每晚可以要五六次，但每次的时间都不超过三分钟。这令黄思怡很痛苦，期待了半天，自己却连兴奋点都没达到。

这让她重新开始怀念那个叫高庆的交警。在黄思怡心里，她跟邵飞在一

第六章 蓝

起的感觉，还不如高庆用手指抚摸她来得痛快。面对这一尴尬事实，黄思怡不知如何是好。婚后半年时间里，她都得不到满足。就在她寻思着要跟邵飞分手的时候，上帝给他们送来了婚姻的果实——黄思怡怀孕了。

这个突如其来的新生命，挽救了邵飞的婚姻。

在黄思怡怀孕期间，"性"暂时从他们的生活中退场了。因此，他们也得以勉强和平相处。但在这期间，却发生了一场事关性命的家庭风波。

邵飞的父母都是农村人，重男轻女思想严重。黄思怡怀孕六个月时，邵飞的父亲托其在医院妇产科工作的亲戚，为黄思怡做了一次B超。检查结果显示，肚子里怀的是个女孩。这下，邵飞的父母不高兴了，建议她去做掉。但黄思怡的父母不同意，她父亲说："思怡，你将孩子生下来，他们家不养，我们养。"

然而，令黄思怡没想到的是，一直站在自己立场上的母亲，突然一天跪在她面前，哭着说："女儿，你不该这么草率就把自己嫁了啊！"说完，从衣兜里掏出一个黑乎乎的东西，让她吃。黄思怡问："这是啥东西？"她母亲说："这是你公公婆婆到寺庙里，为你求的换胎药。说将这药吃下，女孩就能变男孩。"黄思怡不肯吃，但苦于公公婆婆对她父母的施压，她还是委曲求全地流着泪，将药吞下了肚。

服药半小时后，黄思怡感到不对劲，腹痛难忍，且上吐下泻。她父母见状，吓傻了，怀疑黄思怡服下的是"堕胎药"，赶紧朝医院送。所幸，黄思怡福大命大，不但保住了孩子，自己也逃过一劫。但自此落下了病根，身子虚弱不堪。

怀孕八个月时，一天下午，黄思怡喊肚子疼。送到医院一检查，医生说是早产迹象，宫口开了已有六公分。当天夜里10点多钟，孩子降生，黄思怡做了妈妈。但令所有人都没想到的是，她生下的竟然是个男婴，真是天助她也。邵飞当即要向父母报喜，黄思怡无论如何不让他告诉其父母自己生了个男孩。

人生四季
◎ 结婚季 ◎

由于孩子早产，呛了羊水，需送进监护室做观察，要花五千多块钱。邵飞给父亲打电话，让他送钱过来。他父亲态度相当冷淡，但不多久，还是叼着一杆叶子烟踱到医院来了。他一到病房，看都没看黄思怡一眼，就问："孩子呢？"邵飞说："在监护室。"他父亲抽了口烟，说："我就是来看看，钱暂时没得，你妈晕车，她就不来看你们了。"说完，准备退出病房，到走廊上去。他刚转身，旁边一个产妇的婆婆对他说："你们家生的这个孙孙才乖哟。"邵飞的父亲回答："是孙孙就好了哟。"产妇的婆婆说："我们看见生的，你还不信？"这时，邵飞的父亲立马问他："真的生了个儿子？"邵飞点了点头。瞬间，他父亲像打了鸡血样，高兴得手舞足蹈，摇着邵飞说："孩子在哪里，在哪里，我去看看。"且迅速从内衣袋里掏出五千块钱来塞给邵飞，吩咐道："一定保证孩子安全，用最好的药，最好的。"没多久，邵飞的母亲也兴冲冲地跑来了。她让护士把孩子从监护室里抱出来，一把掀掉尿片，将孩子的小鸡鸡提着看了又看，才长长地舒了一口气。黄思怡看到这一切，心都碎了。

孩子带来的兴奋，到底还是不能代替夫妻生活。黄思怡出院一个月不到，邵飞即要求过性生活。黄思怡有所顾虑，但两人都按捺不住冲动。冲动是必然要遭受惩罚的。那天晚上，邵飞的任性，导致黄思怡大出血。送到医院抢救时，才发现原来是医生在缝合伤口时失误，缝错了地方。黄思怡因此又在家静养了一个多月。这之后，或许是身体上的伤害影响到了心理，黄思怡对性事深恶痛绝。只要邵飞一碰她，她就很反感，凶神恶煞地拒绝，以至于邵飞每次都只能靠自慰解决问题。直到小孩满周岁后，他们才渐渐恢复了性生活。但此时的黄思怡，在这方面已经找不到美好的感觉了。

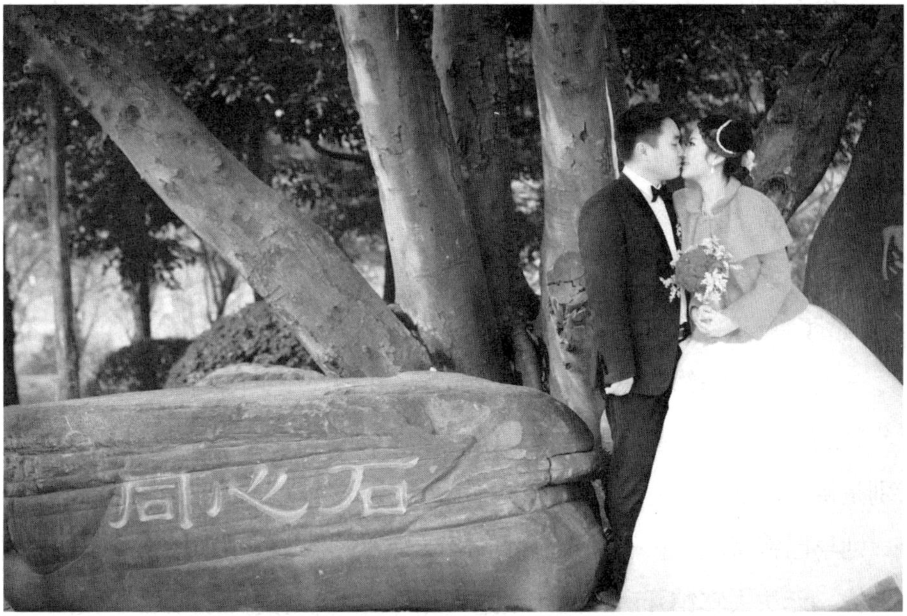
同心石

我需要属于自己的"性福"

眨眼之间，小孩已经五岁了，不再天天要人陪护，趁此闲暇，黄思怡去驾校报名学开车。不想这一去，却使她有了一次荡气回荡的艳遇。

学车不到一个月，黄思怡认识了一个男孩，叫钱小华，比她小三岁。乍一看，钱小华很像某个韩国明星，一米八几的身材，简直酷毙了。钱小华很大方，他见到黄思怡的当天，就直截了当说："姐姐，你长得好乖哟！"黄思怡说："你想多了。"

男女之间，只要接上了话头，那就是一条引线。每天，钱小华都给黄思怡买矿泉水，还给她扇扇子。很快，黄思怡就被钱小华征服了。她问钱小华："你结婚了吗？"钱小华说："没有。"可事实上，钱小华都结婚两年了。

一天，钱小华约黄思怡去 KTV 唱歌。在包房里，刚唱了一首歌曲，钱小华就迫不及待了，搂着黄思怡就亲。钱小华人虽年轻，却是个情场老手。特别是接吻的技术，更是高超得很。黄思怡体验到一种冰与火的激情。那一刻，她早已将家庭、孩子抛到脑后。当时，因钱小华和黄思怡身上都没有过多的钱，无法去宾馆开房，两人便跑到野外的一个空地里，发生了关系。

环境是会影响人的心境的。野外的空旷，那种天当被子地当床的感觉，第一次让黄思怡体会了性爱也可以如此有新意。不像她跟邵飞，结婚几年了，从来都是按部就班，一个姿势。而且，她还感到男人跟男人是不一样的，当钱小华进入她身体的那一刻，黄思怡有种被撑爆的感觉。她第一次知道什么叫高潮，什么叫真正的男人和女人。那晚过后，黄思怡迷恋上了钱小华。她每天只有一个想法，那就是跟钱小华做爱。她觉得以前跟邵飞在一起的日子，全部都白活了。

如此一来，黄思怡回到家后，再也不让邵飞碰她。她深刻地觉得，爱是

第六章 蓝

越做才能越爱的。但男人也不都是傻瓜，黄思怡心思的变化，让她在邵飞面前暴露了自己的出轨行为。有一回，邵飞正儿八经地问她："你在外面有人了？"黄思怡也不讳言，不但不讳言，还把多年来的委屈一股脑地发泄了出来："是的，有了，这个男人让我知道啥叫女人。不像你，纯粹的'阳痿'。"黄思怡的话，句句刀锋，每个字都是一根针，刺向邵飞的心脏。

这次对话之后，邵飞像被阉割了一样，整天沉溺于抽烟、喝酒。而且，晚上再也不回家了。黄思怡也不回家，每天跟钱小华开房，偷度美妙光阴。女人一旦在性事上找到了乐趣，就会变得很贪婪。黄思怡即使月经来了，也不愿放弃跟钱小华的寻欢作乐。

人就是这样，下半身的放纵，会使其上半身失去理智。钱小华的出现，让黄思怡痛定思痛，当即决定要跟邵飞离婚，与钱小华再续姻缘。钱小华对黄思怡的想法也表示默认。或许是邵飞认清了家庭的现状，当黄思怡提出离婚请求时，他几乎没有思考就答应了。他说："只要你幸福，我愿意放手。不过，我必须劝你，钱小华是已婚人士，你要想清楚，不要犯傻。"但此时的黄思怡哪里听得进这些话，她只想立马与邵飞一刀两断。邵飞倒也仁义，离婚时，主动提出要孩子，而且还把房子给了黄思怡。

但任何美好的事情，也有让人厌烦的时候。就像一个长期饿饭的人，如果让你顿顿吃肉，也会吃得你反酸、想吐。黄思怡的孟浪、永不餍足，终于让钱小华难以承受了。突然一天，他指着黄思怡的鼻子骂："你每天就知道要要要，恬不知耻，我唯一能做的，就是将你喂饱。可你知道不知道，我有老婆、有孩子。我老婆为我们俩的事，都快被逼得跳楼了。我们逍遥的这几个月，花了我老婆六七万块钱，你知道吗？"

钱小华的一番痛骂，让黄思怡清醒过来，原来钱小华是没有工作的，全靠他老婆养着。为改变这一现状，黄思怡在单位办了停薪留职，跟着钱小华一起去找工作。他俩同去面试的，是一家房地产公司。面试结果，是黄思怡被公司录用了，而钱小华却失去了机会。

人生四季
◎ 结婚季 ◎

黄思怡倒也能干，她一进公司，就被安排在开发部，那可是公司的核心部门。工资虽然高，但太忙太累，天天都加班。如此一来，黄思怡陪钱小华的时间相对就少了。眼看黄思怡的工作干得风生水起，钱小华感到几分失落。他开始抱怨黄思怡，甚至大骂，骂她见异思迁。可无论钱小华怎么骂，黄思怡仍是全身心投入工作，她想干出一番业绩来。

一个人如果注意力发生了转移，就不会再专注地迷恋原来那件事情。那段时间，黄思怡不再迷恋钱小华，对性的渴求也比之前淡了。她的这一转变，反而让钱小华有些不开心了。

后来，钱小华也不甘示弱，在一家食品销售公司谋了个副总的差事。各自都有了事业上的追求，他们两人之间的关系，开始有了明显的降温。但时不时，黄思怡还是会想念钱小华。毕竟，她从钱小华身上，获得的东西太多太多。

俗话说，天上不会掉馅饼。钱小华作为一个只有初中文化的人，一到公司，就做副总，照常理分析，这几乎不大可能。事实证明确也如此，他之所以获得优待，是因为公司的老板看上了他。老板是个大他十多岁的女人。一次，黄思怡利用休息时间，去公司看钱小华，恰巧撞见他跟女老板在房间里云雨。黄思怡血脉贲张，破口大骂。钱小华见她耍泼，怕影响不好，重重地给她一个耳光，说："你算啥东西，你还不是我的玩物而已。"黄思怡悲痛欲绝，返回单位埋头痛哭。

这个世界上，总有那么些卑鄙之人，专门喜欢干趁人之危的事。黄思怡的领导觊觎她已经很久，见机会来了，佯装去安慰她，却将其叫到休息室里，欲行不轨之事。他抱着黄思怡说："跟谁睡不是睡，你说是吧？"黄思怡未作答，她趁领导去卫生间洗澡之时，赶紧溜之大吉了。

此时，夜已落下帷幕，黄思怡独自跑到大街上，像个孤魂似的东游西荡，她不知道该往哪里去。看着大街上来来往往的人流，她有一种被人抛弃的感觉。不自觉地，黄思怡脑海中浮现出邵飞的身影，那是她目前唯一的救命稻草。

第六章 蓝

黄思怡掏出手机，给邵飞打电话，哭诉了自己的遭遇和处境。邵飞其实有了新的女朋友，但接到黄思怡的电话后，他还是非常着急，担心她的安全，便在电话里说："你在原地不要乱走，我马上来接你。"不多一会儿，邵飞就出现在了黄思怡的面前。他见到黄思怡那可怜兮兮的样子，立刻脱下自己的外套，给她披上。那一刻，黄思怡感到一股巨大的暖流，在她周身涌动。她终于认识到，离婚是一种错误。觉得关键时刻，还是只有邵飞靠得住。想着想着，黄思怡不禁泪如雨下。那是感动的泪，更是忏悔的泪。哭过之后，她萌生了一个强烈的愿望——一定要将邵飞从他现任女朋友手中抢夺过来。

待黄思怡的内心渐渐平静后，她跟邵飞说："我还爱你。"邵飞没有再说什么，将她搂得紧紧的。他们终于破镜重圆，飞出去的鸽子最后还是飞回来了。

但好景不长，没隔多久，麻烦不可避免地卷土重来——邵飞不能在性事上使黄思怡充分享受做女人的快乐。这苦恼像噩梦一样缠着她，她又开始东想西想。经历过这么多事情后，黄思怡比过去多了几分理智。她觉得，如果再像过去那样出轨的话，将对不起邵飞，内心有负罪感。但如果恪守妇道，她又必须压抑人性。这个两难问题，像荡秋千一样左右摇摆，搞得她神魂颠倒。

为减轻自己的思想包袱，黄思怡经常跑去做美容按摩，以此来放松心情，调整心态。有一次，按摩师在揉穴位时，不经意使她有了兴奋感，她觉得十分奇怪。黄思怡向按摩师咨询缘由，按摩师说："其实，不是每个女人都需要男人的，女人跟男人一样，也是可以通过自慰解决问题的。"当即，按摩师就拿出一个外部"按摩器"，让黄思怡试着体验一下。果然，在按摩器的帮助下，她感受到一种比跟男人做爱还要舒服的感觉。那个按摩师还给她灌输了一个理念：性爱是女性最好的滋养品。

没有犹豫，黄思怡当天就买了一个按摩器回去，趁邵飞不在时，偷偷地使用。自从有了这个按摩器之后，黄思怡的"性福"生活好像又找回来了，她重新变得青春焕发。一天上午，黄思怡正在卫生间按摩，兴奋的叫声，让突然回来的邵飞一进门就听见了。他推开卫生间的门一看，傻眼了，脸色顿

203

时惨白。他第一次打了黄思怡,边打边骂:"你这比出去偷人还要让我难堪,难道我还比不上一台机器吗?"黄思怡哭了,那绝对是委屈的泪。打骂完之后,邵飞像扔垃圾一样,将黄思怡的按摩器扔进了楼下的垃圾桶。

可第二天,黄思怡又背着邵飞,重新去买了一个新的按摩器回来。发生打骂事件之后,邵飞一直无法走出内心的阴影。黄思怡的自慰行为,似乎对他造成了灭顶之灾。直到现在,邵飞都不愿触碰黄思怡。每天晚上,他们睡在同一张床上,却做着不同的梦。他也不允许黄思怡碰他,两个人都穿着睡衣睡觉,把自己裹得严严实实的。

但前不久,黄思怡又遇到了新的爱之激情,她已经分别跟三个男人发生过性关系。黄思怡说:"我不想自己把自己绑缚在道德的审判柱上,作为一个女人,我有追求自己'性福'生活的权利。但愿人们不要把我想象成一个坏女人。"

17. 蓝岚：在婚姻的"钱"途上奔跑

人　　物：蓝岚

性　　别：女

出生年月：1982 年 5 月

职　　业：公司经理

采访背景：

　　4 月的成都，俨然多了几分梦幻色彩。从街上走过，放眼皆是骑着自行车往来穿梭的人们。叮叮当当的铃声清脆、悦耳，像阳光普照下的树冠里发出的鸟鸣，给了我这个重庆人异样的感受。

　　此时是下午 3 点钟，我坐在离杜甫草堂不远的一个茶馆里。馆内人不是很多，大概都回家睡午觉去了。只有几对情侣模样的人，在里面品茗谈天，眉目传情。我选了个靠角落的位置坐着，见离约定的见面时间还早，便掏出上午在杜甫草堂买的一本关于杜甫生平的书翻阅起来。书是线装的，散发着古香。正在我看得痴迷，被"诗圣"那多舛而丰富的一生所感动时，蓝岚来了。

　　一个精瘦的女子，穿着时尚，举手投足间，尽显绰约风姿。她刚坐下来，就掏出一支烟递给我。我摆了摆手说："谢谢，我不抽烟。"她有些吃惊地说："作家不抽烟，怎么写作啊？"我说："不拿枪的人，照样打仗。"蓝岚笑了笑，自己把烟点燃了。

她抽烟的样子很潇洒，尽管年龄不大，却有成功女人的范儿。一阵寒暄之后，蓝岚笑声朗朗地说："我承认，我是个有钱但很矛盾的女人……"这时，我才意识到，坐在我对面的这位女生，已是个资产上千万的人。

爱上一个叔叔

爱情真是个莫名其妙的东西，有时，你为了它，苦苦追寻，它却背转身去，不予理睬；而有时，你对它毫不在意，它却主动朝你献殷勤，露出漂亮的"孔雀尾巴"。蓝岚在十六岁的时候，就得到了爱情的青睐。这意外的邂逅，让她从此踏上了动荡不安的婚恋之路。

时间倒退到1999年，那时的蓝岚还是个高中二年级的学生。梳着两条辫子，大大的眼睛清澈、明亮，给人很淑女的感觉。但这个看似窈窕、文静的姑娘，却有着一颗火热的心。加上这个年龄段的女孩，又适逢情窦初开，那就更是"热情似火"了。尤其对异性，有一种天然的渴求。

一个周末，蓝岚跟另外几个女生，去一个男同学家里玩。那天阳光很好，她们在去之前，还特意到超市买了两瓶红酒。每次聚会，她们都习惯性喝点儿，烘托气氛。恰好那天，那个男同学的一个叔叔也在场，他姓于，叫于胜泽。其实，于胜泽年龄也不大，只比他们大五岁，是典型的幺房出老辈子。这个"老辈子"辈分虽然比他们高，但为人却极具亲和力，谈笑风生，幽默搞怪，一点儿都不古板。尤其在饭桌上，不停地给几个年轻人讲故事，把蓝岚笑得差点儿喷饭。

吃完饭，他们还搓了一下午麻将。于胜泽很有君子风度，处处让着几个年轻人，故意输牌。若真按技术打，就是再来几个年轻人，也不是于胜泽的对手。或许正是于胜泽这种开朗、乐观的性格和大气、谦让的风度，让蓝岚对他一见钟情。她觉得于胜泽稳重、成熟，跟她认识的任何一个男同学都不

第六章 蓝

一样。

那天过后,蓝岚满脑子都是于胜泽的影子。回到学校,无论是坐在课堂上,还是躺在寝室里,她都在回想跟于胜泽相处的那几个小时。蓝岚是个做事果断的女孩子,遇到自己喜欢的事,就一定会去做。她深深地懂得,机会一旦失去就永不再来的道理。经过几天几夜的内心追问,蓝岚确定自己真的是喜欢上了于胜泽。既然喜欢,那就要大声说出来。一周过去,蓝岚终于向于胜泽表白了。

于胜泽听到蓝岚深情的表白后,内心起伏不定,愣了好久却不知道该说什么。好在于胜泽是个做事丁是丁、卯是卯的人,他不想欺骗蓝岚,更不想玩弄感情。一阵沉默之后,他对蓝岚说:"小岚,谢谢你对我的情谊,但我已经结婚,还有个小孩。"于胜泽想,他的这番话,应该是块挡箭牌,可以让蓝岚死了这条心。可爱是挡不住的,蓝岚听完于胜泽的话,平和地说:"这事我料想到了,但我不在乎,真的不在乎。"于胜泽拿着手机,耳根发烫,感动得一个字都说不出来。

在这个世界上,有两样东西可以令人智昏。一样是"利",一样是"爱"。爱的潮水一旦泛滥,那必定会造成相思成灾的。对于于胜泽来说,他虽略比蓝岚大,但毕竟是个年轻人。年轻人的心无疑都是躁动的,在蓝岚的爱情追击下,他到底还是没能守住阵地,当了"俘虏"。

男女之间,一旦隔着的那层纸被捅破,也就没什么可顾忌的了。在极短的时间内,于胜泽跟蓝岚早已是寸步不离,爱得死去活来。每晚,于胜泽都要背着妻儿跟蓝岚通电话,否则,他就无法入眠。而蓝岚,只要一天不见于胜泽,就内心不安,连吃饭都没心思。隔三岔五,他们要么相约去看电影、骑自行车,要么出去爬山、赏花……

当时,于胜泽只是公司的一个小职员,工资不是很高。而出去玩是要花钱的,蓝岚见他囊中羞涩,啥事都主动跑去付钱。毕竟,她的家境要比于胜泽好不知多少倍。在频繁的交往中,蓝岚对于胜泽是越来越爱。她很骄傲自己的眼光，没有看错人。她断定，于胜泽就是自己今生要找的那个人。

一个月过去了，蓝岚爱于胜泽爱得简直快发疯了。爱从来都是自私的，她恨不得于胜泽是属于自己一个人的。每次见面后，看见于胜泽撇下她回家的背影，她就受不了，伤心的泪水不知流过多少次。为锁住这份爱，让内心踏实，蓝岚做出了一个大胆的决定——跟于胜泽私奔。

起初，于胜泽还有点儿犹豫，他怕如此一来，会把事情搞复杂。弄不好，就会成为过街老鼠，人人喊打，身败名裂。但他见蓝岚态度那么坚决，对自己爱得那般深情，而且，她还从家里偷了足够的盘缠，这让于胜泽有种被"逼上梁山"的感觉。身为一个男人，他觉得不应该辜负蓝岚，要对得起对方给予自己的这份沉甸甸的爱。这么一想，于胜泽答应了蓝岚的请求。在一个刮风的早晨，他们手牵着手，带着战士出征般的心情，逃去了远方。

人生就是这样，有时走错一步，就步步皆错。当蓝岚和于胜泽在私奔途中享受爱的自由和乐趣时，蓝岚的父母却怀着惊慌的心情，在满大街寻找她的下落。而于胜泽的妻子，也抱着不满两岁的孩子，在四处呼唤丈夫的归来。

一周过去，蓝岚的父母见女儿杳无音讯，担心其遭遇不测，只好跑去派出所报了案。由于蓝岚属未成年人，她的失踪引起警方的高度重视。经过十几天的拉网式布控，警方终于将于胜泽抓捕归案。蓝岚的父母知道真相后，气愤之极。他们铁了心，要起诉于胜泽拐卖未成年人。起诉书都写好了，可蓝岚却跪在父母面前求情，要求放于胜泽一马。蓝岚说："如果你们非要起诉，那我就去死。"这样一来，蓝岚的父母只好既往不咎，宽大为怀了。

放走了于胜泽，蓝岚的父母担心女儿还会跟他藕断丝连，便将蓝岚软禁了三个月。可人跟物不一样，你锁住了她的身，却锁不住她的心。被软禁期间，蓝岚想于胜泽想得更厉害了。她觉得这一切，全是上天在考验他们。熬过了这一劫，或许他们就会迎来爱的春天。

蓝岚人小鬼大，她知道跟父母硬拼是不行的，只能智取。于是，她主动跟父母说："我知道自己错了，求你们放我出去吧。我不想再耽误学习，要出去读书。出去后，我保证不再跟于胜泽来往……"父母等她这句话等得太久了，还没等她说完，母亲就打开了门。

重返课堂后，蓝岚一边应付父母的监视，一边又与于胜泽暗中联系。大概是经历了此前的波折之故，于胜泽对蓝岚也是越来越放心不下。他跑到蓝岚读书的学校附近，租了一间房子，陪着她读书。只要有空，他就为蓝岚煮饭、洗衣。蓝岚深受感动，承诺一毕业，就跟他结婚。在那间简陋的屋子里，他们断断续续度过了三年的美好时光。

然而，爱情这东西，充满了不确定性，来得快，去得也快。三年中，蓝岚一天比一天成熟，接触的人也不再像过去那么单一。生活和心境的变化，使她的爱情观发生了动摇。渐渐地，她觉得于胜泽不一定就是她今生唯一想长相厮守的那个人。对于胜泽的依恋，也不再像过去那么强烈。相反，她对于胜泽失去了激情。毕业前夕，蓝岚有意疏远于胜泽，这让于胜泽深感痛苦。

失去了蓝岚的芳心，于胜泽觉得自己这些年的付出都白费了。但天要下雨，人要变心，他有什么办法呢？于胜泽开始变得自暴自弃，对做任何事都不感兴趣，他还因此失去了工作。失业后，于胜泽更是一蹶不振，成天跟一帮社会闲人鬼混。不久，他因贩毒被警方抓获，锒铛入狱。自此，蓝岚也就跟他彻底断了联系。

遇到一个大哥

人无论读再多的书，都不如读社会这部大书精彩。社会就是一个染缸，倘若你有足够的定力和判断力，也许能够出淤泥而不染，保持做人的本色；但假如你识别能力差，又缺乏定力的话，那势必会被污染，变得面目全非，人不人鬼不鬼的了。

大学毕业后，蓝岚正式步入社会。社会的繁华和喧嚣，让她这个躲在

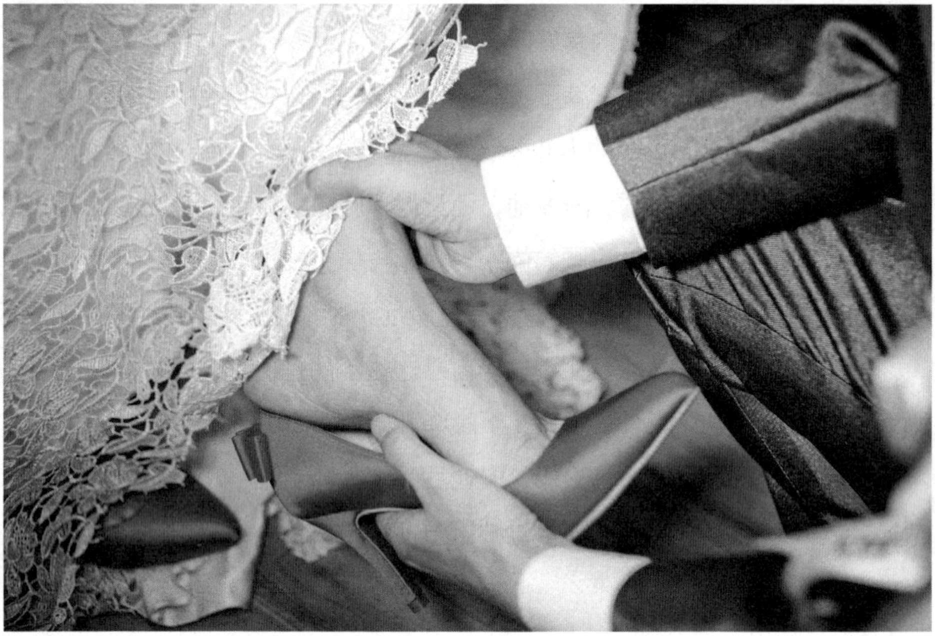

第六章 蓝

"象牙塔"里的姑娘有些目不暇接,找不着北。她整天跟着一帮同学东游西窜,到酒吧吃喝玩乐。因家里条件不错,有足够的闲钱供蓝岚生活,故她也不急于找工作,只管尽情地释放自我的激情。在酒吧里,她找到了一种在校园里找不到的新鲜和刺激。闪烁不定的七色灯光,节奏强烈的劲歌艳舞,清爽的啤酒,迷幻的香烟……这一切,都让蓝岚觉得曾经的天地是那样的狭窄,那样的单一。很快,她便迷上了这种逍遥的生活,每天玩到夜里零点过后,也不想回家。

正是在酒吧里,蓝岚认识了一个或许她本不该认识的男人。此人名叫宋蓓,二十八岁,在社会上很有知名度。他每晚都会来酒吧喝酒、唱歌,老板和服务员全都跟他熟识。只要宋蓓一出现,酒吧会顿时沸腾,仿佛这里的王来了。尤其是那些女服务生,一个个都屁颠屁颠跑过来敬酒,以跟宋蓓亲近为荣。

宋蓓的确是个人物,除了人长得帅、有钱之外,还很有表演才能,歌也唱得好。只要他一开腔,在座的人无不惊呼尖叫,聚光灯全都集中在他一个人身上,有点儿众星捧月的意思。据说,宋蓓很小的时候,曾去少林寺学过功夫,刀枪剑戟无一不晓,斧钺钩叉无一不精。凭借这一副好身手,社会上的左道旁门都称他为"三爷"。

无论宋蓓走到哪里,身后都跟着一帮人,对他点头哈腰,鞍前马后。蓝岚最初就是被宋蓓的这副派头给征服了。她觉得宋蓓很威风,很神气,有"领袖"范儿。自打跟宋蓓接触以后,宋蓓身边的人,不管年龄大小,一律叫蓝岚"三姐"。这让她有种做"大姐大"的感觉,内心升起一种成就感。这一感觉使她对宋蓓愈加崇拜,那简直就是她心目中的"男神"。

相处久了,蓝岚才知道了宋蓓的真实身份,他其实是在舞厅里做水果生意,那一片区每个舞厅里的"果盘",都由他在垄断经营。因之,那些凡是想相安无事的舞厅,都对其敬畏有加。唯恐得罪了宋蓓,没有好果子吃。

蓝岚知道这一情况后,心里多少有些后怕。她清楚宋蓓的行为属何种性质，她虽然贪玩，但到底不想跟这类人物有瓜葛。有一段时间，蓝岚故意对宋蓓敬而远之。但很多事，你一旦沾上，就是猫抓糍粑，脱不了爪子。宋蓓已经喜欢上了蓝岚，只要蓝岚的身影没有出现在酒吧里，宋蓓就深感不安。他非要见到蓝岚，心里才踏实。无论蓝岚藏得多隐蔽，宋蓓都能找到她。宋蓓挑明了说，他爱上了蓝岚，请求蓝岚接受他。

宋蓓知道蓝岚喜欢打扮，就陪她去商场买高档衣服；知道她喜欢吃，就带她去吃遍了当地几乎所有的美食；知道她喜欢玩，就特意带她去度假，还陪同去看李宇春的演唱会。宋蓓之所以这么做，一是表达自己的诚意，二是他一直在以此种方式向蓝岚求婚。

其实，在认识蓝岚之前，宋蓓是有女朋友的。但自喜欢上蓝岚后，他主动放弃了前女朋友，决定跟蓝岚厮守终身。为此，宋蓓的女朋友还自杀过。但蓝岚毕竟是受过高等教育的人，她深知跟宋蓓这种人相处的危险性，那无疑是一荣俱荣、一损俱损的事情。况且，即使她铤而走险，愿意跟着宋蓓，自己的父母也是绝不会同意的。

为摆脱宋蓓的纠缠，蓝岚再也不到酒吧那种地方去。她不想越陷越深，回不了头。然而，对于一个逍遥自在惯了的人来说，要想让她整天待在家里闭门不出，那比杀了她还难受。为消解寂寞，蓝岚约自己最好的朋友去茶楼喝茶、打麻将。一次，在喝茶的过程中，她意外结识了一个叫骆玉明的男人，比她大十多岁。

骆玉明是个工程师，很有内涵，成熟稳重，富有智慧。蓝岚跟他第一次见面，就被其儒雅的风度迷住了。这是她大学毕业后，认识的最有品位的男人。尽管宋蓓曾带给她某种心理上的优越感，但那毕竟上不了档次。且宋蓓连初中都没毕业，虽在社会上如鱼得水，混得风生水起，终究不能跟骆玉明相提并论。宋蓓行事粗暴，素质低下，喜欢用拳头解决问题；而骆玉明则高贵文雅，处事英明，靠智慧引领生活。

蓝岚一直觉得，骆玉明是她人生中遇到的一个贵人，对她帮助很大。特

第六章 蓝

别是对她人生观和价值观的矫正，起到了决定性的作用。当骆玉明听了蓝岚对自己目前处境的倾诉后，耐心开导她，并为其出谋划策，帮助她寻找正确的人生道路。

无巧不成书，让骆玉明没想到的是，通过摆谈，他知道了蓝岚的伯父原来竟是自己总公司的负责人。这个消息，让骆玉明倍觉欣喜。于是乎，他对蓝岚的事更加热心，并极力怂恿她借助伯父的关系，自己成立一个公司，专门经营废铁生意。在骆玉明的策划下，加之蓝岚父母的帮扶，她的公司终于成立了。

如果说骆玉明是个心地善良之人，不如说他更是精明世故之人。他如此死心塌地帮扶蓝岚，其最终目的，是想通过蓝岚，结识她的伯父。他知道，要想打通这层关系，不做出点儿实绩，怕是不行的。因此，骆玉明孤注一掷，他利用自己项目经理的身份，将正在做的一个桥梁工程的全部废铁交由蓝岚的公司来回收。这样一来，蓝岚一夜之间就赚了几百万。

挖到第一桶金，蓝岚摇身一变，从一个社会闲散女青年，变成了一个成功女性。有了资本，骆玉明又帮她扩大项目，四处承包工程来做。一个项目做下来，少则盈利几百万，多则上千万。

事情发展到这一步，骆玉明觉得时机成熟，是该见蓝岚伯父的时候了。而蓝岚一直对骆玉明感恩戴德，她觉得自己有今天，全是骆玉明的功劳。因此，凡是骆玉明提出的要求，她都一一给予满足。

蓝岚的伯父，以及她的父母，对她如今取得的成就深感欣慰。故当蓝岚跟伯父介绍，说骆玉明是她的贵人时，她伯父对骆玉明表现出十足的尊敬。他很感激骆玉明，不但让自己的侄女改邪归正，还帮其创造了辉煌的人生。

不多久，蓝岚的伯父就将骆玉明调回总公司工作，还升了职，成了公司的核心成员。

嫁给一个经理

　　爱可以使人温驯，也可以使人发疯。蓝岚虽然有了自己的公司，当了老板，但宋蓓却一直在背后像狼一样盯着她。见蓝岚离他越来越远，远得他都快够不着了，宋蓓心急如焚。他在寻思能有一个万全之策，让蓝岚主动回到自己身边。可宋蓓该用的方法都用尽了，也没能让蓝岚回心转意。

　　前面说了，宋蓓是个初中都没毕业的人。他很小的时候就在社会上闯荡，经历过血肉的洗礼，完全是提起头颅耍的人。他曾跟蓝岚说："为了你，我可以命都不要。"宋蓓说得出做得出。一次，他伙同手下的人，将蓝岚绑架了，威胁其跟自己结婚。这一愚蠢的行为，让蓝岚非常恐怖，她庆幸自己当初选择离开宋蓓是正确的。

　　粗人就是这样，只懂得以野蛮的方式解决问题。这样的结果，只能使事情越来越糟。宋蓓将蓝岚软禁了一个星期，后来还是蓝岚采取攻心术，才得以脱险。从宋蓓的虎口逃脱后，蓝岚想过报警，但考虑到宋蓓的确爱她，只是爱的方式不当，也就饶恕了他。

　　骆玉明得知宋蓓绑架了蓝岚，而蓝岚又不想报警，他决定两肋插刀，想个高明的手段，将这个劫匪彻底制服，还蓝岚一个自由身。

　　关键时刻，还得要靠智取，蛮干是不行的。骆玉明通过法律途径，将宋蓓的违法行为举报到了公安机关，公安机关对此案件进行了立案侦查。两个月后，宋蓓的财产全部被没收。宋蓓为此事急得焦头烂额，再也没心思纠缠蓝岚了。

　　尽管如此，宋蓓依然对蓝岚不死心。他觉得钱财丢了可以再挣，而心爱的女人一旦没了，就永远没了。况且，男人在最悲伤的时候，首先想到的就是自己最信任的女人。他打电话给蓝岚，说了自己目前遇到的麻烦，让蓝岚

第六章 蓝

帮他出出主意。

此刻，骆玉明觉得自己该现身了。在蓝岚的安排下，他跟宋蓓第一次见了面。蓝岚说，骆玉明是自己公司的高参，本事非凡，可以帮他解决问题。宋蓓信以为真，且他已被逼得无路可退，巴不得找个高人救急。

骆玉明到底是个有斤两的人，经过一番推心置腹、以心换心的交谈，宋蓓当即就对他臣服了，觉得骆玉明确非等闲之辈。宋蓓也不设防，对骆玉明坦诚相待。他对骆玉明说，非娶蓝岚不可。骆玉明见他如此固执，劝他头脑保持清醒，识时务者为俊杰。而且，他挑明了跟宋蓓说："我可以帮你渡过眼下的难关，但你必须答应我一个要求：不逼迫蓝岚和你结婚。"继而，他又说，"这既是蓝岚的要求，也是她父母的要求。"宋蓓想了想，权衡了一下利弊，也明白了骆玉明是蓝岚派来的"说客"和"军师"，也就答应了。他想，男人还是事业比女人重要。

骆玉明倒也说话算数，他见宋蓓信守承诺，断了跟蓝岚的联系，也就放了他一马，避免了让他遭受"牢狱之灾"。

常言道，世上没有无缘无故的恨，也没有无缘无故的爱。脱离了宋蓓的威逼，蓝岚想这下可以清净了，但不料骆玉明却又对她发起了猛烈的进攻。为获取蓝岚的芳心，骆玉明经常跑到香港去给她买礼物。

可今非昔比，如今的蓝岚，已不再是过去的那个小丫头，物质已经对她构不成诱惑。骆玉明见物质攻略宣告失败，转而采取文攻。他天天给蓝岚写情书，说些缠绵悱恻的话。试想，一个中年男人，要对一个小姑娘开口说肉麻的软语，那该是怎样的滋味和心态！骆玉明虽然是个工程师，智慧和口才俱佳，但对操弄文字并不在行。写过几封情书后，他就深感词穷，笔在指间都捏出水了，却还没写出一个字来。但聪明人就是聪明人，骆玉明灵机一动，找来一本古文书籍，效法古人，摘抄他们的文句，以求佳人芳心。这招委实奏效，蓝岚收到拼凑而成的情书后，感动得热泪盈眶。

这之后，骆玉明尝到了甜头，经常给蓝岚写诗。当然，诗句都是东抄西

人生四季
◎结婚季◎

摘而来。写得多了，蓝岚觉得骆玉明倒也有几分才气，勉强答应跟他相处。骆玉明到底是个老手，他见蓝岚心扉已开，便趁热打铁。一天夜里，他将蓝岚灌醉了，终于得到了蓝岚的肉体。

从此，蓝岚也就依从了骆玉明。不过，她在正式答应跟骆玉明恋爱之前，提了个条件，她说："你既然爱我，那就要在事业上帮助我。"骆玉明心想，难道没有我的帮助，你能有今天吗？他笑了笑，什么都没说，只点了点头。

骆玉明为证明自己的信誉，确定恋爱关系一个月后，他就拿了一个涵洞工程让蓝岚做。此工程投资大，蓝岚居然不敢接，主要考虑自己太年轻，能力毕竟有限，胆量也不够。为稳妥起见，蓝岚将此工程转给了另一家公司，她只得了二百万的转手费。

爱的确能使人疯狂。骆玉明本来是有老婆和孩子的，但为了蓝岚，他毅然选择了离婚。而且，为减少负担，他将孩子协商给了女方。离婚后，骆玉明将自己剩余的财产全部交给蓝岚管理。他对蓝岚说："如果你今后抛弃了我，我就什么都没有了。"跟蓝岚结婚的时候，骆玉明还花了二百多万，买了一套房子，有意将房产证上的户主写成蓝岚的名字。但蓝岚当时已经有了多套房子，户主不能再写自己的名字，蓝岚就让骆玉明去做了婚前财产公证，证明此套新房是属于自己的。骆玉明想都没想，就跑去了公证处。

结婚一年之后，蓝岚给骆玉明生下一个小孩。

骆玉明想，有了这个孩子，蓝岚的心就真的属于自己了。因此，当孩子在医院呱呱坠地那一刻，骆玉明的心里比蜜还甜，脸上的笑容，就像一盏灯，能把整栋医院大楼都照亮。

现在，他们的孩子已经两个多月了，骆玉明除了工作，整天都把心思花在孩子和蓝岚身上。可蓝岚却没有感到丝毫的幸福和喜悦。她说，她正准备跟骆玉明离婚。在很多方面，她都看骆玉明不顺眼。而且，蓝岚还说，她现在有上千万资产，不需要男人，也能很好地过日子。如果骆玉明不同意跟她离婚的话，她就去"投新"。

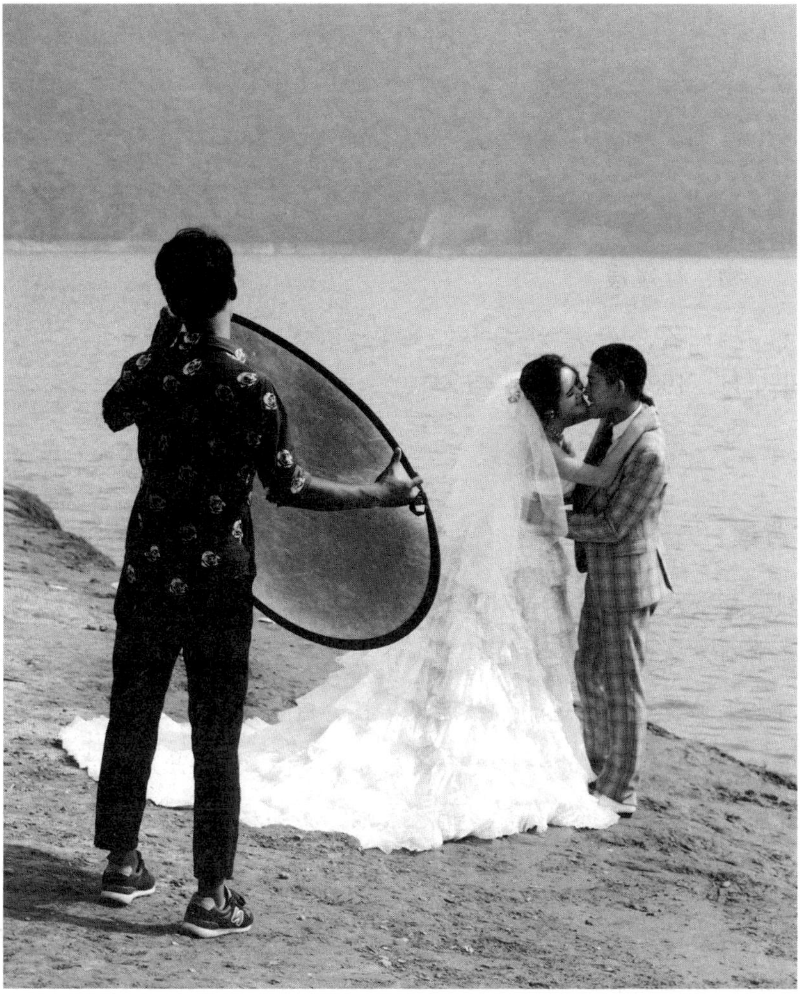

人生四季
◎结婚季◎

18. 杜媛媛：全职太太的悲喜婚姻

人　　物：杜媛媛
性　　别：女
出生年月：1983 年 12 月
职　　业：家庭主妇

采访背景：

到成都当天，雨过初晴，阳光新鲜得透亮，仿佛眼前这个滚滚红尘的社会，是刚刚才诞生的一个新世界。我背着双肩包，步履悠闲地从九眼桥上走过。河水平如镜，河岸边的柳枝随风摇摆，有一种飘逸之美。

曾经，发生在这里的一起女子强暴男子事件，使得此地名声大噪。如今，往事遥遥，生活中的热点和沸点均已成烟。正如杨慎在《临江仙·滚滚长江东逝水》里所吟叹的那样："古今多少事，都付笑谈中。"但"沉舟侧畔千帆过，病树前头万木春"，日子不会因为社会热点的降温而停止步伐，它依旧波涛汹涌，勇往直前。

我在附近找了家咖啡店，名字叫"7 号咖啡"。坐下十分钟不到，杜媛媛就来了。瘦瘦的身材，大大的眼睛。尽管她脸上补了妆，仍难以掩藏一个家庭主妇的疲惫之态。偶尔，她还会打一个哈欠，估计没休息好。我建议她先喝杯咖啡，提提神。不想，她却摇摇头说："没事，咱们开始吧，一会儿我还得赶回家照看孩子。"

于是,我只好全神贯注地倾听关于她和她丈夫之间的故事——过去与现在,回忆与未来……

我嫁给了他的声音

通讯的发达不仅改变了人的生活方式,同时还改变了人的思维方式和心理模式。在电话尚未普及之前,人与人之间的交往方式,主要靠书信来建立。当年那些青年男女谈恋爱,每天最盼望的事情,就是收到心上人寄来的情书。只要看到邮递员骑着自行车从门前经过,心里就扑通扑通跳个不停。但随着时代的进步和科技的发达,写信的人逐渐减少,随之而起的则是利用各种电信平台进行交友。杜媛媛印象最深的,是她大学毕业刚到市电台工作的那几年,每晚打电话到台里为朋友点歌的人络绎不绝,把她累得够呛。频繁地接听电话,她的耳朵都热得发烫了。

人大概都是这样,假如你每天反复从事一样工作,那无论如何是会生厌的。杜媛媛对此深有体会。起初,她还觉得在电台工作是个非常体面的职业,对每位点歌者都很热情、耐心,用温柔、甜美的声音服务大众。但时间一长,就受不了了。加之有些点歌者刁钻古怪,蛮不讲理,说话啰唆,惹得杜媛媛心里极不痛快。更有甚者,天天打骚扰电话,其目的,只为听一听电台工作人员那柔美的声音。即便如此,你还不能发火,如果激怒了来电者,他们拨打了投诉电话,那是会被台里处分的。

一天午夜,杜媛媛正被一个来电者骚扰,心里憋着一团火。好在听众看不见她的人,也就不怕把愤怒写在脸上。她刚放下电话,另一部电话就响了。由于刚刚发生的事影响到了心情,故她接电话的语气难免有点儿生硬。她用标准的普通话冷冰冰地说了句:"喂,请讲。"电话那头却没有声音。杜媛媛

人生四季
◎结婚季◎

以为又是刚才那个恶棍在捣鬼,气不打一处来。就在她正要放下听筒时,话筒里传来一个富有磁性的男声:"小姐,你好,我想点首歌。"瞬间,杜媛媛愣在那里,没回过神来。当对方再次重复这句话时,她才一个激灵,回归正常。这个男声宏亮、清脆,劲健中又带有一点儿沧桑感,酷似中央电视台著名配音演员齐克建的声音。要知道,齐克建可是杜媛媛的偶像呢。她还在大学念书时,就特别痴迷齐克建的配音。凡是他的朗诵,杜媛媛都会反复聆听。每听一次,她的魂就被偷走一次。因此,当她在听筒里突然听到这么似曾相识的声音,内心荡起涟漪也就实属正常了。那晚,杜媛媛接完电话,心里久久不能平静。她的脑海中时刻有个男声在说话,一个久违了的声音。于是,她偷偷地记下了来电显示上的手机号码。

之后的几天,下班回到家里,杜媛媛就把这个电话号码翻出来看。好几次,她都想试着拨过去,可刚拨通,又马上挂掉了,她的勇气到底没能战胜女孩子的羞涩。但令杜媛媛没想到的是,有一天,这个号码的主人竟然给她拨打过来了。这让她喜出望外,她终于又听到了这个熟悉的声音。一阵简短的寒暄,待彼此都表明身份后,这二人越谈越投机,大有相识恨晚之喟。

原来,这个有着声音魅力的男人叫谷东,祖籍山西,是个军人,正面临转业。他前次之所以打电话到电台点歌,是为即将各奔东西的战友送行的。那晚,他点的歌曲名字叫《军中绿花》。谷东的举动,让杜媛媛觉得他是个有情有义的男人。而他们的相识,也很像一首歌的名字:《相逢是首歌》。在杜媛媛的安排下,她还接连为谷东的战友们连续点播了三首歌曲,这也让谷东觉得杜媛媛是个非常善良的姑娘。如此一来,只要有空,他们就经常在电话里聊天。谷东像找到知音一样,给杜媛媛讲部队里发生的事;而杜媛媛则在谷东极富渲染的讲述中,获得声音和故事的双重享受。

大概有两个多月时间,杜媛媛都是在谷东声音的陪伴下生活的,那是她工作之余最大的快乐。不管她在电台受到多大的委屈,只要一听到谷东的声音,她的心就宁静了,仿佛聆听到天籁之音。这一彼此的精神依靠,使他们

第六章

两人很快产生了爱慕之情。虽然,他们连对方的照片都没看到过。

谷东向杜媛媛承诺,他转业后做的第一件事,就是去找她。杜媛媛听了,感动得掉泪。那段日子,她恨不得谷东早点儿转业,让她亲眼看一看这个令她着迷的男人。然而,时间对于那些怀有相思病的人来说,无疑是最漫长的。杜媛媛左等右等,望穿秋水终于等到了谷东的转业。

这个男人果然言而有信,他一离开部队的大门,就直接来到成都跟杜媛媛见面。那是个深秋的季节,马路两边的榕树挂满长须,像月下老人的胡子。杜媛媛很早就起了床,又是梳妆,又是试衣服。她把衣柜里的衣服全都试穿了一遍,才找到一件自己最满意的米黄色外套。谷东乘坐的列车抵达成都站的时间是上午 10 点 20 分,杜媛媛 9 点就到了车站出口。她搓着双手,在车站出口处徘徊、踱步,目光有意无意朝出站口瞅。只要出口有人流拥出,她就心跳加速。她担心自己稍微疏忽,就会错过迎接心上人的最佳时机。

10 点半,一个穿着军装、背着棉被的瘦高个男人,迈着矫健的步伐意气风发地从车站通道走出来。杜媛媛一看,不用说,那个人就是谷东。隔多远,她就朝谷东招手。谷东看见杜媛媛的手势,几乎是跑步来到了面前。站定,行了个标准的军礼。这让杜媛媛很难为情。礼毕,谷东伸出手,笑着说了句:"杜媛媛同志,我想死你了。"杜媛媛的脸一下就红了。红过之后,她还是毫不迟疑地将手伸了出去。当他们手牵手走在大街上时,彼此都感到自己是这个世界上最最幸福的人。尽管,在杜媛媛眼里,谷东的五官,远远不如他的声音那么迷人,甚至可以用"丑"字来形容。

谷东在成都只待了三天,就带着杜媛媛回山西老家见他父母去了。从山西回来后,杜媛媛也将她跟谷东的事向父母做了禀报。又过了一个月,谷东只身来到成都,迅速跟杜媛媛结了婚。结婚时,谷东除了两万元退伍费外,什么都没有,连婚房都是杜媛媛的父母出钱买的。但杜媛媛感到很满足,至少,她可以天天听到谷东那令她灵魂出窍的声音了。

原来他有洁癖

　　当过兵的人大多很精明，行事大胆，有魄力，这点在谷东身上体现得尤为明显。自从与杜媛媛结婚后，他一直在想办法把这个新家搞好，努力想让心上人过上富裕的生活。为此，在亲朋好友的帮助下，他曾找过不少事情做，但都不理想，收入低，活也累。后来，他经一个战友的介绍，帮一家公司销售挖掘机。众所周知，卖挖掘机的利润是相当高的。谷东口才好，说话动听，社交能力超强，一个月下来，他要卖三到四台机器。一年之后，谷东开始扬眉吐气了，他从一个穷小子变成了有钱人。

　　钱就是这么充满了魔力。有了钱，谷东的腰杆挺了起来。他赚钱后做的第一件事，是将原来的房子卖了，重新买了套花园洋房。不但如此，他还给杜媛媛的父母也买了套小户型新房，这令杜媛媛一家对他刮目相看。又过了大半年，谷东买了辆奥迪轿车，每天亲自开车送杜媛媛上班。而且，他自己购置了两台挖掘机，出租给施工单位。眼看谷东的事业日益红火，杜媛媛打心眼里感到高兴，她觉得自己嫁了个好男人。

　　杜媛媛以上夜班为主，每晚吃罢夜饭，就要赶去电台开工，一直要到凌晨以后才能回家休息。杜媛媛每次回屋，谷东都躺在被窝里呼呼大睡。待她匆忙洗漱完上床时，谷东睁开惺忪睡眼，试图抱抱她，或做点儿什么的时候，杜媛媛都觉得很困倦，浑身如灌了铅一般沉重，这让谷东心里很是不满。一段时间之后，谷东实在忍受不了杜媛媛的工作状态，他提出让杜媛媛辞职，待在家里过自由日子，由他养活。初听这话，杜媛媛还有顾虑，她以为是谷东在向其发泄不满。但见谷东态度诚恳，不像是开玩笑，杜媛媛经过慎重考虑，最终还是答应了谷东的请求。因为，就目前的家庭条件来看，杜媛媛觉得凭借谷东的实力，养她绝对不成问题，加上她本来就对

第六章

枯燥的电台工作心生厌倦了，早想换换环境。如此一来，她果断地辞掉了工作，做了全职太太。

　　女人多数都是恋家的，只要心爱的男人真心对她好，她会把一个家变成生活的天堂。自辞掉工作后，杜媛媛感觉一下子轻松了许多，身心的疲惫没有了，每天可以睡到自然醒，不用担心晚上还要应付工作。她每天唯一要干的事情，就是做一桌香喷喷的饭菜，等着谷东回来享用。杜媛媛真是个好女人，不但人长得漂亮，做饭也是把好手。她烧出的菜，简直跟艺术品一样，让人一看，食欲大增，这让谷东喜不自禁。有一次吃饭前，他搂着杜媛媛的腰说："亲爱的，我觉得咱们现在的生活，才真正有家的感觉。"继而，他问："你知道我每天最开心的事是什么吗？"杜媛媛说："什么？"谷东亲了她一口说："每天一回家，就看见你把饭做好了。"杜媛媛沉默片刻后，笑了一下，说："洗手吃饭吧。"

　　谈到洗手，这是杜媛媛嫁给他后，才发现的谷东的洁癖。他每天要洗几十次手，吃饭前要洗，吃饭后要洗；做爱前要洗，做爱后也要洗。就因为这事，谷东几乎把杜媛媛的朋友都得罪完了。

　　人都怕孤独和寂寞，自杜媛媛辞职以来，喜欢邀约一些朋友来家里聊天，以此打发时光。朋友每次来，只要谷东在，她们一进门，免不了被谷东叫去先洗手，否则，便不准落座。有一次，杜媛媛的一个闺蜜来找她谈天。恰好谷东也在家，闺蜜一进屋，知道他家的规矩，主动跑去厨房洗手。杜媛媛怕怠慢闺蜜，拿出一条新毛巾让闺蜜擦手。谷东一看，起身将新毛巾夺了过来，从厨房墙壁上取下一条旧毛巾递过去。杜媛媛非常生气，当即眼珠子就瞪大了。她抓起那条旧毛巾，顺手扔出了窗外。闺蜜觉得很尴尬，甩甩手上的水珠，坐在客厅沙发上一言不发。谷东也不生气，而是迅速打开门，跑下楼去将旧毛巾捡了回来。从此以后，杜媛媛的闺蜜就再也没来过她家。

　　另一次，是杜媛媛的姑姑带着三岁的儿子来家里玩。小孩子活泼、任性，满屋子乱窜，还站在沙发上蹦蹦跳跳。谷东站在旁边，目光一直紧盯着孩子。

223

人生四季
◎结婚季◎

他怕小孩弄脏了沙发。只要孩子一动,他就喊:"注意点儿,注意点儿。"杜媛媛的姑姑见谷东如此待他们,心里极不痛快。那小孩也是个倔强性格,谷东越不让他跳,他跳得越起劲。谷东见孩子撒野,他一把将孩子从沙发上抱了下来,严肃地对姑姑说:"你下次不要带他来我家玩了,把沙发全踩脏了。"杜媛媛的姑姑听到这话,再也忍不住了,起身要走。杜媛媛苦苦哀求,才挽留住了姑姑。吃中午饭时,由于杜媛媛不知道姑姑要来,饭煮少了,她一直在暗示谷东少吃点儿,尽量让姑姑和孩子吃饱。可谷东却故意对杜媛媛的暗示视而不见,只顾埋头大吃,吃完一碗饭再盛一碗,把杜媛媛肺都气炸了。姑姑带着孩子走后,杜媛媛大发雷霆,骂谷东不懂事。可谷东任其骂,他就是不开腔。等杜媛媛骂够了,他才不温不火地说了句:"我才不管这些,先把自己吃饱再说,谁让她孩子弄脏了我的东西呢!"

更气人的是,有一回,杜媛媛一个朋友的儿子做满月,他俩去吃酒。菜刚端上桌,在座的其他人都没动筷子,唯独谷东抓起筷子就开吃。满桌人都盯着他看,他也不顾这些。杜媛媛红着脸悄声跟他说:"你怎么像个小孩子?"谷东也不理她,照旧吃得欢。饭局进行到一半之时,有几个朋友过来敬酒,谷东站起来说:"你是谁,我又不认识你,干吗敬我酒呢?"搞得敬酒者瞠目结舌,无言以对,只好悻悻然转身走开。

此事发生后,杜媛媛面子丢尽,在朋友圈中斯文扫地,再也没法混了。她下定决心要跟谷东离婚,但杜媛媛每次提这事,谷东就告饶,求其原谅,并保证下不为例。可往往没过多久,他这臭毛病又犯了。

2008年3月,杜媛媛想清楚了,发誓快刀斩乱麻,与谷东一刀两断,重新开始新的生活。可就在他们去办理离婚手续的前一周,杜媛媛发现自己怀孕了。这突如其来的变化,使得她跟谷东之间暂时维持了现状。

第六章 蓝

做全职太太的苦恼

　　女人一旦有了孩子，对婚姻的看法也就不一样了，她生活的重心开始慢慢从丈夫身上向孩子身上转移。2009 年，杜媛媛生下一个儿子。这小家伙非常乖，大大的眼睛，跟杜媛媛一模一样。自孩子落地之后，杜媛媛将全部心思都放在了孩子身上，对谷东她已经没有心情去过问了。至于谷东的洁癖，她也懒得去管。只要谷东每个月拿出足够的钱来供她和孩子吃穿，她也就知足了。

　　但谷东却并不这么想，杜媛媛的变化，让他心里感到非常失落。他觉得杜媛媛对他，远不如以前那么好了。加上婚姻的保鲜期已过，以及生了孩子的杜媛媛，已没有过去那么漂亮和青春，这使得谷东每天心神不宁，吃着碗里看着锅里。渐渐地，他变得花心起来，专门在外面跟别的女孩子勾搭。

　　你还别说，谷东人虽长得丑，泡妞的手腕却是一流的。他即使坐公交车，只需一两站路，就能把车上的一个妹儿搞到手。但手腕再高明的人，也有马失前蹄的时候。没多久，杜媛媛就发现了谷东的花花肠子。

　　有一天，杜媛媛的几个姐妹相约到家里来看她儿子。其中有个姑娘长得如花似玉，谷东一见，就起了打猫儿心肠。聊天时，他借机要到那姑娘的手机号。这之后，谷东经常约那姑娘出来吃饭。那姑娘知道他的心思，但又不好跟杜媛媛讲，怕影响他们的夫妻感情。可谷东不达目的不罢休。那姑娘无奈，只好答应了他。她想，她就是要看看这个男人葫芦里到底卖的什么药。姑娘应邀前去赴宴那天，实际是一个客户请谷东吃饭，她到达时，饭局已接近尾声。客户都是人情练达之人，他们知道谷东的心思，敬了两杯酒后，就结账走人了。谷东要另带姑娘去一家茶楼喝茶，姑娘婉拒，说让杜媛媛知道了不好。谷东无奈，只得开车送姑娘回家。途中，谷东一个劲儿夸姑娘长得漂亮，美若天仙，直夸得姑娘浑身起鸡皮疙瘩。当时正值盛夏，天气酷热，

225

人生四季
◎ 结婚季 ◎

姑娘坐在车上汗流浃背，谷东就是舍不得开空调，只将车窗打开，说吹自然风凉快。姑娘回家后，觉得有必要将此事告知杜媛媛。杜媛媛一听，怒火中烧，要求谷东对此事做出解释。谷东沉默不语，死活不开口。杜媛媛拿他没法，只好听之任之。但从此她多了个心眼，在暗中观察着他的一举一动。

杜媛媛仍旧每天将大部分时间用来照顾孩子，那段时间，她比在电台上班还累。但这种累跟上班相比又不一样，累得有想头，有幸福感。只是，她对谷东越来越不放心，害怕他走火入魔，将来对家庭不负责任。为修复他们之间的感情，一次，杜媛媛主动提出将孩子交给自己的父母照看几天，他俩去丽江度假。谷东欣然应允。

到丽江后，杜媛媛让谷东陪她到郊外去骑自行车。骑车时，谷东一直在不停地接电话。只要杜媛媛一追上他，他马上就把电话挂了。杜媛媛问他是谁打的，他说是客户。不一会儿，电话又响了。而且，谷东接电话时鬼鬼祟祟，神色有些慌张，这引起了杜媛媛的怀疑。但她未掌握证据，也就不好向谷东发难。

从丽江回来后，杜媛媛一直在猜测，那个不断给谷东打电话的人是谁。真相终究还是有被戳穿的一天。一次，杜媛媛的父亲在她家，突然接到一个陌生女子的电话。对方以为接电话的人是谷东，劈头盖脸就是一通骂，斥责他为何关机。女子骂过之后，才发现接电话者并非谷东本人，立刻将电话挂了。杜媛媛的父亲明白发生了什么事，大为光火。他要求杜媛媛必须让谷东解释清楚，否则，绝不姑息。

杜媛媛见父亲发怒，自己也气得脸色发青。她当即告诉父亲，要跟谷东离婚。杜媛媛的父亲还打电话叫她的一个堂哥，让其给谷东点儿颜色看。杜媛媛的堂哥一进门，挥手就给谷东重重一拳，鼻血都打出来了。而且，他们还将此事告知了谷东远在山西的父母。谷东的父母得知此事，当即邀姑约舅，从山西风尘仆仆地赶来成都。他们一来，即开始分工合作，安排几个人骂谷东，剩下的人就劝杜媛媛给谷东一个机会。杜媛媛的父亲知道对方是在演戏，当着大家的面对女儿说："你现在有几套房子，还有一百多万元现金，孩子由我们带，重新找个人过好日子去吧。"杜媛媛一听父亲这话，压抑很久的委屈瞬间爆发了，眼泪哗哗地流。

但如今的杜媛媛，到底是个为人母的大人了，比过去理智得多。她虽然反感谷东的行为，却在内心深处依赖着谷东。况且，孩子还小，她不想儿子今后是个没有爹的人。这样一想，杜媛媛的心软了。女人心一软，男人就有希望。在众人的声讨下，谷东承诺痛改前非，绝不再在外面拈花惹草。谷东道歉之后，杜媛媛的气也就消了。于是，打破的缸重又黏合在了一起。尽管，缸上的伤痕清晰可见。

经历此次感情风波，谷东的确收敛了很多。若不是迫不得已的应酬，他一般都宅在家里陪杜媛媛和孩子。一次，杜媛媛觉得身为少妇的她容颜衰退得很快，想把逝去的青春找回来。在几个朋友的怂恿下，她跑去美容院整容。谷东知道后，随即开车去阻止杜媛媛。他说："老婆，你千万别整容，风险很大，这不是我心疼钱，而是我心疼你这个人。整容后，你还是你吗？"谷东的一番话，把杜媛媛感动得热泪盈眶。曾经谈恋爱时的感觉，瞬间在她心里复活了，这又激发了她对未来生活的信心。

从医院回来，杜媛媛觉得不应该把精力全部放在儿子身上，还是得多留出时间来关心谷东。这么想过之后，她又开始每天给谷东做饭，等他下班回来吃。谷东对杜媛媛的关心深感温暖。很长一段时间，他俩都生活在幸福之中。杜媛媛想，倘能如此跟心爱的人相伴一生，也算活得有意义了。

然而，遗憾的是，痛苦总喜欢在你最幸福的时候来敲门，让你不得永享幸福。2010年春节前，谷东携妻带子回山西老家过年。出发时，一家人兴高采烈，享受着人间至乐。凑巧的是，那年的春节跟情人节是同一天。当天早上，谷东吃罢饭，放过鞭炮，对杜媛媛说："我马上要去平遥一趟，有个重要的客户约在今天跟我谈生意。"杜媛媛有些纳闷，说："谁会在今天来谈生意，脑子有病吧！"但谷东执意要去，杜媛媛也不好阻拦。

春节过后，他们一家回到成都，开始投入新一年的生活。至少有两年多

人生四季
◎ 结婚季 ◎

时间，谷东的表现都很正常，杜媛媛没有发现他的任何蛛丝马迹。直到去年的一天上午，杜媛媛在家里打扫卫生，在整理衣柜时，发现柜子底层藏着一个黑色小皮包。她拉开拉链一看，里面竟然是几十张汇款单。每张汇款单上的金额都不同，最少的一万元，最多的十万元，收款人都是一个名叫李莹莹的人。跟汇款单叠合在一起的，还有一张平遥某情侣甜品店的消费券。券面上标注的消费时间，正好是 2010 年情人节当天。杜媛媛看后，心里啥都明白了。谷东下班回来，见杜媛媛呆坐在沙发上，面色铁青，饭也没做，感觉不对劲。在杜媛媛的逼问下，谷东只好如实交代。2010 年春节当天，他的确去了平遥。不过不是去见客户，而是跟那个叫李莹莹的女子幽会去了。

杜媛媛听后，情绪并未激动，也没像之前那样大吵大骂。她什么都没说，只是紧紧地抱着孩子，像抱着另一个自己。谷东知道杜媛媛在跟他赌气，极力劝和。但杜媛媛仍旧面若冰霜。男人都是这样，当女人破口大骂时，他反而觉得事态没什么；倘若女人闭口不语，跟他冷战起来，他就受不了了。谷东见杜媛媛每天不跟他说一句话，男人的野性终于爆发了。有一天夜里，谷东凶神恶煞地指着杜媛媛的鼻子吼道："你每天啥事都不干，吃我的，喝我的，用我的，还不知足，给我脸色看，我看你是活腻了……"杜媛媛默默承受着谷东的羞辱，仍是一言不发，可她的内心早已血流成河。

2014 年 10 月，从来不信算命术的杜媛媛花了一千块钱，请了一个"算命大师"给她算了一卦。杜媛媛问卦的目的，是想看看她跟谷东的缘分尽了没有。算命先生两指一招，闭着眼睛一通盘算，说："姑娘，你天生是个旺夫的相，如果离了婚，你老公会很惨的。"从算命先生处离开，杜媛媛神魂颠倒，眼泪挂在脸上没有干过。

第二天，她和谷东去民政局办理了离婚手续。如今的杜媛媛和儿子相依为命，而且，这之后，她染上了一种怪癖，只要一听到有人朗诵，就气得全身发抖，像患了重感冒似的。

第七章

紫

19. 司马樱桃：茶艺师的冷暖之恋

人　　物：司马樱桃
性　　别：女
出生年月：1980 年 3 月
职　　业：茶艺师

采访背景：

司马樱桃是那种性格要强而内心脆弱的女子，无论遇到任何事，都喜欢一个人扛着，不与人言，且恪守着"家丑不可外扬"的传统观念，这导致了我对她的采访多少遇到些障碍。我最早联系采访她，是在两个月前。或许是出于礼貌，在电话里，她满口答应，并坦言非常愿意接受我的采访。可当我们约好正式见面时，她却突然反悔了。无论我怎样开导，她愣是态度坚决，不再配合。出于对她的尊重，我不得不放弃。

然而，令我没想到的是，一周之后，她又突然给我发来一条微信，约我周末在解放碑会面，接受我的采访。我有些喜出望外。上午 10 点钟，我准时赶到解放碑，在王府井六楼的"井泉茶苑"等她。茶苑里几乎没有人，老板娘坐在柜台里看《甄嬛传》。那些后宫女人与皇帝之间错综复杂、尔虞我诈的情感纠葛，总是能让现世中的女人们痴迷。

10 点 50 分，司马樱桃来了。还没落座，便谦逊地说："不好意思，塞车，来晚了。"我说："没什么，我也刚到。"短暂的交流之后，她看看手表，说："那咱们说正事吧，我2点钟前必须离开，接补习的儿子回家。"我说："好的，好的。"

她稍作沉思，开启了话匣。为节约时间，中午，她提议在茶楼吃了点儿便餐后，我们又接着聊。直聊到2点已过，她儿子打了几个电话催促，我们才起身离去。

外面，阳光灿烂，满大街都是睡了懒觉后，跑出来晒太阳的人。

我拒绝了追求我的人

一个内心有优越感的人，大都很傲慢，对任何事都不屑一顾，尾巴翘得高高的，仿佛他就是这个世界的中心，倘若地球离开了他，就会停止转动。当年，司马樱桃就是个这样的人。由于家庭条件较好，她父亲是某兵工厂的干部，母亲是位教师，作为独生女的她在家中地位很高。不论自己提出何种要求，父母一概给予满足，这大大地助长了她的虚荣心。在学校，她更是不跟一般家庭的同学往来，特立独行，我行我素，有点儿鹤立鸡群的姿态。

到了大学期间，她的这种心态越加膨胀，加上学习成绩优秀，又多才多艺，更是给人高不可攀之感。当时，暗恋、追求司马樱桃的男生很多，但她一个都没放在眼里。在她看来，这些男生个个都是歪瓜裂枣，纯粹是"癞蛤蟆想吃天鹅肉"，自作多情。

但偏有那么一个叫孔袁禾的男生，特别较真，发誓若不把司马樱桃追到手，决不罢休。孔袁禾虽出身寒门，但志比天高，不但学业优秀，而且能力超强，一直担任学生会做干部。或许是从小吃苦吃多了，使得他养成了永不言输的性格。在孔袁禾眼里，没有哪座山是他不能逾越的。再没有结果的事，哪怕只剩下百分之一的希望，他也会用百分之百的努力去争取。就拿司马樱

人生四季
◎ 结婚季 ◎

桃来说,他原本是没有追求之心的,但当他看到不少男生拜倒在其石榴裙下而痛不欲生之时,心中升起一股强大的征服欲,他要替所有那些被司马樱桃伤害过的男生讨回公道,挽回颜面,找回做人的尊严。于是,他毅然跟谈了已有一年恋爱的女朋友分了手,转而对司马樱桃发起了猛攻。

然而,令孔袁禾没想到的是,司马樱桃竟是个十分孤傲之人,任凭他"三十六计"全都用完了,司马樱桃仍是不动芳心。后还是他的前女友无意中帮了个忙,才使得司马樱桃对他稍微亲近了点儿。

孔袁禾的女友得知孔袁禾跟她分手,完全是因为司马樱桃时,不禁悲愤交加。女人就是这样,当自己的男人背叛了自己时,她非但不去找男人算账,反而去找跟男人有染的女人理论,将一切罪责都算在别的女人头上。一天下课后,孔袁禾的女友将司马樱桃拦住,恶狠狠地说:"我警告你,如果你想跟孔袁禾好,小心我收拾你。"司马樱桃不明就里。回到寝室,她越想越想不通。从小到大,她几乎没受过委屈,更没有被人指着鼻子羞辱过。经过反复琢磨,她决定给这女人点儿颜色看。思来想去,她以为最好的惩罚方式,便是对方越不想发生的事你偏让它发生。想到这点,司马樱桃心中暗喜。

第二天,司马樱桃故意当着孔袁禾女友的面,将孔袁禾的手臂挽得紧紧的,还故意做出亲昵状,气得对方吐血。接下来的日子,只要见到孔袁禾的女友,司马樱桃就会露出一副胜利者的姿态,说些刺激她的话。久而久之,孔袁禾的前女友也就死心了。

在此期间,司马樱桃的行为,无疑让孔袁禾产生了误会。他以为司马樱桃真的被他感化了,逢人便说司马樱桃是他的女朋友。司马樱桃也不好解释,只是笑笑作罢。但孔袁禾明显感觉得到,自从他前女朋友再未来纠缠之后,司马樱桃对他重又开始冷淡了。他的心里清楚得很,自己不过是司马樱桃用来报复其前女友的一支利箭。

事实的确如此。因孔袁禾比司马樱桃高一个年级,需提前一年毕业。毕业时,司马樱桃送给他一张自己的照片,照片的背面写着一句话:我们的肩

第七章

膀还很稚嫩，承担不起爱情的责任，祝你好运！不用说，孔袁禾收到这张照片，什么都明白了。

可人毕竟有别于动物，无论是否相爱，在一起相处久了，就难免产生情谊。孔袁禾大学毕业后，跑到一个偏僻的山村小学去支教。闭塞的环境让他对司马樱桃倍加想念。那一刻，他才真正意识到，自己已经深深地爱上了她。由于交通不便，手机连信号都没有，他只能试着给司马樱桃写信，期望对方能明白自己对她的爱。但司马樱桃一封信也没有回，她觉得，既然自己不爱孔袁禾，那就不能给他任何希望。

然而，再清高、孤傲之人，也有柔情似水的一面。一次，司马樱桃无意中听一个学友说，孔袁禾目前的情况并不好，生活清苦，人都瘦了一圈。不知道为什么，她听到此话后，心里颇为不安。那几天，她一直都在担忧孔袁禾。虽然她拒绝了这个男生的求爱，但还是认为孔袁禾的确善良，心眼好，是个好男人。

或许是出于慰问之心，司马樱桃专门去超市买了一大包食品，独自乘车跑到乡下去看望孔袁禾。因对路线不熟悉，她坐过了站，只好朝回步行了几公里路程，沿路朝回走。当时正值晚秋天气，冷风吹在司马樱桃的脸上，有轻微的疼痛感。她提着两袋食物，孤零零地走在马路上，像一个游子重新回到故乡。路两旁的树木被寒气裹着，灰蒙蒙的，远远看去，像盖了一层塑料薄膜。司马樱桃边走边打听，只要见到学校，她就上前询问。没想到的是，一路上，她遇到了孔袁禾的两个大学同学，分别在沿途的两所小学支教。他们见曾经不可一世的司马樱桃，竟然提着东西跋山涉水跑来看望孔袁禾，心里无不被这个女子的行为所感动。

在孔袁禾同学的指引下，司马樱桃终于找到了孔袁禾支教的学校。那会儿已到放学时分，司马樱桃站在校门口，看到那些穿着朴素的小学生，欢声笑语地四散而去，她有一种久违的感动。就在她望着远去的学生们的背影沉思时，孔袁禾发现了她。他以为自己出现了幻觉，根本不相信校门口站着的人是司马樱桃。迟疑片刻后，孔袁禾确定眼前站着的就是日思夜想的人时，感到十分惊讶。他兴奋地张开双臂，试图拥抱她。但司马樱桃拒绝了，她说："我并非是以女朋友的身份来看你的。"孔袁禾并未因此而不悦，不管怎么说，司马樱桃到底来看他了。

学校条件艰苦，孔袁禾一直吃住在学校。司马樱桃见天色已晚，返回城里是不可能了，只好在学校留宿。那天晚上，山村的夜出奇地静，蛐蛐躲在草丛里尖声地叫。孔袁禾亲自架柴烧火，煮饭和烧土豆给司马樱桃吃。这种简朴的生活，是司马樱桃从未体验过的。那晚，她第一次放下了自己高贵的身姿，做了一个亲近大地的人。

翌日天明，孔袁禾借来一辆自行车，亲自将司马樱桃送到镇上的汽车站，目送她登上返程的班车。班车都驶出很远了，他还站在那里挥手，迟迟不愿转身离开。

为缘结婚，为爱离婚

时间过得很快，转眼之间，司马樱桃也大学毕业了。孔袁禾见机会来了，再次发起了爱情进攻。那时，他已经从山村小学考调到了县城一所小学任教。每天，孔袁禾都要给司马樱桃打电话嘘寒问暖；甚至每个周末，他都会从县城风尘仆仆赶往重庆看望司马樱桃。但那段时间，司马樱桃一直在为找工作的事烦心，因此对孔袁禾所献的殷勤并未怎么上心。孔袁禾怕失去司马樱桃，心急如焚。俗话说，心急吃不了热豆腐。大概是孔袁禾的求爱心切，导致司马樱桃开始反感他。一天，她挑明了跟孔袁禾说："我们之间是不可能的，你就死了这条心，重新寻找你的心上人去吧。"从此以后，司马樱桃拒绝再跟孔袁禾见面。孔袁禾见她态度坚决，也就不再自讨没趣，放弃了对司马樱桃的追求，但心里却一直给她留着一个位置。

第七章

2004年，经朋友介绍，司马樱桃跑去学茶艺。培训结束后，她进了一个茶艺会所做茶艺师。其间，她认识了一个退伍军人。两人一见如故，三个月时间不到，便匆匆结了婚。凑巧的是，就在司马樱桃结婚的头一天，她突然接到孔袁禾打来的电话。孔袁禾说："明天我儿子满月，请你来吃满月酒。"这时，司马樱桃才知道孔袁禾早已结婚，连孩子都有了。她笑着说："啊，我也正要请你，我明天结婚，请你来吃喜酒呢。"简短的对话之后，他们只好互道祝福，各自珍重了。

那天过后，孔袁禾老觉得司马樱桃并未结婚，完全是在忽悠自己。为探虚实，2004年下半年，他跑来重庆约司马樱桃见面。司马樱桃想，反正自己已经结婚，见见也无妨，就答应了。但令她意外的是，孔袁禾竟然捧着一束花，这让司马樱桃瞬间回到了过去。以前，孔袁禾每次见她，都要送上一束花，要么百合，要么满天星。虽然当时孔袁禾并没有余钱，但这个习惯一直没变。如今，他俩虽各自都有了家庭，但孔袁禾的这一举动，仍然让司马樱桃感到温暖。那天，她将自己的结婚照掏出来给孔袁禾看，孔袁禾确切知道她已经结婚，才带着复杂的心情离去。

然而，"闪婚"大多都是"短命"的。2008年，司马樱桃的婚姻出了问题，她与老公闹起了离婚。原因是两人性格、修养都差别甚大，尤其是司马樱桃生了小孩后，老公根本不管孩子，只顾自己在外面潇洒。孩子稍不听话，他就发脾气，动粗，这让司马樱桃伤透脑筋。为此，他俩都下定决心离婚。只是，两人为争夺孩子的抚养权，一直僵持不下，一拖再拖。那会儿，司马樱桃的老公已经两个月没回家了。

孔袁禾是个有心人，他一直在暗中关心着司马樱桃的生活。当他得知司马樱桃的家庭情况后，曾专门跑到重庆来找她，力劝她不要离婚，一定得慎重。孔袁禾说："如果你真要离婚，那我也只有离。"司马樱桃说："什么意思？"孔袁禾说："你离婚后只有嫁给我，否则，你是不会幸福的。"司马樱桃为孔袁禾说的话沉默了许久，不知该说什么好。

人生四季
◎ 结婚季 ◎

接下来的时间，孔袁禾知道司马樱桃过得很苦，一个人带孩子不容易，便隔三岔五跑来安慰她，还给她儿子买东西，带孩子出去玩。或许是司马樱桃的孩子长期缺乏父爱之故，他一见到孔袁禾，就特别亲近。司马樱桃教孩子喊孔袁禾叔叔，可孩子却偏要叫爸爸，这让孔袁禾心里乐开了花。司马樱桃见孩子跟孔袁禾玩得忘乎所以，也便任凭他叫。每当孔袁禾领着孩子在公园或沙滩上玩耍时，司马樱桃就坐在旁边静静地看。这一温暖、浪漫的画面自她孩子出世以来，便没有出现过。这可是她曾经梦寐以求的家庭生活。渐渐地，司马樱桃爱上了这种其乐融融的氛围。只要孔袁禾一段时间没来看她和孩子，她心里就空落落的。孔袁禾一来，他们母子俩的生活就像步入了天堂。

但孔袁禾给司马樱桃母子俩所带来的欢乐虽然可贵，却缺乏正当性。没过多久，他们就遭到了这一欢乐的惩罚。一天中午，司马樱桃正在表演茶艺，手机突然响起。打电话者自称是孔袁禾的妻子，她愤怒地质问司马樱桃："你到底跟我老公是啥关系？希望你自重……"司马樱桃一听，知道事情的严重性，便极力解释："我跟他只是普通朋友，你放心，我绝不会破坏你们的家庭……"这事发生后，司马樱桃故意回避孔袁禾，与他保持距离。可她越这样，孔袁禾越想见她。他不顾妻子的反对，仍然跑到重庆来。司马樱桃不愿见他，他就守在楼下不走。有一次，他居然在司马樱桃家楼下守了整整一个晚上。孔袁禾的鲁莽举动，让他备受亲朋指责，骂他忘恩负义，薄情寡义。但孔袁禾丝毫不顾这些厉言恶骂，他的心思全在司马樱桃身上。

痴情之人就是这样，为了自己心爱的人，他可以伤害其他任何人。令司马樱桃吃惊的是，2009年，孔袁禾居然办理了停薪留职手续，只身跑到重庆来了。这事是她偶然在自己的QQ空间里看到的。孔袁禾给她留言，说自己已到重庆，在一家公司上班。考虑到具体情况，司马樱桃未作回复。孔袁禾没等到司马樱桃的回音，一个周末，他借朋友的手机，给司马樱桃打来电话，约她见面。司马樱桃思来想去，最终还是答应了。

第七章

见面后一个月不到，司马樱桃终于跟老公离了婚。她之所以如此坚决，有一半因素在于孔袁禾。孔袁禾的谈话，让她觉得自己的确不该再过那种隐忍和压抑的生活。司马樱桃离婚当天，长期积压在心头的重负一下子释放了，人变得异常轻松。但这轻松又让她有种无依无靠的感觉。走出民政局大厅，司马樱桃掏出手机，当即给孔袁禾打了电话，希望他能来陪陪自己。孔袁禾二话没说，马上坐车来，陪司马樱桃去洗了个头，然后，又陪她去公园散心。傍晚时分的公园，游人不多。湖边杨柳依依，晚风拂面，孔袁禾与司马樱桃并肩走着，谁都没有说话。走了一会儿，孔袁禾拉着司马樱桃的手说："我会对你负责任的。"

果不其然，同年6月，孔袁禾也离了婚。他给了老婆十几万元，净身出户。7月，孔袁禾离婚后第一次到司马樱桃家串门。他给司马樱桃的孩子买了个存钱罐和一个大西瓜，孩子非常喜欢。第二天，司马樱桃的孩子要跟外婆去学游泳，孔袁禾主动请求一起去。在水池里，他始终陪护在孩子身旁，这让司马樱桃的母亲很感动，认为他是个有爱心和责任心的男人。

两个月过去，司马樱桃跟孔袁禾偷偷地去民政局领了结婚证，正式住在了一起。但此事遭到了司马樱桃父亲的强烈反对，责怪女儿太不慎重了。在她父亲看来，孔袁禾有些不太靠谱，尤其是那张嘴，太油腔滑调。迫于父亲的压力，司马樱桃只好跟孔袁禾到外面去租房子住。

尽管如此，司马樱桃仍感到十分幸福。因为，跟她前夫比起来，孔袁禾带给她的快乐，实在是太多了，多得使她有种眩晕的感觉。

婚后才识真面目

人一旦结了婚，之前那种求爱的艰辛也就没有了。就像学生考上了大学后，之前夜以继日的寒窗苦读也就被淡忘了。这时的人才回归到真实的状态。

人生四季
◎结婚季◎

就拿孔袁禾来说，在未得到司马樱桃之前，他煞费苦心，锲而不舍；得到之后，大概觉得男女之间也就那么回事，因此，结婚一年后，孔袁禾的本性就毫无掩饰地暴露了出来。此人最大的劣根，是贪玩和嗜酒。每天喝得烂醉如泥，很晚都不回家。司马樱桃独自在家管孩子，对孔袁禾的这一生活方式十分厌烦。为此，他们没少拌嘴。可吵过之后，孔袁禾照样死不悔改。

为让孔袁禾改邪归正，司马樱桃没少花心思。有一年寒假，司马樱桃用自己在外辛苦挣来的钱，带着自己的孩子和孔袁禾的女儿去西双版纳玩耍。孔袁禾的女儿性格内向，成天郁郁寡欢，司马樱桃欲逗其开心，故意将她领到一片"无忧花"前拍照。一边拍一边说："孩子，这叫无忧花，跟它合影，能开心一辈子。来，笑一笑。"然后，又将她领到一棵"酒瓶棕"树下，说："孩子，来，跟这树合张影，回去拿给你爸爸看，告诉他以后别喝酒了。"司马樱桃还有意买了套亲子装，抱着孩子合影，她希望孔袁禾看到照片后，能领悟到背后的含义。

从西双版纳回来后，恰逢春节临近。司马樱桃的一个朋友为他们接风，请吃团年饭。司马樱桃叫孔袁禾一起去，可孔袁禾说不行，公司老总请吃饭，不能推辞。于是，司马樱桃带着两个孩子前去赴宴。饭局结束后，司马樱桃领着孩子回家休息。她猜，出去几天了，孔袁禾应该想念他们了。但直到夜里10点过后，孔袁禾都还没回家。司马樱桃有些不快，她想，要不是等着孔袁禾回来商量回老家过年的事，她早就陪孩子们睡觉去了。司马樱桃坐在沙发上看电视，频道换了又换，旅途的疲惫使她困意连连。她看了看表，时间已近零点。司马樱桃再也忍不住了，她拿起手机给孔袁禾打电话。谁知，接电话的竟然是一个女人的声音。对方只喂了两声，就挂了。司马樱桃觉得不对劲，再次打过去，手机关机了。司马樱桃怒火中烧，睡意全无。为搞清事情真相，她索性给孔袁禾的一个同事打电话，问晚上公司是否组织员工聚餐。同事不明就里，直截了当地说："没有啊，公司是中午聚餐，早就散了。"放下电话，司马樱桃气得差点儿连手机都砸了。半个小时后，孔袁禾终于醉

238

第七章 紫

醺醺地回来了。趁他上洗手间的间隙，司马樱桃偷偷地翻看了他的挎包。里面有一个新钱夹，上面写着三个字："买醉钱"。司马樱桃质问孔袁禾，这是怎么回事。孔袁禾吞吞吐吐地说："这是秋……秋……送给我的。"他说的秋秋，司马樱桃认识，那是孔袁禾隔房的表弟媳妇。司马樱桃见他已醉，即使盘问，也问不出个所以然来，干脆作罢，蒙头睡觉去了。

春节上班后，平常要好的几家人相约聚餐，恰好那个秋秋也在。因为有了钱夹事件，司马樱桃格外留意他俩的举动。果然，一顿饭吃下来，司马樱桃发现秋秋对孔袁禾眉来眼去，在打哑谜。后来，司马樱桃偶然在孔袁禾的QQ空间里看到一句话："哥，你不要再对我这么好了，不然，对大家都是一种困扰。"留言人正是秋秋。

这时，司马樱桃深深地感觉到，她默默地为孔袁禾做的一切都白做了，不禁悲从中来。她下定决心，必须要让孔袁禾对此事做出明确解释，否则，这日子没法过了。可当她还没想好如何跟孔袁禾摊牌时，另一件事情发生了。

一天夜里，大概11点多，二人正坐在家里看电视，孔袁禾的手机突然响起。孔袁禾一看来电显示，分明有些紧张，但当着司马樱桃的面，他又不能不接。由于坐得近，司马樱桃隐约听见电话是秋秋打来的，她好像喝醉了酒，叫孔袁禾去送她回家。孔袁禾看看司马樱桃，低声地说："我已经睡了，你自己回去吧。"可不多久，对方又打来了，如是再三。司马樱桃性急，抢过手机，说："秋秋，你到底想干啥？"秋秋发出一阵冷笑后说："你说干啥，你个老女人，又老又丑，我比你年轻多了。我就是喜欢他，咋了？"孔袁禾见司马樱桃跟秋秋在电话里吵了起来，极力劝阻，说："小女生不懂事，你别跟她计较，我保证以后不跟她有任何来往。"司马樱桃见孔袁禾认错态度好，也就原谅了他。

半年后的一天，司马樱桃带着两个孩子回老家玩。无意间，她发现孔袁禾的女儿初潮来了。孩子很恐慌，遮遮掩掩，脸吓得煞白。司马樱桃见状，耐心地开导她，教她如何应对，让她明白这是每个女孩子都要面对的生理现象。恰

人生四季
◎ 结婚季 ◎

好那几天降温,天气出奇地冷。司马樱桃亲自给孔袁禾的女儿用温水暖肚子。司马樱桃觉得应该将姑娘的情况报告给孔袁禾,让他这个做父亲的知道女儿的变化。可司马樱桃重复发了几次信息,孔袁禾就是不回。

从老家回到重庆后不久,孔袁禾的女儿面临小学毕业。离婚时,法院虽然将她女儿判给了母亲,但孔袁禾认为女儿长期跟前妻生活在区县,对其发展不利。故他一直有个心愿,将女儿弄到重庆主城来读书。这之前,他曾让司马樱桃借助自己的关系,在主城为女儿找个好点儿的学校。可孔袁禾的女儿自己不愿意,说要跟母亲在一起生活。为这事,孔袁禾耿耿于怀,他误以为是司马樱桃耍心计,不想让女儿来重庆。加上不久之后,司马樱桃带着自己的儿子去西藏玩了一趟,没叫上他女儿,这使得孔袁禾更加确信司马樱桃是有意为之,根本不喜欢他女儿。

司马樱桃不想解释什么,她相信只要自己问心无愧,夫妻间的矛盾自会消除。然而,令她怎么也没想到的是,正当他们的误会越陷越深之时,又发现了孔袁禾那见不得人的秘密。

有一天,司马樱桃陪孔袁禾去区县办事,需要找熟人帮忙。找来找去,事情都没办妥。后来,司马樱桃想到秋秋曾经在那个部门工作过,便让孔袁禾请她给办事人员打个电话通融通融。孔袁禾当即说:"我没有秋秋的电话了。"司马樱桃只好委托一个朋友,问到秋秋的电话,并用孔袁禾的手机拨了过去。没想到,秋秋爽快答应帮忙。事情办妥后,司马樱桃说:"过去的事情都过去了,你们还是朋友,我帮你将她的电话存上。"这一存,情况不妙了,孔袁禾的手机马上跳出几条短信,收信人都是秋秋。原来,孔袁禾一直跟秋秋有联系,只是手机中没有存名字而已。其中有一条短信写着:"成都很冷,你在那边照顾好身体。"发信息的时间,正好是司马樱桃带着两个孩子在老家的那几天。司马樱桃当即脾气大发,警告他说:"希望你将此事处理好,你要明白,秋秋可是你的表弟媳妇啊!"孔袁禾任凭她怎么骂,始终沉默不语,像死人一样。

第七章

令司马樱桃更加气愤的是，这事发生后不久，为节省话费，她在网上申请了一个家庭套餐，需要给孔袁禾的手机充值，无意中点开了孔袁禾的通话记录。记录上显示，凡是司马樱桃不在家时，他都跟秋秋至少有半个小时之上的通话，时间全是晚上。

如此一来，司马樱桃觉得是可忍孰不可忍。她找了个时间，非要让孔袁禾将秋秋约出来当面做出解释。而且，她还将此事如实告诉了秋秋的老公。秋秋的老公一听，意识到问题的严重性，当即叫司马樱桃和孔袁禾去他家里会面。碰面后，秋秋显得十分高傲，不可一世，她说："通话记录算什么，你看到我们上床了吗？"司马樱桃当场哭了，泪水止不住地流。更具反讽意味的是，秋秋的老公居然还说："你太保守了，现在这个社会，只要不捉奸在床，都是各玩各的，有啥嘛。"

从秋秋家里出来，司马樱桃感觉受了奇耻大辱，她嚷着要跟孔袁禾离婚。孔袁禾倒也干脆，毫不犹豫就答应了。

离婚后，孔袁禾一直没从司马樱桃家中搬出去。表面上看，仍跟夫妻一样。故司马樱桃的父母毫不知情，以为他们只是闹了别扭。

曾经一段风风火火的爱情，就这样说断就断了，跟做梦一样。

离婚后，司马樱桃的情绪慢慢平静了。平静之后，她觉得自己的生活很空虚。身边没了男人，就像一座房屋缺了柱子。这时，司马樱桃觉得，自己心里还是爱孔袁禾的。但即使还爱，又有什么办法呢？不是你的人，捆都捆绑不住。

然而，生活总是那么富于戏剧性。大半年之后，司马樱桃的儿子因为要去美国参加一个科技比赛，需要办签证。她担心单亲妈妈不好拿签证，无奈之下，只好请求孔袁禾帮忙，重又去领了结婚证。

或许是经过波折之后的醒悟吧，复婚后，孔袁禾像变了个人似的。至少有两年时间，他每天按时上下班，没事就宅在家里，哪儿也不去。偶尔还要做做家务，诸如拖拖地、洗洗碗什么的。司马樱桃见他收了心，倍感欣慰。

为此，他们早就商量好了，准备再生一个孩子，准生证都已办好。司马樱桃想，孔袁禾肯定是受了菩萨的点化，才变得如此恋家，珍惜现在所拥有的一切。

但她的想法错了，像孔袁禾这样的男人，菩萨是点化不了他的。

2013年，孔袁禾的父亲年满花甲，在老家做生日酒。亲朋好友都赶来祝贺，那天，秋秋也来了。司马樱桃见到她，心里十分不悦。但碍于情面，她压抑住心中的怒气，尽量以一个主人的口吻向其打招呼。谁知，秋秋瞥了她一眼，当众羞辱说："神经病。"吃饭前，司马樱桃偷偷将孔袁禾拉到一边问："既然秋秋要来，那你为何提前不跟我说呢？她还骂我。"孔袁禾笑笑，说："都是亲戚嘛，她要来，很正常。"司马樱桃也没多说什么。奇怪的是，当天下午，待亲戚散去之后，司马樱桃收到一个陌生号码发来的彩信，内容是一张孔袁禾在西安出差时，搂着一个女人拍的亲密照。司马樱桃当即将此图片拿给孔袁禾看，孔袁禾醉眼蒙眬地说："不知是哪个王八蛋又在开我的玩笑。"说完，就歪歪扭扭地躲进屋子睡觉去了。

办完父亲的生日宴，司马樱桃一直为那天发生的事闷闷不乐。但她转念一想，觉得孔袁禾的确跟过去不一样了，她不想因这事再起风波，也就相信了他，将此事付诸脑后，全身心投入到备孕之中。孔袁禾也开始戒烟戒酒，为新生命的诞生做准备。

但伪装终究是会露馅的。

2014年7月，风波到底还是发生了。起因是司马樱桃在成都的一个闺蜜出国，她要去送行。孔袁禾得知此事，立即催促她赶快去，这让司马樱桃颇为费解。然人算不如天算，那几天，恰遇强降雨天气，司马樱桃刚坐上动车不久，即被列车员告之，铁路塌方，不能继续前行。司马樱桃立即给孔袁禾打电话告知此事，孔袁禾当时正在区县一亲戚家吃小孩的满月酒。他以为司马樱桃在跟他开玩笑，也就没当回事。司马樱桃返回后，直接从车站坐车去找孔袁禾。当她在亲戚家见到孔袁禾时，他已经喝得不省人事，从坐的凳子

第七章

上直往桌底下滑。司马樱桃非常生气，她想，自己那几天正是排卵期，孔袁禾却喝成这样，还怎么怀孩子？

吃酒归来，司马樱桃一直在埋怨孔袁禾。孔袁禾一反常态，扯着嗓子吼道："你吵个屁，要离就离嘛。"司马樱桃哪听得这话，第二天一早，她就拉上孔袁禾朝民政局跑。不巧的是，当天仍然暴雨如注，加之塞车，待他俩赶到民政局时，工作人员已经下班了，要等到下午才能办理。

中午，他俩都无心吃饭，蹲在民政局门口一个能避雨的地方等待着。蹊跷的是，仿佛有人知道他们那天要去离婚似的。大约蹲了半个小时后，司马樱桃收到一条陌生短信："我怀你老公的孩子已经三个月了，不知道你们啥时能离婚，给我一个安稳的家。"司马樱桃马上将号码反拨过去，且故意按了免提键，对方一五一十将事情和盘托出。发信息的女子叫小马，是孔袁禾一次到福建出差时，在酒吧里认识的。当天晚上，他将小马叫到宾馆房间，两人发生了关系。小马也是重庆人，二十五岁，在福建一家酒吧里上班。自从认识后，孔袁禾便将她叫回了重庆，在外面租了间房子让她住。而且，孔袁禾的不少朋友都认识小马。很多场合，尤其是饭局，孔袁禾都是带着小马一同出席的，还谎称是自己的部下。

小马人虽年轻，却很有城府。孔袁禾也是知道她怀了自己的孩子后，才搞清楚小马其实已经有一个孩子，由她在乡下的父母帮忙照看。只是孩子的亲生父亲，却不晓得是谁。小马说，她其实知道司马樱桃跟孔袁禾去领了准生证，故她才急着发来短信，将事情挑破。司马樱桃得知真相后，傻在那里，半天没回过神来。

而孔袁禾好像料定此事会被揭穿一样，当他听小马在电话里跟司马樱桃讲述完这一切，表现得非常冷静，似乎什么事都没发生。也是在那一刻，司马樱桃才真正是欲哭无泪。这么多年来，她第一次认识到人性的复杂。眼前这个曾经寻死觅活地追求她的男人，竟然一直在欺骗她。之前，她以为孔袁禾只跟秋秋有染，没想到，他却在外面拥有不止一个女人。

人生四季
◎结婚季◎

为慎重起见，司马樱桃非要让孔袁禾处理好跟小马的事，他俩再离婚。孔袁禾被逼无奈，只好将自己的一部车卖了，给了小马三万块钱，让她将肚子里的孩子打掉。处理好了小马的事，孔袁禾似乎轻松了许多。在跟司马樱桃正式离婚时，他哭了。这么多年来，那是司马樱桃第一次见他哭。他一边哭一边对着司马樱桃说："老婆，我错了，我对不起你，请你给我两年时间，我一定重新将你追回来。"司马樱桃没有看他，转身走了。刚一迈步，就泪如雨下。她不知道该怎么评价眼前这个可怜的男人。

离婚两个月后，孔袁禾就跟一个只有二十一岁的姑娘同居了。据说，他们老早就认识了。这个小姑娘是个人精，比司马樱桃有经验。一开始，她就控制了孔袁禾所有的通讯工具。而且，还在孔袁禾的QQ签名上写了这样一段话："所有想跟孔袁禾谈情说爱的女人请注意，他是有女朋友的人。若你背着我跟他有染，休怪我不客气。"

第七章 紫

20. 徐柯莎：模特背后的隐忍爱情

| 人　　物：徐柯莎
| 性　　别：女
| 出生年月：1987 年 5 月
| 职　　业：模特

采访背景：

　　模特就是不一样，或站或坐皆有着优雅的气质。就拿徐柯莎来说，尽管我在见到她时，她两个小时前刚从 T 型台上走秀下来，整个精神状态显得很疲惫，但仍难以掩饰她那训练有素者所散发出来的迷人气质。她走到哪里，聚光灯仿佛就打在哪里，这从周围人对她投来的闪亮目光可以做出判断。

　　我们见面的地点，在解放碑大都会楼上的一家西餐厅，那是徐柯莎选定的。这里离她走秀的场所近，方便。她刚一进店，一个清秀的服务员即微笑着走过来道："徐姐，来了。今天喝点儿啥？"徐柯莎说："老规矩。"继而，她问我想喝什么，我点了杯卡布奇诺。服务员轻轻颔首，转身忙活去了。

　　这时，我仔细打量了一下她。一双淡蓝色的眼珠，透出跟别的女人不一样的光芒。加之她举手投足间，有种"贵族式"的优雅，让我这个平时散淡、随意惯了的人颇有几分不自然。我正寻思着该如何跟她攀谈，不想，她却先开了口，大大方方地谈起了她的感情经历。

人生四季
◎结婚季◎

也许,身为混血儿的徐柯莎,早就识破了我这个文弱书生的羞涩和尴尬。

天生丽质难自弃

徐柯莎的确是个漂亮的女人,但她的漂亮,不在脸蛋,而在身段。无论远观,还是近看,她那 S 型的身材都堪称完美。一旦迈步,更是风情万种,婀娜多姿,引无数俊男竞折腰。当然,除身材外,使徐柯莎看上去分外迷人的一个不可否认的原因,是她身上具有的俄罗斯血统。

她的母亲原本是上海一户商贾之家的千金小姐,只因年轻时,追求自由,不顾父母的极力反对,偷偷跟一个俄罗斯留学生私定终身。两人同居后,关系十分融洽,卿卿我我,如胶似漆。但这种幸福的日子并未陪伴徐柯莎的母亲很久,大概一年左右,正当徐柯莎的母亲身怀六甲之时,那个俄罗斯男人却忘恩负义,在一个深秋的夜晚,悄悄从熟睡的徐柯莎母亲身旁爬起,逃之夭夭了。天明,徐柯莎的母亲见男人不再,立即明白发生了什么事。但她没有哭泣,也没有愤怒,而是抚摸着大如鼓的肚皮,唱起了《莫斯科郊外的晚上》。之后不久,徐柯莎便从母亲的腹中呱呱坠地。

徐柯莎的母亲是那种相当有主见且受过良好教育的女人。故她在对待自己的生活和人生重大决策上,态度极其鲜明。当时,徐柯莎的外公外婆力劝她将孩子送人,以免对今后的发展不利。可哪怕他们将喉咙说破,徐柯莎的母亲愣是固执己见,坚持要将孩子抚养成人。她说:"我不需要任何人的可怜和同情,我自己种的苦果自己吃。"

人往往都栽在自己的倔强上。刚开始还好,凭借父母的帮扶,徐柯莎的母亲独自拉扯着她,生活尚不成问题。但时间一长,眼看孩子一天天长大,家中无别的经济来源,徐柯莎的母亲自尊心又强,不想老是靠父母的接济过日子。在一个偶然的场合,她认识了一个重庆商人。两人一见面,即互生爱

第七章 紫

慕之情。数次会晤之后，徐柯莎的母亲知道此人是重庆一家装饰公司的老总，比自己大五岁，离异，但无子。这个重庆男人也搞清楚了徐柯莎母亲的处境，他说："你若愿意跟我，我会将莎莎当作亲闺女对待。"就这样，徐柯莎跟着母亲，从上海迁移到了重庆。那时，她还只有四岁。

徐柯莎的继父果然是个一诺千金之人，抵渝后，他对徐柯莎比其母亲待她还要好，经常给她买吃的，买穿的。每个月，还要带着她们母女俩出去旅游一次。在徐柯莎的记忆里，继父对她产生的影响，远远多于母亲。有了经济上的保障，徐柯莎和她母亲终于摆脱了生活的焦虑。就像两只柔弱的鸟雀，终于受到了雄鸟的保护，过上了阳光灿烂的日子。

徐柯莎倒也给她继父撑脸，十岁不到，就已经出落成了一个小美人，能言善辩，古灵精怪，很讨人喜欢。凡是她跟着继父出去玩，总会引起周围人的羡慕和赞叹，这让徐柯莎的继父洋洋自得，对她更是疼爱有加。有一次，徐柯莎在家中玩耍，不小心将电视机砸坏了，她母亲雷霆大发，对她一通斥责。就在母亲要罚她跪的时候，继父下班回来撞见了，见妻子的举动，立即跑过去抱起女儿，说："行了行了，一个电视机，有啥！"徐柯莎听继父如此说，将头埋在他怀中，哭得稀里哗啦。还有一回，徐柯莎放学归来，无意中听到父母的对话，母亲说："你看莎莎也懂事了，要不咱俩再生一个孩子吧？"徐柯莎的继父想都没想，说："还生啥啊，有我们莎莎就够了。"徐柯莎躲在屋子里，感到心里暖融融的。

正是如此，徐柯莎对继父一直心存感激。从小到大，都是在继父的呵护下成长的，继父几乎把工作之余的所有心思都花在了她身上。徐柯莎也没有辜负她的继父，学习成绩向来优异，年年都受到学校表彰。她继父最开心的事，就是去学校参加家长会。每次开会，班主任都要将徐柯莎树为其他同学学习的榜样。只要听到老师表扬，继父坐在底下就偷着乐。继父最大的心愿，是希望徐柯莎大学毕业选择 MBA，去国外留学，将来能够出人头地。徐柯莎知道继父的心思，自己也有那个能力报考，但她不喜欢理工科。在选择自己前途的问题上，徐柯莎继承了她母亲的性格。为此，高考前，她跟继父之间有过短暂的冷战。后来，还是继父妥协了，尊重了徐柯莎的选择。

徐柯莎天生向往自由，渴望无拘无束的生活，故还在高考前，她就偷偷地跑去四川航空学院报了名。徐柯莎的志愿，是做一名空姐，能像鸟儿一样在蓝天上飞来飞去。到航空学院学习后，徐柯莎有一种强大的自信。学校也很器重她，无论是开展什么活动，要么请她担任主持人，要么请她表演节目。很快，她在学院中声名鹊起，成了校园明星。

一次，有一家著名企业到学校招聘业余演员，去拍一个广告片。商家一眼就相中了徐柯莎。徐柯莎想，权当社会实践，为今后的工作积累经验，也就去了。那次拍片很成功，据商家说，广告产生的效果很好，他们一次性给了她三万元报酬。这令徐柯莎欣喜若狂，她觉得自己终于可以挣钱了。拿到钱的当天，她跑去商场，给继父和母亲分别买了一套上千元的衣服，作为对他们养育之恩的回报。

人都是这样，无论做任何事，只要收获了成功的喜悦，心里的想法就变了。她不再安于现状，希望通过努力，收获更大的喜悦。徐柯莎运势很好，自从拍广告片成功后，她更是成了同学们的偶像。只要她从校园里走过，都有不少人回眸，向她流露出钦羡的目光。

大概半年过后，又一桩喜事降临到了徐柯莎的头上。那天下午，她刚从教室上完形体课出来，有两个打扮时尚的男人拦住她，自称是某时装公司的艺术总监，说看了她为商家拍的广告片，想请她担任模特，做时装秀。报酬按场数算，一场一万，一个月四场。徐柯莎一听这个条件，没有多想，就答应了。她想，自己虽没有经过模特训练，但凭借在航空学院练就的扎实基本功，走秀不过是区区小事。

的确，对徐柯莎来说，走秀太简单了。第一次出场，台下掌声雷动，聚光灯打在她身上，有做女皇的感觉。时装公司更是对她的表演赞誉有加，几场下来，公司立即决定让她出任"首席模特"，报酬也从一场一万，增加到一场一万五。此时的徐柯莎,已经不再是一个单纯的学生了。成功的喜悦,让她每天神清气爽。很快,她便喜欢上了模特这一职业,做空姐的想法逐渐从她的意识里淡出了。但也正是这一看似光鲜的职业,让她离最初的自己越来越远,从而走在爱与痛的边缘不能自拔。

自古红颜多薄命

模特职业的特殊性,让徐柯莎接触到无数形形色色的人。三教九流,达官显贵,她都认识不少。一段时间过去,由于徐柯莎在模特界的出色表现,名气越来越大,无论到哪里走秀,都有众多拥趸跑来献殷勤。在这些拥趸里,自然是男性居多,他们吹口哨,鼓掌,高呼……更有甚者,直接上台奉上珠宝首饰,这让徐柯莎不知如何是好。

但粉丝毕竟是粉丝,纵使他们在现场嗓子吼破,狂热到发疯,一旦表演结束,还是从哪儿来的,回到哪儿去。不像公司内部的人,可以经常见到徐柯莎。比如那个叫黄平的艺术总监,就可以"近水楼台先得月,向阳花木早逢春"。其实,徐柯莎进公司没几天,她就觉察到黄平心怀鬼胎,有事无事,总爱找些理由叫徐柯莎去他办公室,借商量工作之故,对其百般暗示和勾引。徐柯莎虽涉世未深,但天资聪明,对人情世故较有洞察力。她尽量与黄平保持距离,平素,也避免单独跟其接触。好几次,黄平都试图对徐柯莎下手,但估计是怕影响自己在公司的地位和形象,只好把自己伪装起来,坐待时机。

徐柯莎原本是想在模特行业中干出一番事业来,但在此行当中陷得越深,她越感到这个行业的复杂和混乱。里面潜规则很多,如果哪个模特想在T型台上前途光明,大放异彩,那就必须顺应"规则"。否则,你条件再好,再努力,到最后,也可能是滔滔江水,付诸东流。因此,徐柯莎明知道黄平那双充满邪恶的眼睛已经盯上了她,她却不敢公然跟他对着干。要知道,也许

人生四季
◎结婚季◎

人家一句话，就可能将你淘汰出局，像踩死一只蚂蚁那么容易。

但人，尤其是男人，一旦对某个女人滋生了邪念，是不达目的不罢休的，什么事都干得出来。几个月过去，黄平觊觎徐柯莎已久，一直苦于找不到合适的机会。一次，有家生产手表的公司，想请几个模特去做宣传，公司接了这个单。晚上，对方请吃饭，公司经理带上黄平、徐柯莎，以及另外几个模特作陪。宴请结束后，邀请方安排去卡厅唱歌。公司经理为接这笔单，只好带领大家欣然赴之。徐柯莎感觉事态不妙，几次借故想溜，但均被黄平挽留住。无奈之下，她只能硬着头皮去了。

男人都好面子，最怕被别人视为不义。在唱歌过程中，大家都比拼喝酒，仿佛只有酒，才能体现男人的豪气和雄风。加之有女人在场，他们更是使劲表演，像打了兴奋剂般肆无忌惮。公司经理是个老江湖，知道邀请方是冲着几个模特来的，便不停地让徐柯莎和另外几个模特敬酒。每敬一杯，自己也必须喝一杯。如此一来，事情就变糟了。刚才吃饭时，大家本就喝得晕晕乎乎，这一折腾，无异于雪上加霜。两件啤酒下肚，几个模特都来了个"现场直播"，一阵呕吐之后，就瘫在沙发上不省人事。

第二天上午，当徐柯莎被口渴唤醒时，她发现自己躺在一张陌生的床上。身边睡的，正是赤身裸体的黄平。瞬间，她意识到昨晚发生了什么，脑子里一片混乱。她赶紧翻身下床，穿上衣服，迅速从宾馆的房间冲了出去。

刚走出宾馆的大门，徐柯莎的眼泪就下来了。大街上到处都是匆忙走着的人，他们见徐柯莎流着泪，不知道发生了什么事，都好奇地扭转头来看。那一刻，徐柯莎第一次发现自己如此狼狈，如此孤独无依。

此事发生后，徐柯莎恨透了黄平，认为他是个人面兽心的东西。但她转而一想，觉得发生过的事不可更改，反正自己已是他的人了，不如顺水推舟，和黄平结婚，给自己一个交代。谁知，黄平见到徐柯莎时，十分淡定，貌似什么事都没有发生。而且，他还笑着跟徐柯莎说："那晚喝多了，请别介意。"听到这话，徐柯莎很想给他一记耳光，但她忍住了，转身离去。

第七章 紫

经过这次教训，徐柯莎发誓，永远不跟模特圈子里的男人有任何情感瓜葛。即使那些力挺她的男拥趸，她也一概不理。在公司里，本来还有两个男模，一直暗恋她，但她不屑一顾，不给对方任何机会。

黄平真可谓是个无耻之徒。自从他的阴谋得逞后，他对徐柯莎念念不忘，总想再次跟她发生关系。他料定徐柯莎对他的行为不敢做声，因此更加有恃无恐。事实也的确如此，徐柯莎的发展几乎掌握在他手里。在黄平的猛烈围攻下，徐柯莎感到无处藏身。她曾多次想过辞职，另谋生路，但她又舍不得这份职业。她放弃想做一名空姐的愿望，全身心投入模特行业，好不容易才博得如今的名气，不能说不干就不干了。

正在徐柯莎一筹莫展之时，另一个男人仿佛横空出世般跳出来救了她的急。那段时间，徐柯莎心情非常焦躁，一个朋友见她闷闷不乐，便叫上她去打高尔夫球。徐柯莎本来对高尔夫球不感兴趣，但想到自己的确需要放松心情，也就答应了。徐柯莎的球技并不好，加上心情恶劣，更是提不起打球的兴致。但朋友很热心，在球场上耐心地教她如何锁定目标。就在徐柯莎握紧球杆，准备打球时，她两眼一黑，晕了过去。待她醒来之后，才知道自己刚才是被一根飞来的球杆砸中了头部。

这根球杆的主人，是一个年轻男子，看样子，顶多比她大两三岁，人称"姜哥"，真名叫姜红波。姜红波见自己酿了事故，赶紧跑过来察看情况。徐柯莎的朋友对姜红波一通斥骂，要求立即送徐柯莎到医院进行治疗，并赔偿其精神损失费。姜红波本来就是这样想的，但他见徐柯莎的朋友如此泼辣，就故意露出一副桀骜不驯的姿态，想压她的刁蛮气焰。哪晓得，徐柯莎的朋友也不是省油的灯，她立刻掏出手机给自己的干爹打电话。她干爹是部队里的一个将军，不多一会儿，两个军人便火速赶到球场处理此事。姜红波迫于压力，当即将徐柯莎送至附近的医院，并赔礼道歉。徐柯莎不想将事态扩大，见姜红波已经认错，也就叫朋友息事宁人，不予追究了。

徐柯莎的行事态度，让姜红波深感温暖。她住院期间，姜红波每天都来

人生四季
◎ 结婚季 ◎

看她，照顾得十分周到。短短一个星期，他们即坠入了爱河。这正应了那句话："不打不相识。"

出院后，徐柯莎故意将姜红波带到公司去玩，还当众宣布这是她男朋友。其实，她这么做，完全是给黄平看的。她希望以这种方式来遏止黄平对她的邪念。起初，黄平对徐柯莎的行为很生气，在工作中处处刁难她。后他打听到姜红波人虽年轻，在社会上却赫赫有名，他怕惹火烧身，故也就转变了对徐柯莎的态度，不敢造次。

规避了黄平的冒犯，徐柯莎轻松了许多，心情一下子明亮起来，她把这一切都归功于姜红波。姜红波也是个标致的小伙子，他虽非模特，却有着模特的气质。全身上下穿的都是名牌，花钱也很阔绰。给人的感觉，完全是个富家公子。加之他为人潇洒、乐观，徐柯莎越来越爱他。

但一个人若要对另一个人彻底了解，那几乎是不大可能的。尤其是热恋中的人，更是难以客观评价了。相处一个月之后，姜红波的缺点暴露了出来，他天天进赌场，一旦输了钱，就怒发冲冠。直到这时，徐柯莎都不清楚他到底从事的是何种职业。据他自己说，他在一家公司做高管。

一次，徐柯莎发现藏于家中的两件珠宝不翼而飞，那是她做模特期间去国外买的。徐柯莎当即报了案，警方介入调查后，案件进展缓慢。警方怀疑是熟人作案，让徐柯莎回忆近期都带什么人来过家里。徐柯莎仔细回忆，最近，她只带三个人来过。一个是她的闺蜜，一个是一名活佛，还有一个则是姜红波。徐柯莎经过缜密分析，她的闺蜜为人正派，且家境富裕，作案的可能性不大；而活佛是她专门请来给珠宝开光的，作为佛门中人，料想也不会做出此等丑事；而姜红波作案的可能性最大，他嗜赌成性，且社交关系复杂。分析之后，徐柯莎立即打电话给姜红波，质问他是否知道珠宝的下落。姜红波矢口否认，警方苦于找不到证据，只好表示将继续追查。

因为这事，徐柯莎跟姜红波的关系开始出现裂痕。徐柯莎追宝心切，她曾找到一个据说可以通灵的人测算过珠宝的下落，"通灵师"告诉徐柯莎，说珠宝估计找不到了,让她心放宽点儿。但徐柯莎仍不死心,依旧通过各种方式寻找。

有一回,徐柯莎闲得无事,将曾经拍摄的珠宝照片传到微信朋友圈,并说这两件宝贝已失窃。信息刚发出不久,即有一个朋友回复说,貌似在另一个人那里见过。徐柯莎经过反复盘问,朋友所说的那个人正是姜红波。而且,徐柯莎还从朋友处了解到,姜红波一直在社会上游荡,无正当职业,曾在一家赌场厮混,目前又在一家夜场做"鸭子"。徐柯莎立刻将信息告知了警方。警方根据此线索,很快将姜红波抓捕归案。遗憾的是,珠宝只追回一件,另一件已被其卖到了海外。

看到失而复得的珠宝,徐柯莎悲喜交加。喜的是她挽回了至少一半损失,悲的是她曾一叶障目,错认了不该认识的人。

不以血统换爱情

经历了生活的教训后,徐柯莎对任何事都变得小心谨慎。尤其是对待感情问题,她更是慎之又慎,绝不轻易跟人谈恋爱。但像徐柯莎这样的女孩子,哪怕你再小心,都难以逃脱感情的困扰。就像你在路上开车,你不去碰别人,别人却要来碰你一样。

徐柯莎经常都会遇到一些求爱者,他们"八仙过海,各显神通",变着花样来博取她的欢心。在这群求爱者中,有一位画家,长发飘飘,举手投足间,皆彰显出艺术家的风采。最开始,徐柯莎并未对其上心,在她眼中,搞艺术的人大都是些"神经质",喜欢附庸风雅,卖弄才华。就像有些诗人那样,见到大海要"啊",见到黄河也要"啊",哪怕见到一棵小草,也要低下头去亲吻,然后泪流满面。但通过接触,徐柯莎觉得这位画家人倒正常,没有她想象中的那种习气。而且,她很佩服和欣赏那画家的才干。于是,他们

人生四季
◎ 结婚季 ◎

试着相处了一段时间。后来，徐柯莎认为跟画家生活还是不太适应，也就分手了。其主要原因是画家的生活能力太差了，成天只晓得躲在自己的艺术世界里自我欣赏，对外界的一切漠不关心。饭不会做，衣服不会洗，一遇到个什么事，逃得比任何人都快。

画家之后，徐柯莎遇到了另一个男人。此人名叫葛建民，也就是徐柯莎法律意义上的丈夫。葛建民比徐柯莎小两岁，不但人长得帅，事业也非常成功，父母都是经商的，在云南开酒吧。多年前，他父母要求他也到云南去，跟在自己身边一同发展事业。可葛建民自由惯了，不想在父母的监管下生活。他执意留在重庆，自己创业。葛建民的确能力非凡，在父母的帮助下，短短几年时间，便拥有了四家店铺：两家餐饮店，一家美甲店，一家糕点店。

徐柯莎和他是去他的餐饮店用餐时结识的。当天，她请几个朋友吃饭，饭毕，不慎将钱包掉在了店里。服务员捡到后，交给了葛建民。葛建民打开钱包，看到徐柯莎的名片和身份证，便打电话让她来取。徐柯莎到店后，不想二人竟相谈甚欢。这样一来，他们便成了朋友，之后，自然而然就发展成了恋人关系。

尤其是葛建民一家知道徐柯莎是个混血儿后，对其态度超好。他父母专程从云南回重庆与徐柯莎会面。会面时，葛建民的母亲一直盯着她看，像在看一个外星人似的。徐柯莎对葛建民父母的行为感到很不自在，但出于对未来公公婆婆的尊重，她只能忍了。

见面后两个月不到，葛建民的父母便催促他们完婚。而且，婚期和酒店都已安排妥当。徐柯莎想，自己经历了这么多事，年龄也不小了，反正早晚都得嫁人，于是，她将葛建民领去见了自己的继父和母亲。待他们同意后，二人正式步入了婚姻的殿堂。

婚姻最美好的日子，大概只有刚结婚的那几个月。保鲜期一过，也就没什么意思了。结婚之初，徐柯莎还是感到异常甜蜜和幸福的。不但丈夫爱她，公公婆婆也疼她。葛建民的母亲还专门撇开云南的生意，回来照顾儿子儿媳，

第七章

天天在家煲汤给徐柯莎喝，且任何家务都不让她插手。那种来自家庭的温暖，迅速征服了徐柯莎。她想，自己虽曾历经劫难，但如今总算修成了正果。

但徐柯莎错了，在这表面的温暖之下，却一直暗藏着一层寒冰，这寒冰差点儿将她冻僵冻硬。徐柯莎明显感觉到这层寒冰的存在，是在结婚一年以后。自他们结婚以来，葛建民的父母就一直盼望着抱孙子。葛建民也曾明确跟徐柯莎提及过此事，希望能尽快生一个孩子。可徐柯莎虽然已为人妇，但骨子里却还是少女的天性。她觉得自己还没玩够，不想过早做母亲，把自己束缚住。为此，小两口没少拌嘴。

最开始拌嘴的时候，葛建民的母亲假装不知，忍气吞声，依然对徐柯莎细心照顾。直至一年之后，她见徐柯莎的肚子毫无动静，再也忍无可忍，终于露出了真面目。她不再给徐柯莎做饭、洗衣。徐柯莎一回屋，就拿脸色给她看，还尽说些指桑骂槐的话。徐柯莎因为她是长辈，百般忍让，但越到后来，葛建民的母亲越得寸进尺，竟至公开跟她宣战了。

一天上午，徐柯莎因前一天晚上走秀休息得晚，起来迟了，葛建民的母亲张嘴就是一通臭骂。她道："你整天好吃懒做，我儿子娶了你，简直倒了八辈子的霉。"徐柯莎被激怒了，还嘴道："你以为你儿子有多优秀，有多了不起，我能看上他，是他八辈子修来的福气。"婆媳你一句，我一句，吵得不可开交。吵到最后，葛建民的母亲到底还是说出了内心的真实想法："你别以为自己是个模特就了不得，模特就跟古时候的戏子一样，贱！你以为我儿子真的爱你吗？老实告诉你，当初他压根就没想娶你，是我们非要他娶你的。"徐柯莎听了，气得说不出话来。葛建民的母亲接着说："我们这样做，完全是看在你是个混血儿的分上，期望你能给咱们葛家生个优质的孙孙。现在你既然不愿给我们葛家怀种，那我们娶你有何用？我们家建民不缺女人。"这一番话，对徐柯莎来说，无异于五雷轰顶。她怎么也没想到，自己到头来，还是成为了爱情的"殉葬品"。

家庭风波之后，葛建民的母亲一怒之下，回云南去了。而葛建民是个大

255

孝子,他当初之所以同意跟徐柯莎组合成家庭,确实是缘于他父母的因素。这次他母亲的拂袖而去,让葛建民耿耿于怀。他觉得此事,责任全在徐柯莎。

不知道是出于对徐柯莎的惩罚,抑或报复,自从母亲走后,葛建民对她相当冷淡,经常夜不归宿,即使有时回来,也是喝得醉醺醺的。据徐柯莎暗中调查,葛建民在外面跟众多女性有染。更可气的是,半年之后,他竟然让一个陌生女子怀孕了。

事情发展到这一步,徐柯莎认为,若再将这段有名无实的婚姻继续下去已无必要。于是,痛定思痛之后,她当机立断,跟葛建民离了婚。

离婚后,徐柯莎的继父心疼她,四处替她张罗对象,但都被她拒绝了。目前,她正在申请移民,准备定居澳洲。徐柯莎说:"婚姻对于我来说,已经没什么意义了。"话毕,她又补充了一句:"我不想成为我母亲命运的轮回。"

21. 魏立方：用拳头替爱情说话

| 人　　物：魏立方
| 性　　别：男
| 出生年月：1985 年 9 月
| 职　　业：销售经理

采访背景：

从外表上看，魏立方长得很斯文，一点儿都不像个动不动就挥动拳头的人。言谈更是低调、谦逊，你只要不问他话，他就保持沉默，仿佛时刻都在思考着什么。

半个月前，我跟他商定，找个时间去成都会会他。可没想到的是，还没等我抽出时间，他却先来到重庆出差。于是乎，待他办完正事之后，我专门利用一个下午，请他到南滨路喝茶。

那天正好是周六，茶客很多，周围全是熙熙攘攘的谈话声。偶尔，还会传来几个流浪歌手卖唱的歌声。歌声飞到半空，在头顶盘旋几圈，瞬间便被嘉陵江里的滔滔江水给卷走了，唯剩下几张皱巴巴的人民币，捏在流浪歌手的手中，证明着生活真实的一面。

我见环境太过嘈杂，喝了会儿茶后，建议另外去一个安静点儿的场所。可魏立方说："不用，这里挺好的。太静了，我反而不知道该怎么开口跟你说。"他的这一思维逻辑,让我感到新鲜。我看着他,他则侧脸望着江面。短暂的沉默后,他说:"老实说,我最大的问题是管不住自己的双手,才导致了爱情的失败。"

听完这句话,我才意识到,他已经在跟我谈他的人生和感情经历了。我赶快掏出纸笔,记录下了那个下午的时光,以及一个男人关于爱情的往事。

在拳头挥舞中成长

魏立方曾是个胆小怕事的人,念中学的时候,只要见有同学打架,他就吓得浑身哆嗦,上牙磕下牙。但自从初二那年,他跟随做生意的父母到康定生活后,性格就变了,胆子也越来越大。

那时候,他父亲在康定办了个木材加工厂,他也随之进入到当地一所中学念书。由于初到一个陌生之地,人生地不熟,班上的同学都藐视他。个别调皮学生,常常利用放学的机会,将魏立方拦在回家的路上,让他从自己的裤裆底下钻过去。魏立方自知寡不敌众,为不吃眼前亏,他只好照办了。谁知,那帮捣蛋鬼见魏立方无力反抗,竟戏弄成瘾,天天让他学狗爬。魏立方想过将此事告诉老师或者家长,但他怕如此一来,会遭到那帮臭小子更加严厉的报复,于是,他一直忍气吞声,任人宰割。

有一次,他们学校开运动会,比赛结束后,有两个高年级的同学打听到他父亲在办木材加工厂,料想其家中有钱,便唆使经常捉弄他的那几个人去敲诈他一笔。魏立方看穿了他们的把戏,坚决不给钱。那几个调皮学生第一次遭到魏立方的反抗,心里很不是滋味。为巩固自己的权威,几个人合力将魏立方推到一个墙角,撒尿淋他。魏立方受到奇耻大辱,回家后,他一直铁青着脸,不说话。母亲问他怎么了,他也不作答。那晚他连晚饭都没吃,就提早睡去了。第二天一早,魏立方喝了一碗酥油茶,吃了一个糌

第七章

粑，就匆匆朝学校赶。当他走到学校门口时，天才蒙蒙亮。他站在校门口，背靠着墙壁立着，像一尊塑像。过了大概半个小时，陆陆续续有学生入校了。他们见魏立方一头雾水地立在那里，觉得很奇怪。这时，魏立方不停朝校门外的马路上张望，神色显得有些慌张。当他最终听到昨天羞辱他的那几个学生，嬉笑着结伴朝学校走来时，瞬间打起了精神，像一个发现了猎物的猎人。就在那几个人靠近校门时，魏立方突然从书包里掏出一把钉锤，发疯般朝对方猛冲过去。一阵乱锤之后，有两个同学嗷嗷倒地，头上鲜血直流。其中一个见状，撒腿就跑，尿都吓出来了。至少有一个星期，他都躲在家中，没敢来上课。

此事发生后，魏立方被学校劝退了。他父亲八方托关系，走后门，最终还是没能让儿子重返校园。从那时起，魏立方也无心上学了，成天躲在家里看父亲锯木材。几个月之后，魏立方的父亲见他无所事事，担心他自我封闭，一番思忖之后，决定让他跟着自己学做木材生意。

魏立方或许真是个做生意的料，没多久，他便入了门道，经常跟着父亲的一个副手，到成都周边去销售木材。每次出去，他都要在成都玩两天。待吃饱喝足，潇洒够了，再回到康定去。他父亲的工厂那时正在发展中，有许多事情需要打理，也就没有过多的心思去管他。

就这样，不知不觉地，魏立方混到了十八岁。成年后的他，比起同龄人来说，已经是一个经验丰富的"老江湖"了。他父亲见他能力不错，索性让其独当一面，将有些业务交给他独立去完成。而魏立方也不辱使命，每次生意都做得很漂亮，干净利落，这让他父亲赞不绝口。

获得父亲的认可，魏立方无疑是高兴的。但人一旦得意，往往就会忘形，滋生事端。有一次，魏立方载着一车木材去郊外交货。运输的疲惫使他在交完货后，突然想找个地方放松一下。恰好，他住地旁边就是家酒吧。没有多想，魏立方便一头钻了进去。酒吧里挤满了人，七彩灯光照得人眼花，酒杯碰酒杯的声音十分动听。他要了几瓶啤酒，一个人慢慢地享用着。可喝着喝

人生四季
◎结婚季◎

着,他感到一个人喝酒太没意思了。此时,正好有一个模样俊俏的姑娘走过来问他:"先生,需要陪吗?"魏立方点点头,那姑娘便紧挨着他坐了下来。不多一会儿,姑娘正端着杯子灌魏立方的酒,突然从外面冲进来一个大汉,说魏立方调戏了他媳妇,让赔钱。魏立方血气方刚,站起身提起桌上的一个酒瓶,朝大汉头上砸去。这一砸,仿佛触碰到了地雷的引线,随即,从外面冲进来四五个男子,手持钢刀威逼而来。魏立方灵机一动,翻窗而逃。几个男子拼命追逐,魏立方不识路,被其中一个男子从背后猛砍两刀。魏立方负伤继续逃命,几个男子仍穷追不舍。他本想开车逃跑,见追逐者已然逼近,危急之时,他想起自己车上放着一支猎枪,那是父亲叫他带上防动物的。魏立方忍住疼痛爬上车,锁上车门,操起猎枪,对准那几个人放了几枪。然后,夺路而逃。

两个星期后,那几个男子带领一帮人,找到了魏立方父亲的工厂,说魏立方打伤了他们两个兄弟,要讨说法。魏立方的父亲见对方来势汹汹,赶紧让妻子将魏立方带去藏在房后的一口空棺材里,才使其躲过一劫。

魏立方的命倒是保住了,但他父母却遭了殃。那帮人非要魏立方的父母交出儿子,否则,就要砸工厂。他父亲承诺赔偿巨额费用,对方仍不依不饶。隔三岔五,那帮男子都会来工厂闹事。每次来,都会给工厂造成不小的损失。

后来,魏立方的父亲在康定实在是待不下去了,被迫转让了工厂,举家返回成都,靠开一家小餐馆过活。在返程的车上,魏立方的父亲咽不下这口气,他狠狠地给了魏立方一记重拳。他父亲想,只有如此,才能让魏立方长记性,改邪归正。

可没承想,多年后,魏立方倒是变得本分、务实了,却在潜意识里记住了父亲这一记勾拳,并将其运用到了自己爱的人身上。

第七章 紫

谁伤我我打谁

　　康定的生活经历，让魏立方养成了"强悍"的性格。他自尊心非常强，极好面子，害怕被人瞧不起。故回到成都后，凡是跟朋友出去吃饭，他必是要抢着买单的那种人。唯有如此，他才觉得在社会上吃得开，才能笼络人心，不被别人看扁。

　　或许正是魏立方这种大方的行事风格，使他朋友非常多。尤其是那些女孩子，都喜欢跟他出来玩。认为他为人仗义，可以到处吃香喝辣，却从不为饭钱发愁。在这群朋友中，有一个名叫汪紫薇的姑娘，对魏立方特别钟情。汪紫薇是个富家小姐，父亲是某建筑公司的老总。家境的优渥，使其一直过着养尊处优的日子。故她还在读书期间，就表现出叛逆的性格，成天逃学，跑到社会上和不三不四的人厮混。一个偶然的场合，她结识了魏立方，两人一见如故。短短的时间内，二人即坠入爱河。

　　汪紫薇的父亲知道女儿在谈恋爱，严厉禁止，强行将她送到学校读书。可女大不由爹，父亲越反对，汪紫薇对魏立方越上心，几乎到了疯狂的地步。后来父亲拿她没办法，只好睁只眼闭只眼。汪紫薇到底是温室里的花朵，高中一毕业，她就不想再继续读书了，一心要跟着魏立方浪迹天涯。魏立方见汪紫薇如此痴情于己，感动得不能自已，发誓终生呵护她。可就在他俩商定出逃的前夜，被汪紫薇的父亲派人拦住了。也是通过此事，汪紫薇的父亲才彻底搞清楚了魏立方的家境。当他得知魏立方无正当职业，不过是个社会闲杂青年时，气不打一处来。他呵斥女儿，如果胆敢跟魏立方结合，将不认父女之情。汪紫薇历来就没怕过她父亲，而且，凭借以往的经验，她父亲斥责她，虽表面上看去铁面无私，实则却是菩萨心肠，不会真的不念亲情。所以，当汪紫薇听父亲说出此话，并没感到事态有多严重。她淡定地说："不管你

人生四季
◎结婚季◎

们同不同意，反正我已经是魏立方的人了。"

至此，汪紫薇的父亲已无话可说，只好忍痛接受现实。为不让女儿将来吃亏，他花钱托关系，将汪紫薇弄到一个镇政府去工作。最开始，汪紫薇还不愿意去上班。她觉得自己父亲有的是钱，何必去遭那份罪。但她父亲非要让她去，说如果汪紫薇同意去上班，他就同意他俩的婚事，并承诺给他们买车、买房。汪紫薇一想，不能再跟父亲对着干，也就答应了。

两年后，在汪紫薇父母的安排下，她跟魏立方登记结了婚。结婚之后，由于魏立方一直没有工作，两人日常花销又大，经济来源全靠汪紫薇的父亲接济。汪紫薇的父亲曾想过给魏立方找份工作，可他实在不喜欢这个"傻女婿"，认为他无本事，游手好闲，一身臭毛病。要不是心疼女儿，他早就将其赶出家门了。

魏立方对岳父的态度心知肚明，每次见面，他都能感受到岳父那颗冷漠的心。有时，汪紫薇的父亲还会故意说出一些话来刺激魏立方，这让魏立方很是压抑。要不是看在汪紫薇的面子上，他早就想给这个老家伙点儿颜色看了。

越是外表强悍的人，内心越是脆弱。魏立方每回从岳父那里受到奚落或打击，都会将怨气撒在汪紫薇身上。汪紫薇哪能忍受这般委屈，只要魏立方朝她发脾气，她闹得比魏立方还凶。二人都不服输，石头对石头，硬碰硬。魏立方气血一升，抬手就要打人。

有一年中秋，魏立方和汪紫薇去岳父家过节。岳父喝高了，指着魏立方的鼻子说："你小子好福气，娶到紫薇，你看你，屁本事没有，全靠紫薇吃饭，有卵用。"岳父的话，像一把把钢刀，直接朝魏立方的胸膛猛刺。汪紫薇不停在旁边眨眼，示意父亲言多必失。可父亲却越说越带劲，有些把控不住了。魏立方脸上青筋暴突，牙齿咬得紧紧的。突然，他倏地站起身，抓起桌上的饭碗朝岳父砸去。顿时，岳父额头鲜血直流。汪紫薇死死将魏立方拉住，不让其酿事端。可魏立方却像一只猛虎，抓住什么砸什么，还将岳母和汪紫薇统统撂倒在地。那一天，魏立方心中长久压抑的憋屈终于得以发泄。

第七章

他学孙猴子的样子，大闹天宫，将整个饭局搅得乌烟瘴气。一个本该团圆的日子，就这样不欢而散。

第二天，汪紫薇的父亲逼迫她跟魏立方离婚，汪紫薇见父亲怒发冲冠，态度决绝，终于带着满脸的伤，跟魏立方去办理了离婚手续。

离异后，魏立方的自尊心严重受挫。他觉得上帝对他太不公平了，没有任何人看得起他。他就像一个跳梁小丑，走到哪里，都会遭到别人的歧视。那段日子，他经常跑去酒吧喝酒，不想见任何人。而且，他见谁都想发火，恨不得上去捅人家几刀，心里才平衡。

也就是在酒吧里，魏立方认识了另一个女孩拉姆。拉姆是个藏族姑娘，跟着表哥来成都开了家藏族风格的酒吧。或许是在康定生活过的缘故，魏立方跟拉姆十分投缘。拉姆性格温柔，会体贴人。魏立方每次去酒吧，只要客人不多，拉姆准会主动去跟魏立方攀谈，给他敬酒。待彼此都熟了，拉姆还会送一些小点心给魏立方品尝，并专门为他表演歌舞。这让魏立方第一次感受到做人的尊严。他猛然发觉，原来这个世界上，居然还有人欣赏自己，关心自己。想到这些，魏立方泪如雨下。

半年之后，魏立方跟拉姆正式结婚。

大概人都看不起条件不如自己的人，这是人性的弱点。跟拉姆结婚时，魏立方的父母是反对的。就像他当初跟汪紫薇结婚时，汪紫薇的父母反对一样。魏立方的父母虽然不敢在汪紫薇的父母面前趾高气扬，但却绝对可以在面对拉姆时惺惺作态。他们瞧不起拉姆，认为她是一个酒吧女，社会关系复杂，配不上魏立方。事实上也是如此，单从外表方面看，魏立方身高近一米八，体型魁梧；而拉姆身高才一米五，偏胖，圆脸，也不漂亮。要不是她让魏立方找到了男人的尊严，魏立方也不会娶她为妻。

好在拉姆很会做人，自从跟了魏立方后，她对其百依百顺，无论干任何事都以魏立方为中心。魏立方脸上稍有愠色，她便委曲求全，连忙道歉，还故意撒娇逗其开心，这委实让魏立方活得很过瘾。

但爱情这东西，是掺不了假的。跟你生活的那个人对你再好，倘若你不爱她，也是感受不到任何温暖和激情的。拉姆虽然让魏立方有了做人的尊严，却丝毫让他感受不到爱情的美妙。日子一长，他感觉自己娶的，不过是一个奴仆而已。渐渐地，魏立方开始讨厌拉姆。他埋怨拉姆凡事都顺着他来，完全没有主见。而拉姆逆来顺受惯了，即使魏立方因事大动干戈，她也不反抗。于是乎，魏立方的野性子又上来了。每次发火，他都对拉姆拳打脚踢。实在承受不了了，拉姆就蹲在墙角，抱头抽泣，不骂也不跑。

有一次，魏立方在酒吧喝醉了，跟几个男人发生纠纷。对方人多势众，欲置魏立方于死地。拉姆见状，赶紧跑过去解围。经过好一番低声下气的认错，对方才息了怒，拂袖而去，保住了魏立方的一条命。可魏立方见危险已除，操起桌上的一个酒瓶，朝拉姆砸去。拉姆的额头被砸破一条大口子，送到医院缝了七针。拉姆的表哥找魏立方算账，将魏立方狠狠教训了一顿。谁知，魏立方不但不悔改，反而变本加厉地打骂拉姆。拉姆怕事情闹大，一直瞒着表哥，不敢道出实情。直到一天夜里，魏立方因一件小事打骂拉姆。他将拉姆的头发抓住，朝墙上撞，拉姆差点儿晕过去。物极必反，兔急咬人。那一刻，不知是什么力量，使拉姆鼓起勇气，抓起桌上的一把水果刀，直接朝魏立方的腹部刺去。魏立方大叫一声，捂住腹部，倒在了地上。鲜血汩汩流了一地。所幸，拉姆的这一刀，没有刺中魏立方的要害，才使他再次捡回一条命。

但那晚过后，拉姆就不见了踪影。魏立方也懒得去找，反正，他们从来也没有真正爱过。魏立方说："拉姆这一刀，是我欠她的债，该还。"

打人也会上瘾

经过两次婚姻失败后，魏立方明白了一个道理。他觉得别人之所以看不起自己，全在于自己没有正当的职业。认识到此问题，魏立方如梦初醒，不

第七章

再依赖父亲，自己开始到处找工作。历经"九九八十一难"后，魏立方终于在一家理财机构谋到份差事。

的确，有了工作后的魏立方像变了个人，空虚感没有了，每天将全部心思放在工作上。一段时间过去，他慢慢地找到了自信，觉得自己并非什么事都不会干，至少还能够自立，且对社会有那么一点点用处。

生活的变化给了魏立方前所未有的喜悦。

工作之余，他也不再去酒吧浪费时间了。要么看看资料或业务书籍，要么约几个同事，去吃顿饭。总之，他已经从过去自卑的阴影里走了出来。

人只要行正道，努力奋斗，命运之神就会垂青于你。工作一年后，魏立方又遇到了一段新的恋情。那个姑娘叫裴丽雅，是他的同事。裴丽雅起初对魏立方并没好感，后来在工作中，她见其肯吃苦，有干劲，乐于助人，接触多了，也就动了心。

裴丽雅相貌端正，又是大学生，是魏立方结识的异性朋友中最优秀的一个。因此，能够得到裴丽雅的芳心，他倍感自豪，也倍加珍惜。魏立方对裴丽雅极好，每月领了工资，他都带裴丽雅去吃好吃的，还为其买衣服。年轻人的恋爱，就是那么舒放自如，像沙地里的萝卜，一带就来。三个月不到，他们就同居了。

魏立方感到，自己的幸福日子正在降临，春天就在窗户外面召唤他。然而，爱情靠的不是热情，它是需要时间来磨合的。相处久了，魏立方发现了裴丽雅的问题。裴丽雅是个爱幻想的人，不甘落后，喜欢跟人攀比。比如同事买了件衣服，她觉得好看，也要去买一件。这让魏立方大伤脑筋，他每月的薪水根本无法满足裴丽雅的需求。

每天，裴丽雅都把自己想象成一个"资产阶级小姐"，言谈举止模仿贵族。一天，裴丽雅过生日，魏立方带她去一家餐厅庆贺，还特意做了个蛋糕。刚开始，裴丽雅蛮感动的，认为魏立方心中有她。可两人吃饭时，吃着吃着，裴丽雅盯着魏立方不做声了。魏立方因肚子饿了，只顾埋头大口刨饭，待他

人生四季
◎结婚季◎

发觉裴丽雅的神色时,他顿了顿问:"怎么了?"裴丽雅将筷子重重一放,大声说到:"你嚼饭时声音不能小点儿吗?像头猪一样,没教养。"裴丽雅的话,引来了邻桌的人侧目而视。魏立方的脸一下子红透了,很是尴尬。他本想说声对不起,可裴丽雅倏地站起来,气冲冲地走了。那天,魏立方再一次感受到遭人侮辱的不快。

晚上回到住处,他极力压制住怒火,逗裴丽雅开心。好在裴丽雅没有再计较,此事也就过去了。但从此,魏立方对裴丽雅多了一丝怨怼。

再后来,一次公司开派对,全体同事在一起娱乐。裴丽雅喝高了,跟另一个男同事显得有点儿暧昧。魏立方怕大伙扫兴,一直冷眼静观,没有发火。谁料,那位男同事得寸进尺,竟然当着魏立方的面,搂着裴丽雅跳舞。魏立方再也忍不住了,他感觉有一团火焰,从心底蹿起,直逼脑门。就在裴丽雅跟男同事移动莲步悠闲快乐之时,魏立方提起一把椅子,朝男同事一阵乱砸。在场的人无不吓得魂飞魄散。继而,他抓起裴丽雅就打,两拳过去,裴丽雅的腮帮鼓得老高,像贴着两个馒头。同事们见事不妙,赶紧劝阻,才制止了悲剧的进一步发生。

事后,裴丽雅要跟魏立方断绝关系。魏立方更是气急败坏,他觉得煮熟的鸭子又要飞了,跑去跪在裴丽雅面前求情。任凭魏立方头皮磕破,裴丽雅就是不肯回心转意。绝望之余,魏立方野性大发,他取下自己的皮带,对着裴丽雅一通乱抽,致使裴丽雅身上多处受伤。裴丽雅为求自保,掏出手机报了警。当警察赶到时,裴丽雅已经晕厥过去。魏立方守在身边,不停地哭泣。

为这事,魏立方曾被警方拘留过。从拘留所出来后,他失去了工作,重新成了一个无业游民。父亲见他可怜,曾想过将自己的餐馆让给他由他来经营。可魏立方拒绝了,他说:"我必须靠自己养活自己。"

谈及婚姻之事,魏立方沉吟半晌,说:"像我这种生活状态,又嗜打成性的人,谁肯嫁给我啊?"目前,魏立方靠一个朋友的帮助,在一家医疗器械公司搞销售。末了,他略带调侃地说:"也许,我只有将自己的双手剁了,

第七章 紫

爱情才会找上门来。"说这话时，他的手分明在颤抖，以至于他不得不将递到嘴边的茶杯，重又放回到桌面上来。

人生四季
◎结婚季◎

后记
当下婚姻的开放与失范

　　钱钟书先生曾说,婚姻是一座围城,城里的人想出去,城外的人想进来。此话虽道出了婚姻的尴尬与无奈,但千百年来,人们仍然憧憬"月上柳梢头,人约黄昏后"的那份浪漫与惊喜,渴望"洞房花烛夜"的缱绻与温情。爱情,就像一条水做的绳子,在无数男女的胸腹上滑来滑去,撩拨得你蠢蠢欲动,撕心裂肺。

　　我曾想,在人的一生中,婚姻到底占有怎样的地位,它的意义和价值何在?正如元好问在《摸鱼儿·雁丘词》中所追问的那样:"问世间情为何物?直教生死相许!"然而,没有人能够给出准确答案。生活中,我们常常听见有情侣在问:"你到底爱我什么?"而被问者支支吾吾半天,却不知该如何作答。最终,只好答非所问,或干脆朝对方的额头亲上一口,以肢体语言表达无穷意味。之所以如此,大概在于爱原本是不需要理由的。爱就是爱,不爱就是不爱,就这么简单。那既然爱不需要理由,而它又是结婚的前奏,是否也说明结婚同样不需要理由呢?就像一棵果树,在水土和阳光的培育下,先开花,后结果,春华秋实。这一切,难道不是自然而然的事情吗?

　　理论上讲是如此,可在实际生活中,却又委实不这么简单。在当下这个做任何事都要先问个为什么的时代,像结婚这样的人生大事,岂有不需要理由的道理?君不见,我们每天眼睛看到的,耳朵听到的,都是青年男女们为

后记/当下婚姻的开放与失范

结婚而奔波游走的身影和结不起婚而发出的忧心浩叹。他们在红尘中玩儿命般地工作，不过是想有朝一日挣到足够的钱，买一套房子、一辆车子，早点儿与相爱的人走进婚姻的殿堂，圆自己的人生梦。倘若缺少这些坚实的条件，他们就没有能力替伟大而又平凡的爱情埋单。

从 2015 年 1 月至 6 月的半年时间里，我都像一条鱼，在别人的恋爱故事中徘徊、穿梭。我从山村游到城市，从白天游到黑夜，步履匆匆地赶去跟一个个青年男女见面，感受他们在恋爱过程中所遭遇的欢乐与疼痛，忧伤与迷惘……可当我坐在咖啡厅，抑或茶楼里，面对那一张张跟我年龄相仿，或更年轻的脸孔时，我有一种说不出的复杂心情。他们仿佛不是在跟一个陌生人交谈，而是在给自己的亲人讲述他们隐藏于心的情感经历。讲得那般细致和深入，丝毫没有伪装，像剥洋葱似的一层层把心扉敞开，赤裸裸地将内心世界呈现出来。

自采访第一个受访者杨琼开始，到最后一个受访者魏立方结束，我的思想都处在一种游离状态，像一匹脱缰的野马，在爱情与婚姻、暴力与性、肉体与灵魂等看似形而上的层面奔跑。我也因此得以借助他们的故事，来探察当代婚姻所面临的各种问题。

在对二十一位（对）受访者的深入访谈中，我真切地认识到，当下婚姻，无论是观念、结构，还是形态等，跟过去相比，简直判若云泥。正如社会学家陈一筠说的那样："如果我们把三十年前的婚姻视作'稳定型'，那么，三十年后的今天，婚姻已然进入了'动乱型'。三十多年前，传统的婚姻形式是'经济协作社'和'生育共同体'，加上'好人不离婚，离婚没好人'的观念和大杂院式的大众监视，外在纽带对婚姻的稳定起着宏大作用。那时，结婚是终身的大事，一辈子就一次。历来没想过结了再说，不行到时再'跳槽、换届、优化组合'。"

然而，随着社会现代化、全球化的浪潮，人们的思想观念和价值取向也在改弦更张。特别是 80、90 后的年轻人，他们大多处于恋爱、结婚的年龄段，不可避免地成为了这一时代大环境下婚姻的局中人。因此，他们面临的婚姻问题就更加复杂和尖锐，困惑与纠结也最多。这些错综缠绕的新问题，构成了他们婚姻中的"地震带"，时不时都会发生动摇、塌方，威胁着他们婚姻的和谐和稳定。根据受访者的情况分析，这些不稳定因素，综合起来，主要如下：

观念变化催生爱情质变 时代的发展、社会的进步催生了新的恋爱观。尤其是女性，当她们挣脱道德的枷锁后，思想的开放与经济的独立，使她们不再是男人的附庸。在婚恋中，她们不愿老是处于从属地位，而是敢于彰显个性，追求自我价值的实现，一切都跟着感觉走。爱对她们来说，也不再那么神圣。既然男人可以在外面寻花问柳，女人又何尝不可以水性杨花。她们对待婚恋的态度，无疑都充满了"娱乐精神"。快乐比幸福重要，不求天长地久，但求曾经拥有，是当下年轻人普遍的"恋爱哲学"。像《嫁给古琴的女孩》中的霍艳跟几个男人之间的情感纠葛，很能说明此种观念。如果不是她以一种"玩主义"对待感情，她的恋爱兴许就会是另一番景象。她最终收获的，也不会是只与古琴为伴的生活。

信息发达导致爱情贬值 现代科技的进步，使人与人之间有了更多认识的机会。互联网、QQ、微信等通信手段，好似一张张无形巨网，将天南海北的男男女女收编在一起，随时交流，倾诉衷肠，打情骂俏。在这个虚拟的世界中，人们逃避了现实生活的重负，获得精神上的享受和放松。你只要坐在家中，鼠标轻轻一点，就能找到异性"知音"。于是乎，网恋、一夜情、炮友等新型恋爱模式便产生了。既然大家都寂寞，那不如随时随地拿出手机"摇一摇"，找个附近的人出来喝喝茶、聊聊天、晒晒太阳，一起吃顿饭。待酒足饭饱之后，再去宾馆开个房，也算痛快。反正，彼此都不用负责任，玩的就是心跳。《都是网络惹的祸》中的龙凯与赵萌萌，即是网恋的典型。他们通过网络沟通、交流，却对彼此都缺乏了解，更谈不上有感情基础，便糊里糊涂走到了一起，以至于最终形成不可挽回的局面。

婚外恋情造成家庭困境　俗话说，"饱暖思淫欲"。人一旦有了点儿闲钱之后，便开始变得不安分起来。尤其是男人，当他们跟女朋友（妻子）的"保鲜期"一过，便像一只采花的蜜蜂，钻入百花丛中，重新寻找新的"兴奋源"。而兴奋恰会让人丧失理性，忘记责任与义务、道德与良知。《爱情呼叫转移》中菲菲的遭遇，即是因婚外恋导致的爱情悲剧。菲菲跟了韩童后，对其百般顺从，即使在他最困难的时候，也不离不弃，敢于担当。然而，她的痴情最终还是被韩童的花心击败了，输得连做人的尊严都没有，故她才骂韩童是头"脚猪"。

在当下的生活中，一句"你离了吗？"成了众多人的口头禅。仿佛男人的成功，从某种意义上讲，是以离婚次数的多寡来作为判断依据的。离婚越多，证明实力越强，魅力越大。因此，"小三"也才在社会生活中大行其道。男人大多以找"小三"为荣，以此成为一种时尚。

大学生校内网曾做过一项"中国离婚率现状·2014年城市离婚率排名及原因"的调查。调查结果显示，百分之八十以上的情感关系最终宣告破裂，是因为第三者的介入。百分之六十以上的人遭遇过不同程度的身体出轨或精神出轨。百分之五十以上的人认为自己的出轨是"鬼使神差"，虽然对出轨的后果表示后悔，认为自己的经历是稀里糊涂的婚外情，但与此同时，他们承认出轨给自己带来了前所未有的刺激感。说到会不会再次故伎重演，大家普遍表示沉默，认为"说不准"。

经济基础决定爱情成活率　市场经济，什么都谈钱。"钱不是万能，但没有钱万万不能"是众口皆知的流行语，这无疑影响到年轻人的择偶标准。有的男女青年，原本感情很好，就因为贫困，谈了多年的恋爱，最终却不得不劳燕分飞。更有甚者，有人为其介绍对象，一听对方家庭条件一般，连见面的心思都没有了。物质化的高度膨胀，致使当下的爱情都必须要以房子和车子等作为砝码。《我的婚姻我买单》中的谭妍，就是纯粹以金钱来论感情的。以至于后来，当她有了很好的物质条件后，对爱已经不抱任何希望了，只能"租"一个男人来得过且过。

也正因为此,当下不少靓丽姑娘,宁可选择一个年龄偏大(甚至可以做自己父亲)但有钱的男人结婚,也不愿选择一个刚刚大学毕业的普通家庭出身的男生牵手。还有的,本来不爱自己的男朋友,只因男方的父母有钱,也甘愿以身相许。大不了结婚后再离婚,好歹能分到部分财产。她们拿到钱后,还可以重新找个男人嫁出去。《网店合伙人》中高文的首任女朋友白小静,就曾明确跟他说:"我去当小三,请等我三年。"可当她当完小三,挣到几百万回到高文身边时,爱情已经偷偷地溜走了。

父母干预致使婚恋变味 望子成龙,望女成凤,是每一个家长的心愿。尤其是现在的 80、90 后,他们大多是独生子女,自幼在温室里长大。读书时,父母希望其学习成绩优秀,能考个好的大学。及至毕了业,父母又想尽各种办法,要为其谋个好的工作。有了工作后,父母还不放心,非要为其选个好的妻子或丈夫。虽然,社会转型使得人们的各种观念都在更新,但唯独中国传统式的家庭教育观念却始终如一。家里越有钱的父母,越害怕自己的子女将来吃苦受穷。故从孩子人生的初始阶段,父母就将他们的未来之路铺好了,让其沿着自己设计的康庄大道一路前行。子女事事都必须听他们的,否则,就是不孝。《请放爱一条生路》中的筱月,与其说是在与程季杰谈恋爱,倒不如说是他们双方的父母之间在谈恋爱。这两个有钱家庭,为了彼此生意上的联手,竟不惜将子女的幸福拿来做赌注。同样的情况,在《青春美少女的男人帮》里,秦然遇到的云洋,也是一个被家族式培养的可怜男孩。而在《妈妈,我的爱情丢了》中,由于母亲的参与和干涉,险些酿成张雯雯的恋爱惨剧。

性生活不和谐破坏婚姻稳定 改革开放以来,思想的解放,使人们禁锢多年的性压抑,如洪水般狂奔猛泻。加之现在的年轻人,大多早熟,生理上的需要使他们一旦恋爱,就势必会发生性行为。过去,男女之间,女性多数情况下,是在为男性提供服务。而她们自己,却较少获得性所带来的幸福体

后记/当下婚姻的开放与失范

验。然而，当今的女性，大都接受过良好的教育，对性的认识不再持有保守、落后的观念。她们非常看重男女在发生性关系时，自己的快乐和幸福指数。如果她们在性行为过程中得不到满足，就有可能红杏出墙，另觅新欢。《恋爱中的性自由》中的叶露，就是一个追求"性生活质量"的女性。当她从男朋友万飞那里得不到性的满足时，干脆转而跟另外的男性发生关系。后来，当她从外国男人处获得巨大的身心享受后，她发觉自己掉进了性的泥淖里不能自拔。而这一切，万飞毫不知情。同样的事例，还有《我站在灵与肉的灰色地带》里的黄思怡。当然，我们不能说叶露和黄思怡是坏女人。在现代婚姻中，性已经成了维持夫妻双方感情非常重要的一个因素。假如性生活不和谐的话，婚姻出现裂痕是早晚的事。

除了以上因素，还有另外的原因，诸如性格差异、家庭暴力、婆媳关系等等，这些都有可能导致男女双方有缘无分，各奔东西。在这里，我无意冒充社会学家，对当代婚姻形态做出理性的剖析和总结，或学理上的探究和阐释。我唯一能做的，只有记录和呈现。我试图以真实为前提，展示当代婚恋的复杂性和多变性，给未来那些继续对爱情充满向往的人们哪怕一点点启示，也就知足了。

同时，我将这些年轻人的婚恋故事写出来，也不纯粹是为了揭示问题，更多则是对"真爱"的呼唤。尽管，在如今这个时代，寻找"真爱"犹如大海捞针，针眼穿绳，但只要我们彼此都怀揣着爱，互相理解和信任，克服困难，坚守底线，爱神是一定会来敲打你的窗户的。

家庭是社会最小的细胞，只有婚姻、家庭和谐了，这个社会才可能大和谐。一个人无论事业再成功，收获的掌声和鲜花再多，倘若少了爱人的分享和陪护，那都是不完美的。真正的爱，不是放纵，而是自律。自律是一种珍惜，是维持夫妻关系和人伦道德以及社会安稳最恰当的方式之一。

借用周国平的话说，那便是："爱情是人生的珍宝，当我们用婚姻这只船运载爱情的珍宝时，我们的使命是尽量绕开暗礁，躲开风浪，安全地到达目的地。谁要是故意迎着风浪上，固然可以获得冒险的乐趣，但也说明了他对船中的珍宝并不爱惜。好姻缘是要靠珍惜保护的，珍惜便是缘，缘在珍惜中，珍惜之心亡，则缘尽。在两性之间发生肉体关系是容易的，发生爱情就很难，最难的是使一个好婚姻经受住岁月的考验。若真的能够保持一个好的婚姻，这是人生的伟大成就，是值得庆贺的。"

最后，需要特别说明的是，由于时间关系和条件的制约，本书的采访对象仅限于成渝两地。这看似具有很强的地域性，但爱情和婚姻是不分地域的。从这一层面讲，这二十一个故事，仍然具有普遍性。我也希望它们真能成为反映中国社会当下婚姻的一个缩影，或一面镜子。如斯，我当倍觉欣慰。另外，为保护受访者的权益，书中出现的所有人名，均系化名，请勿对号入座。

真诚地感谢接受过我采访的所有朋友，是你们的坦诚和信任，使得我在较短时间内，完成了对本书的写作。感谢太白文艺出版社的周瑄璞女士，如果不是她的真诚约稿，我兴许不会也写不出这样一本书来！

谨以此书献给天下所有为缘寻找、为爱坚守的人们。

吴佳骏

2015年6月改定于北京 鲁迅文学院

本书图片与内容无关

本书图片摄影：李钦连　重庆KK